—Mira, Eric—
cielo—, una estr[...]
cumplirá.

—Deseo que seas mía, mi amor —dijo Eric de inmediato.

—Shhhh. No debes decir en voz alta lo que deseas. Sólo piénsalo.

Eric besó los dedos de Cristina y dijo:

—¿Recuerdas como acariciaste mis labios cuando entraste la primera vez en mi cuarto del hospital? ¿Y te acuerdas...

Antes de que pudiera terminar la pregunta, Cristina estaba delineando con la punta de su dedo la boca, las orejas, la barbilla y el cuello de Eric. Acercándose a él, mordió levemente su oreja. Eric respiraba a ritmo acelerado.

—Tu deseo se va a cumplir, Eric —le dijo Cristina en un susurro...

WISH UPON A STAR

"Look Eric, a shooting star!" said Cristina, excitedly pointing at the sky. "Quick, make a wish and it will come true."

"I wish you to be mine, my love," he immediately said.

"Shhh, you shouldn't say what you want out loud, just think it."

Eric kissed Cristina's fingers and said, "Remember how you ran your fingertips over my lips when you came into my room at the hospital that day for the first time? And do you remember..."

Before he could finish the question, Cristina was tracing the curve of Eric's lips with the tip of her finger. Drawing closer to him, she bit his ear gently. Eric began to breathe heavily.

"Your wish is going to come true, Eric," she said in a whisper...

BOOK YOUR PLACE ON OUR WEBSITE
AND MAKE THE
READING CONNECTION!

We've created a **customized** website just for our very special readers, where you can get the inside scoop on everything that's going on with Zebra, Pinnacle and Kensington books.

When you come online, you'll have the exciting opportunity to:

- View covers of upcoming books

- Read sample chapters

- Learn about our future publishing schedule (listed by publication month *and author*)

- Find out when your favorite authors will be visiting a city near you

- Search for and order backlist books from our online catalog

- Check out author bios and background information

- Send e-mail to your favorite authors

- Meet the Kensington staff online

- Join us in weekly chats with authors, readers and other guests

- Get writing guidelines

- AND MUCH MORE!

Visit our website at
http://www.pinnaclebooks.com

CRISTINA'S SECRET

EL SECRETO DE CRISTINA

Rebeca Aguilar

Traducción por
Asa Zatz

Pinnacle Books
Kensington Publishing Corp.
http://www.pinnaclebooks.com

PINNACLE BOOKS are published by

Kensington Publishing Corp.
850 Third Avenue
New York, NY 10022

Translated by Asa Zatz

First Pinnacle Printing: December, 1999
10 9 8 7 6 5 4 3 2 1

Printed in the United States of America

PRÓLOGO

La sombra de Cristina se perdió en la obscuridad de su casa al extinguirse la veladora debajo de la imagen de la Virgen. Limpió las lágrimas de su mamá y abrazó a sus hermanos, notando qué rápido habían crecido éstos. Finalmente, con mucho cuidado, besó a su pequeña Loli, que a los tres meses de edad parecía más bien un ángel. Abriendo sus grandes ojos, Loli la miró sin entender que ésta sería la última vez en mucho tiempo que vería a su mamá.

Tenía que huir. Su vida y la de sus seres queridos corrían un gran peligro. Su silencio les compraría la vida. Tenía que abandonar su pueblo y aquello que amaba, o la matarían como asesinaron a Juan Gabriel.

Afuera, la lluvia por fin paró a medianoche, cambiando el arrullo del agua por el de los grillos; sólo un ladrido perdido parecía robarle la calma al adormecido pueblo de San Cristóbal.

La noche envolvió a Cristina; cubierta con su obscuro rebozo tomó la bolsa vieja de plástico donde preparara con cuidado lo necesario para el viaje y la revisó: una docena de tortillas y un pote de frijoles, un cambio de ropa, un par de zapatos, la dirección de su prima Rosa en la ciudad de Washington, doscientos dólares que el Padre Francisco reuniera entre los fieles, una foto de Loli, la foto de ella y Juan Gabriel en la plaza central, y el rosario de su mamá.

Corrió ágilmente como una gacela asustada entre los matorrales de grandes espinas, sin permitir que el dolor que le causaban las espinas que pisaba detuvieran su carrera. El dolor que llevaba en el corazón era mucho mayor.

Cristina reconoció con facilidad el viejo camión que la esperaba a la salida del pueblo en el lugar previsto. Subió en silencio con la ayuda de una mano que se extendió para ayudarla, se acurrucó en una esquina entre la carga, y en silencio dijo adiós a su pasado.

Horas más tarde y muchos kilómetros después, la noche se había convertido en una mañana brillante y calurosa. El cruce de la primera frontera brindó la oportunidad de parar por unos minutos entre las palmeras, donde Cristina aspiró con gusto el olor dulce y conocido de estos vastos campos, olor a mangos y a papayas. Con un breve movimiento de la cabeza, los hombres del camión le indicaron hacia dónde ir a refrescarse. Al caminar Cristina frente a ellos, notaron la belleza de la joven mujer. Observaron su boca de labios sensuales y comentaron acerca de las curvas de ese cuerpo coronado por senos perfectos que parecían hablar de una pasión inagotable.

Apretando el rebozo fuertemente con sus diminutas manos, Cristina se cubrió y subió de un brinco al camión. Allí, escondida en un rincón entre las cajas de cartón, rezó a su virgencita, pidiendo llegar a salvo a su destino. Extrañó a su familia con todo el corazón y trató de imaginar aquel lejano lugar que sería su nuevo hogar. En este momento de miedo y duda, Cristina se supo por primera vez sola en el mundo.

CAPÍTULO 1

Al ritmo de los tambores y las trompetas, las hojas multicolores se movían alegremente. Árboles de fuertes tonos de color verde, amarillo, rojo, y morado, famosos por su belleza de cada otoño en Washington, lucían una galanura especial para celebrar este día tan especial. Según el noticiero, el clima sería perfecto. Para nana María, que en tantos años no había podido acostumbrarse a lo que ella llamaba "clima de osos", hacía frío. Pero para qué mentir; esta mañana el frío no le importaba, ni le molestaba en sus piernas de avanzada edad. Nana María estaba feliz. Sentada en primera fila delante de esta gente tan seria de uniformes limpios y zapatos brillosos, la nana lucía radiante y orgullosa con sus mejores ropas y su pelo blanco recogido perfectamente sobre la nuca. *Parece como si fuera apenas ayer que el pequeño Eric llegara a vivir con nosotros,* pensó la nana con cariño. *Hemos hecho un buen trabajo el tata Pepe y yo.*

Viéndolo ahora tan alto, tan erguido con su uniforme azul marino a través del cual se dejaba ver un fuerte cuerpo, se dio cuenta por qué las mujeres lo encontraban tan atractivo. No era solamente esa sonrisa franca que dejaba ver sus perfectos dientes blancos, ni su carácter que lo hacía el centro de atención tanto en las tertulias como en su trabajo. *Mi nieto,* pensó la nana, *es realmente masculino y bien parecido.* Observándolo cuidadosamente, vio sus pómulos pronunciados y su cara angular de piel morena clara, que eran herencia de su padre. Los ojos verdes de mirada profunda eran de la madre que nunca lo vio crecer. El pelo negro y desarreglado que le caía traviesamente en la frente venía del tata Pepe. ¡Ese pelo! Nunca se había cansado la nana María de acariciar el sedoso pelo de su marido de más de cuarenta años. Sabía que alguna mujer con buena suerte, sentiría el mismo placer al acariciar el pelo de su nieto querido. Y si fuera por ella, mientras antes apareciera esa mujer que lo hiciera feliz, mejor. Después de todo, a los veintisiete años Eric ya había tenido más de una novia y contaba siempre con varias enamoradas.

Además, la nana ya ansiaba tener un bebé en casa a quien cuidar y consentir.

Pero sabía que su nieto era ante todo un policía enamorado de su trabajo. Y más ahora que se graduaba de oficial con todos los honores. Seguramente los planes de matrimonio y de tener una familia propia —planes que nana María había hecho para él — quedarían olvidados hasta...quién sabe cuándo. *En fin,* pensó la nana, *mientras no le vaya a pasar algo en su trabajo, tendré que esperar hasta que llegue esa mujer que nos hará feliz a todos.*

La graduación por fin terminó. A pesar de los largos discursos que la nana no entendió, le gustó mucho ver cuando Eric fue llamado al frente a recibir su medalla. Pero ahora era necesario apresurar el paso para regresar a casa a terminar los tamalitos para la fiesta de la noche.

Con gran orgullo—y con la música de los mariachis tocando en el patio—la familia Gómez abrió sus puertas a una gran cantidad de amigos esa noche. La casa lucía limpia y digna. Era una casa modesta, en comparación con las grandes mansiones en lo que llamaban "los suburbios", pero los amigos eran recibidos allí como si se encontraran en su propia casa. Y mejor aún que en sus casas. Nana gozaba de tener la casa llena de amigos.

La figura de Eric, como siempre, sobresalía entre todos los presentes. Vestía simplemente un pantalón de sport color caqui y camisa blanca muy limpia y almidonada, que acostumbraba a arremangar hasta el codo.

Para nana María, Eric parecía más un actor que un policía, del tipo de su actor favorito Jorge Negrete, el de las películas que tanto la hicieran suspirar de joven. O quizá más parecido al cantante de moda Alejandro Fernández. O quizá...más bien entre los dos, sonrió la nana al pensarlo, sin poder decidir.

Lo vio rodeado de hermosas mujeres. Mientras él bailaba con cada una sin descanso, la nana notó que Eric se mostraba galante y coqueteaba abiertamente con cada una. Sin embargo, ninguna recibía una atención profunda y especial. *Lástima,* pensó la nana, *la mujer que va a robar el corazón de mi nieto no se encuentra esta noche aquí.*

Casi al amanecer, Eric despidió al último de los invitados. Agotado por el largo día y la noche de celebraciones, se recostó para ir a dormir. Reflexionó acerca de los acontecimientos del día y recordó las caras de gran satisfacción de sus abuelos. Los brindis y los chistes de sus amigos con los que creció. Solamente él terminó con honores en la Academia de Policía. Algunos dejaron la academia sin terminar, y otros tomaron rumbos diferentes. Pensó también en las mujeres que habían llegado a felicitarlo, y fue entonces que se dio cuenta de su soledad. Ninguna tenía lo que él buscaba. Su piel no despertaba al sentir la piel de estas mujeres, cuyos besos le parecían sin sabor. Sabía que la abuela quería verlo casado y formando su propia familia. Pero estar solo era mejor que el vacío que sentía al estar acompañado y sin amor.

En fin, mañana empiezo mi nueva vida. Veremos qué me espera. Todo aquello que soñé desde niño es ahora una realidad, pensó con orgullo al observar una vez más la medalla que ahora colgaba a un lado de su cama. Y con este pensamiento quedó profundamente dormido.

CAPÍTULO 2

Cristina tapó cuidadosamente a la bebita con la cobija de lindos y finos encajes blancos. En seguida se sentó, como cada noche, a contarle un cuento al hermano, que la esperaba ansioso en la cama de al lado. Unos minutos más tarde, éste dormía también. Besó con ternura sus frentes infantiles y salió de la habitación de estos pequeños a quienes cuidaba como niñera desde su llegada a los Estados Unidos unos meses antes.

También como cada noche, lista para ir a dormir en el pequeño cuarto que compartía con la cocinera, Cristina besó la foto de Loli. Trató de imaginar los primeros pasos y las primeras palabras de su hija. Según la carta de su hermano, Loli había crecido mucho y preguntaba por su mamá.

Limpiando una lágrima de su mejilla, regresó con cuidado la foto a su lugar especial. Tomó la foto de ella y Juan Gabriel y recordó los sueños que habían compartido desde niños. Los dos estudiarían para tener una vida mejor que la de sus padres, se casarían y tendrían muchos hijos que verían crecer en la finca que iban a tener en San Cristóbal.

Los dos lograron estudiar algo, y Loli nació; pero Juan Gabriel nunca la vería crecer. Ahora, a los veintidós años de edad, Cristina vivía sin esperanzas y sin amor. Su soledad la agobiaba. Mientras, trabajando y manteniéndose ocupada no tenía tiempo para pensar en sí misma. En vez de seguir recordando, bajaría a planchar, decidió, y después le escribiría una carta a su familia. El próximo viernes, cuando le pagaran, podría enviarle algo de dinero para ayudar a su viejita. Nunca se hubiera imaginado que en unos días su vida cambiaría para siempre.

Era fácil para Cristina pasar los días. Gracias a su prima Rosa, desde su llegada a Washington trabajaba con la familia Lecea, que además le estaba consiguiendo sus papeles de residencia. No era como estar con su propia familia, pero la trataban con respeto. Y por eso les estaba agradecida. Trabajando allí había aprendido algo de inglés, conocía partes de la ciudad, y había hecho algunas amigas con quienes iba a misa cada semana.

Las noches eran diferentes. La misma pesadilla la consumía cada noche: veía claramente la clínica en San Cristóbal. A lo lejos escuchaba unos pasos lentos que se acercaban como si arrastraran una pata de madera. Cristina veía al hombre grande acuchillando a Juan Gabriel en la clínica. Ella trataba de huir, pero el hombre la alcanzaba y le desgarraba sus entrañas. Despertaba de golpe, jadeando y apretando fuertemente la almohada para protegerse, deseando que rápidamente llegara un nuevo día.

Los domingos, Cristina encontraba paz en la iglesia de la calle dieciséis. Allí, en compañía de su prima Rosa y de su nueva amiga Carmen, gozaba de las historias que cada una gustaba compartir.

Sin embargo, la mejor parte de su nueva vida era sin duda las horas que pasaba los fines de semana como voluntaria en el Hospital General. A pesar de su inglés limitado, la aceptaron en el hospital debido a la experiencia de enfermera que traía de la clínica en su país. Aquí Cristina ayudaba a los enfermos dándoles de comer, o limpiándolos, o leyéndoles un libro. Esto la hacía sentirse útil y satisfecha. Sobre todo, la mantenía ocupada.

Su vida social era muy limitada. Rosa y Carmen insistían cada semana en que las acompañara a la discoteca latina en la calle Columbia Road. Y cada semana Cristina encontraba una nueva excusa para no ofenderlas al rechazar la invitación.

—Ayer te permitimos que no vinieras con nosotras a la disco —dijo Carmen al salir de la misa—, pero desde hoy te aviso que vas a tener que venir a la fiesta de Navidad que estamos organizando en casa de Manuel.

—Pero falta mucho para la Navidad.

—Sí, Cristina, pero ésta va a ser la mejor Navidad que hayas podido imaginar; así que la tenemos que planear muy bien. ¿Qué dices?

Antes de que Cristina pudiera pensar en alguna excusa, Rosa insistió.

—Mira, Cristina, ya estuvo bueno. Llevas aquí ya tiempo, y sólo te la pasas trabajando. Manuel tiene unos amigos bien guapos que además de que bailan como quieren, ganan mucho dinero. No sé a qué se dedican, pero ¡si vieras sus carrazos!

—Olvídate de sus carrazos —intervino Carmen—, si vieras sus casas. Yo ya le dije a Manuel que quiero algo así para cuando nos casemos.

—¿Ya están planeando boda? —preguntó Cristina, aprovechando la oportunidad para cambiar el tema.

—Más bien soy yo la que lo estoy planeando. Manuel dice que nos casaremos después de que organice sus negocios. Ni sé a qué negocios se dedica, porque cada vez que le pregunto, me dice que esas no son cosas de mujeres. Pero yo mejor no me meto, chicas, y mientras me siga invitando a salir, y dándome mis regalitos, no necesita explicarme más.

—Pero Carmen, platícale lo que te dijo Manuel de dejar tu trabajo —interrumpió Rosa con urgencia.

—Ah, mira, chica, casi se me olvidaba lo mejor. Manuel me dijo que apenas le salga este negocio nuevo, va a ganar tanta plata que quiere que deje de limpiar oficinas y me dedique al hogar. Fue entonces que yo le pregunté que cuál hogar, y me dijo que la casita que me va a poner, para los hijos que quiere que tengamos.

—¿Y tú que le dijiste? —preguntó Cristina interesada.

Carmen rió con una risa fuerte y franca. Puso las manos en la cintura al hacer un movimiento ondulante muy sugestivo con las caderas, y dijo con su típico acento caribeño:

—Mira, m'ijo —le dije—, nada de casita. Yo quiero una casota; y en cuanto a los hijos, ¿para qué vamos a esperar a tu negocio del futuro? Vamos a practicar ahora mismo a hacer esos hijos. Lo demás, chicas, se lo tendrán que imaginar—. Y soltó otra carcajada que contagió a las amigas.

—Por cierto —agregó Carmen, a la cual le gustaba mucho hacer reír a sus amigas—, ayer oí a Manuel decir algo de que hacen negocios en San Cristóbal. ¿Quieren que le pregunte de qué se trata?

—Ni te preocupes —agregó Rosa—, parece que todo el mundo tiene ahora a algún pariente que quiere hacer negocios en San Cristóbal. Ha de ser porque con esto que está de moda llevar la taza de café por todos lados donde uno va aquí en los Yunaites, los cafetales de San Cristóbal por fin se volvieron famosos. Ya era hora, digo yo...

Y sin pensar más en los planes futuros de la amiga, ni en la fiesta navideña, Cristina se despidió, tomando el bolsón donde guardaba el uniforme de voluntaria, y se apresuró para ir a tomar el bus que la llevaría al hospital.

En su trabajo del hospital esa tarde, su primera tarea fue repartirles la comida a los enfermos. Reconoció el nombre del paciente en la última bandeja de comida que tenía que repartir. El nombre era mencionado en la emisora de radio latina como héroe, un policía que al salvar la vida de varios de sus compañeros unos días antes, había quedado mal herido. Cristina recordó que en las entrevistas de la radio, los compañeros a quienes este hombre salvó la vida relataron la historia de lo que sucedió. Dijeron cómo habían encontrado a los responsables de un famoso robo, pero minutos antes de capturarlos, los delincuentes sorprendieron a los policías. Eric fue el único que se dio cuenta de lo que iba a suceder y se lanzó delante de sus compañeros, poniendo su cuerpo como barrera entre sus amigos y las primeras balas que fueron disparadas. Decían que, de salvarse, le estarían esperando un premio y una promoción. *Qué bueno*, pensó Cristina. *No creo que haya muchos latinos en posiciones altas en la policía de aquí.*

Tocó levemente para anunciarse y entró en el cuarto, que estaba obscuro, salvo por una pequeña lamparita de tenue luz sobre el buró. Con los ojos y parte de la cara cubiertos con vendas, Eric reposaba su cabeza sobre una gruesa almohada que lo mantenía casi sentado; su pecho y sus brazos estaban descubiertos, y el resto del cuerpo, tapado por una sábana.

—¿Eres tú, nana? —preguntó Eric, dormitando debido a las fuertes medicinas que le daban para mantenerlo sin dolor. Estiró su brazo desnudo para tomar la mano de la nana.

—No —contestó Cristina. Con cuidado, acomodó la comida a un lado de la cama, y notó que la mano del paciente seguía abierta, como si estuviera buscando calor humano. Cristina colocó su mano tímidamente sobre la de él—. Soy Cristina. Trabajo de voluntaria en el hospital. Le he traído su comida. ¿Quiere comer? —preguntó. Pero el paciente dormía profundamente.

Como tenía algo de tiempo libre antes de pasar a recoger las bandejas vacías, decidió quedarse a acompañar a este hombre del cual sabía que se llamaba Eric Gómez, que era policía y estaba malherido, y que se hablaba de él en la radio. Miró con atención su mano y la de Eric que estaban entrelazadas. Notó los largos dedos de este desconocido, que rodeaban su mano con seguridad pero con cuidado, produciendo en ella al mismo tiempo un escalofrío en su cuerpo y un calor desconocido en su corazón.

A pesar de que las vendas cubrían parte de la cara, Cristina notó que lo que se dejaba ver de la nariz era recta y bella. Notó el pelo cayendo traviesamente sobre la frente y se concentró en estudiar muy lentamente los labios de este hombre que yacía en la cama, durmiendo con tranquilidad. Los brazos lucían fuertes y masculinos sobre la sábana.

Sin entender de dónde surgían esta cantidad de sensaciones, Cristina sintió de repente un deseo incontrolable de tocarlo. Con la mano que tenía libre, dejó correr la punta de su dedo a lo largo del brazo de este desconocido. Vio que dormía profundamente, por lo que se atrevió a deslizar lentamente dos dedos sobre los labios de Eric, de un lado al otro de la boca. Con mucho cuidado y sintiendo su corazón palpitar fuertemente, tocó primero el labio de arriba. Continuó en el labio inferior, que era un poco más ancho, pero igualmente perfecto. Cuando estaba a punto de retirar sus dedos, sintió un beso sobre ellos.

Asustada, quitó sus manos de inmediato, escondiéndolas a los lados del cuerpo. *Es mi imaginación,* pensó, cuando levemente oyó decir a Eric:

—Realmente espero que no seas tú, nana. ¿Me podría volver a decir quién es usted?

Sintiendo que su rubor era tan fuerte que Eric podría verlo a través de las vendas, Cristina contestó casi en un susurro:

—Me llamo Cristina y le traje su comida. ¿Quiere comer? No quería despertarlo. ¿Quiere que me salga y lo deje descansar?

—De ninguna manera. Le agradecería que se quede y me platique de usted, o me lea un libro, o me diga qué está sucediendo en el mundo. Ya estoy cansado de estar aquí, y fuera de combate —dijo él.

Cristina notó inmediatamente el tono bajo de voz, y se sintió excitada. No entendió si se refería a estar fuera de combate de la policía, o fuera de combate con las mujeres, pero decidió no preguntar.

—Tengo unos minutos libres. ¿Quiere que le lea este libro que tiene en su mesa?

—Sí —contestó rápidamente Eric—, pero antes quiero que me diga qué tipo de perfume usa. Huele a flores.

Sonrojándose una vez más, Cristina tomó el libro y, sin contestar a la pregunta, empezó a leer. Mientras Cristina trataba de concentrarse en la historia del libro que leía para Eric, él trataba de imaginarse cómo sería la mujer que había llenado su cuarto de una fragancia de flores. ¿Qué cara tendría esta voz que era más bien una suave sinfonía musical? Quería como nunca antes volver a sentir esos dedos tocando su boca, acariciando su brazo. Se esforzaba por conocer algo de esta mujer más allá de su nombre y su voz. Pero sus pensamientos se detuvieron repentinamente cuando al cerrar el libro Cristina, le dijo:

—Bueno, creo que es suficiente por un día. Le hará bien descansar, y yo tengo que ir a recoger las bandejas en todos los cuartos. Espero que se sienta mejor.

—Espere —agregó rápidamente Eric—. Antes de irse, vuelva a poner su mano dentro de la mía, y prométame que regresará muy pronto.

—Está bien —dijo Cristina, colocando su mano en la de Eric—. Regresaré.

Soltó la mano de Eric y se dirigió a la puerta. Antes de salir, oyó una voz diciéndole desde el cuarto:

—¿Cristina? Me llamo Eric. La quisiera conocer más.

—Sé cómo se llama, Eric—. Y salió sin decir más.

Esa noche en casa, Cristina no pudo dormir. Pero esta vez no era la pesadilla la que le robaba el sueño. Esta vez no quería quedarse dormida para seguir repasando una y otra vez cada una de las sensaciones que había sentido al tocar a Eric. Quería ver en su mente una vez más esa boca, esos brazos, ese pelo. Volver a oír su voz. Se paró frente al espejo del baño y se quitó el camisón que le caía sobre el cuerpo. Estudiando detenidamente su figura se preguntó si ésta le gustaría a Eric. ¿Pensaría que era bella? ¿Y si la tocara, tendría las mismas sensaciones que ella había tenido al verlo, al oírlo, al tocarlo?

Cerró los ojos, trató de imaginar qué sentiría si Eric acariciara sus caderas, sus piernas, su estómago, su cuello, su cara, sus senos. Sintió la sangre correr en sus venas y deseó volver a estar con Eric lo antes posible.

CAPÍTULO 3

Los primeros tres días de la semana le parecieron eternos. El tiempo que pasaba en el cuidado de los niños y la casa no pasaba tan rápido como antes de conocer a Eric. Estaba contenta de que esta semana había aceptado trabajar en el hospital noches extras.

El jueves muy temprano lavó con cuidado el uniforme de voluntaria, asegurándose de plancharlo como si fuera a pasar una revisión del director. Durante el día se dio cuenta de que cualquier cosa la hacía sonreír o cantar, y que los colores a su alrededor eran más brillantes. Sentía al mundo palpitar con ella en esta nueva emoción donde cada poro de su cuerpo se encontraba lleno de la imagen de Eric. *¿Qué me sucede? Visitar a Eric hoy en la noche no será más que una visita profesional a un enfermo que necesita de mi cuidado,* se dijo para tratar de contener su emoción.

Pero apenas terminó de poner a dormir a los niños, corrió a darse un baño usando el mejor de sus jabones para lavar su largo y sedoso cabello. Al secarse, agregó en su cuerpo talco con olor a violetas. A pesar de que Eric no podía verla, se arregló con esmero especial. Sus amigas le habían comentado que con el uniforme gris y blanco de voluntaria parecía una religiosa, así que seleccionó sus pequeñas pantaletas de encaje negro y un sostén transparente del mismo color, para sentirse más seductora. Mirándose al espejo, decidió que la ropa que llevaba puesta debajo del uniforme la haría sentir tan femenina como ella deseaba ser para él. En general no usaba maquillaje; sólo puso un poco de brillo en sus labios.

Salió de su casa pensando que hoy por primera vez en mucho tiempo no había recordado la pesadilla ni el secreto que tanto pesaba en sus hombros.

—¡Enfermera! —llamó Eric, con un grito que se oyó a lo largo del corredor—. ¿Cuándo me quitarán estas malditas vendas?

Como si la queja hubiese venido de la abuela, la enfermera le explicó a nana María, una vez más, que no le quitarían las vendas a Eric hasta que el doctor diera la orden. Hablando en voz alta y muy despacio—como si eso hiciera que la nana entendiera mejor el inglés—dijo:

—*And that is* ma-ña-na.

—Tranquilo, m'ijo —dijo la nana—. Ya oíste a esta señora. Te quitarán las vendas ma-nia-na—. Quería hacerlo reír al imitar a la enfermera—. Y dime, Eric, ¿qué te ha picado que andas de este humor desde hace unos días? ¿Qué te pusieron en la medicina, o es que te dan de comer gallo?

Nada. Ni una sonrisa de Eric. Nana María se ocupó en arreglar la cama como si estuviera en su propia casa.

—Nana, por favor, ya déjeme la cama en paz. Ya no hay nada que arreglar —dijo Eric molesto. En ese momento se escuchó un tímido golpe en la puerta del cuarto.

—Entre, *cam in* —dijo nana María, esperando ver a la misma enfermera gruñona.

Asomándose por una pequeña apertura de la puerta, Cristina preguntó:

—¿Puedo pasar a arreglar su cama?

Esa voz. Esa voz con la que soñara las últimas noches estaba de regreso con él. Con una gran sonrisa Eric la invitó a pasar.

—Sí, por favor. Esta cama necesita una buena refrescada. Pase, por favor, Cristina —dijo.

Nana María vio entrar a Cristina y notó la emoción y la luz que ambos jóvenes traían a esta habitación. Cristina saludó a nana en forma modesta y respetuosa. Nana reconoció en ella el brillo de la mirada de una mujer enamorada. Esta joven deseaba a Eric. Pero era un deseo diferente a lo que había visto en los ojos de sus otras amigas. Esta niña que acababa de aparecer a la puerta tenía la cara de un ángel latino, y la mirada de una mujer muy apasionada.

Observó a Cristina arreglando la sábana—que no necesitaba ningún arreglo—y luego revisando las vendas que cubrían los ojos de su nieto. Al ver el cuidado con que Cristina movía el pelo de Eric, la nana supo en su corazón que sus oraciones diarias a San Antonio habían sido escuchadas.

—Dígame, nana, ¿usted y Cristina se parecen? —preguntó Eric.

—¿Estás loco, muchacho? —rió la nana con el cuerpo entero, al notar la gran belleza juvenil de la mujer que había llegado a sus vidas.

—Es que cuando Cristina entró aquí hace unos días, yo pensé que era usted. Los cuidados que me da son tan buenos como los de usted.

Con esto, nana María entendió que Eric le daba una señal para que los dejara solos. Tomó su abrigo y dijo con toda naturalidad:

—El tata ya no tarda en venir a recogerme. Es mejor si salgo a esperarlo afuera. Hasta luego,

Cristina y mucho gusto—. Retirándose sin querer romper este momento especial, la nana tomó su bolsa y salió en silencio a esperar al tata. Tendría que hablar esta misma noche con su esposo para planear las compras para la nueva habitación de Eric. Necesitarían una cama doble. ¿Y dónde meterían a toda la gente para celebrar una gran boda? Sacó un lápiz de su bolsa y se sentó en la salita para empezar a hacer una detallada lista de invitados.

CAPÍTULO 4

—Pensé que no regresarías, Cristina —dijo Eric casi en un susurro, buscando la mano de Cristina—. Pensé que te había soñado y que eras producto de mi imaginación.

—Aquí estoy, Eric. No fue un sueño. Y también estaré aquí mañana —contestó Cristina, tratando de esconder un poco la emoción que la embargaba. Alcanzó la mano de Eric y tiernamente la tomó entre las suyas.

—Te invito a pasear, Cristina —dijo Eric contento.

—¿A pasear? ¿Cuándo?

—Ahora mismo. Si me das mi bata, te llevaré a algún lugar donde podamos estar solos con las estrellas. Lo único que te pido es que tú manejes.

—No tengo auto, Eric —dijo Cristina.

—No necesitamos auto. Tu manejarás mi silla de ruedas—contestó Eric, sentándose en la cama de un brinco.

Con la bata puesta y sentado en la silla de ruedas, Eric se veía alto y fuerte y, tal como Cristina lo recordaba, muy bien parecido. Ella sintió como unos días antes un gran deseo de tocarlo, pero decidió que esta vez tendría que ser más cuidadosa. La vergüenza que había pasado al creer que estaba dormido mientras lo acariciaba había sido muy grande. Además, ni siquiera sabía lo que él pensaba de ella, si es que acaso pensaba en ella.

—Es nuestro primer viaje juntos, Cristina. ¿Sabes qué pienso? —preguntó Eric como si pudiera leer su mente.

—¿Qué piensas, Eric?

—Creo que vamos a hacer muchos viajes juntos. Lo siento en mi corazón.

Sin decir nada más, salieron del cuarto para tomar el elevador que los llevaría al último piso del hospital, donde los grandes ventanales de la sala de recreación los harían estar cerca del cielo cubierto de estrellas.

—¿Qué ves desde aquí? —preguntó Eric.

—Arriba en el cielo se ven las estrellas brillando. Abajo se ven las luces de la ciudad. Puedo ver a lo lejos un monumento y muchos edificios muy grandes del centro de la ciudad. No sé qué monumento es —contestó Cristina.

—No eres de aquí, ¿verdad, Cristina?

—No. Soy de Centro América. ¿Y tú?

—Yo nací en San Antonio, Texas, pero me crié con mis abuelos aquí en Washington. Mis padres murieron. No tengo hermanos, y hace poco me gradué de la Academia de Policía. Soy soltero. No tengo hijos y estoy más que listo para casarme, si me aceptas—dijo Eric. Los dos rieron alegremente—. En serio, Cristina. Desde el día que apareciste en mi vida, pienso mucho en ti —agregó Eric.

—¿Sí? ¿Qué piensas? —preguntó Cristina con timidez.

—Podría tenerte aquí toda la noche contándote mis fantasías. Estás en mi mente todo el tiempo. Pero prefiero que me hables de ti.

—Yo trabajo durante la semana como niñera con una familia, y los fines de semana estoy aquí en el

hospital. Tengo una hija pequeña, pero no vive conmigo.

—¿Y tienes esposo? —preguntó Eric con temor a
oír la contestación.

—No. El padre de mi Loli murió antes de
casarnos.

Las luces se prendieron y se apagaron varias veces,
avisando que era hora de cerrar la sala de visitas. Eric
y Cristina regresaron a la habitación del paciente:
Eric deseando tener a Cristina con él cada día, y
Cristina agradecida de no haber tenido que decir
más. En el cuarto de Eric, Cristina acercó la silla de
ruedas a la cama y tomó su brazo para guiarlo. Al
hacerlo, sus cuerpos se rozaron levemente. Eric
buscó la mano de Cristina y, tomándola entre las
suyas, dijo:

—No sé lo que está pasando, Cristina. Me parece
que has sido parte de mi vida desde siempre; como si
hubiera sabido que ibas a llegar. Me siento como un
chiquillo enamorado por primera vez. Nunca he sentido lo que siento cuando entras en este cuarto. No
lo puedo explicar. Sólo sé que no quiero que se
acabe nunca esto que siento ahora—. Besó con gran
ternura sus manos—. Mañana me quitarán las vendas. Si la operación salió bien, podré ver tu cara. Por
tu voz ya sé que eres muy bella —continuó Eric.

—¿Por mi voz? ¿Puedes realmente saber cómo soy
al oír mi voz? No te creo —sonrió Cristina.

En lugar de contestar, Eric la acercó, tomando la
cara de Cristina entre sus manos. Esta vez fue Eric el
que lentamente estudió con sus dedos cada detalle
de la hermosa cara de Cristina, haciendo que sus
corazones latieran al mismo ritmo acelerado y la sangre corriera precipitadamente por sus venas.

Empezando desde la frente, acarició con cuidado los párpados de Cristina, la línea de su nariz, que terminaba en una pequeña y delicada curva hacia arriba, los oídos, las suaves mejillas y finalmente sus labios. Quería poder imaginar y memorizar cada detalle. Sintiendo esos labios entreabiertos que deseaba con toda su pasión, la acercó y la besó con un beso largo y amoroso. Abrazándola alrededor de su pequeña cintura, la volvió a besar. Cristina correspondió a los besos con intimidad, dejándose llevar por sus emociones.

Esa noche, Cristina no supo cómo llegó a la estación del bus, ni cuándo pagó por su boleto. El sabor de Eric invadía cada uno de sus sentidos, haciéndola sentir como si flotara. De repente, Cristina notó que un hombre de sombrero obscuro la miraba con insistencia. Al bajar cerca de su casa, el hombre descendió del autobús. Ella apresuró el paso, entró en su casa y cerró la puerta rápidamente. Esto la hizo reflexionar: si la localizaban a ella en esta ciudad, ¿estaría en peligro Eric? ¿Qué pasaría entre ella y Eric si él se enterara de lo que sucedía en San Cristóbal, sobre todo siendo él policía?

Sin embargo, no podía echar a perder esta noche perfecta, se dijo. Otro día se preocuparía de San Cristóbal. Ahora se sentía tan enamorada como si ella y Eric hubiesen inventado el amor. Recordando sus sensaciones al acariciar el lustroso y desordenado pelo de Eric, tomó la foto de Loli en sus manos, le envió una bendición y de esta manera se quedó dormida.

Esa noche, Cristina soñó que Eric la iba a buscar a la clínica en San Cristóbal donde ella se encontraba con Loli. Con felicidad corrió a abrirle la puerta.

Antes de que pudiera abrirle, las llamas envolvieron la clínica, separándolos para siempre.

CAPÍTULO 5

La posibilidad de quedarse ciego no cruzó por su mente en ningún momento. Su fe en Dios le ayudaba a mantener siempre una seguridad absoluta y esta vez, también, sabía que su recuperación sería total. Pero en estos minutos antes de que el doctor le quitara las vendas, Eric pensó por primera vez cómo cambiaría su existencia si perdiera la vista.

Sabía que extrañaría muchas cosas y que no le sería fácil rehacer su vida. Pero no ver a Cristina sería, seguramente, lo más difícil.

El silencio en el cuarto era tal que se lograba oír los monitores de los aparatos médicos en los cuartos vecinos. Bip, bip, bip. El médico llegó y sus breves instrucciones a la enfermera cortaron el silencio. Con las cortinas cerradas para evitar que los rayos del sol molestaran los ojos débiles del paciente, la enfermera, la nana y el tata observaban, sin cruzar palabra alguna. Las vendas quedaron relegadas a una bandeja color plata, junto con las tijeras y algodones especiales. Eric abrió los ojos lentamente y pudo ver a su alrededor algunas sombras. Los volvió a cerrar de inmediato.

—Al principio no podrás ver —le advirtió el doctor—. No te preocupes. En unas horas tu visión mejorará—. Sin embargo, al no poder reconocer esas sombras, su decepción fue muy grande. Tratando de esconder el temor que lo envolvió al pensar que jamás vería a Cristina, trató de enfocar su vista hacia otro sitio. Volvió a tratar una vez más; sus ojos no respondieron.

Con un mal humor que no era común en Eric, pidió una pastilla para dormir. No supo nada más hasta la noche, cuando oyó una querida voz al lado de su cama: Cristina.

A pesar del temor que sentía de abrir los ojos y no poderla ver, trató una vez más. La figura que tenía delante de sí era más bella que cualquier sueño que hubiera podido tener. Parpadeó varias veces para enfocar mejor. Delante de él vio dos hoyuelos en las mejillas acompañando la sonrisa de Cristina, pelo brilloso cayendo sobre los hombros, un pequeño y hermoso lunar negro cerca de la boca, y un cuerpo sensual que olía a flores. Eric supo de inmediato que el reino de la felicidad era suyo.

Cristina, por su parte, nunca había visto ojos de un color verde mar como los de su amado.

Eric extendió sus brazos como si en esta forma simbólica su cuerpo entero le diera la bienvenida. La acercó a su pecho, cerca de su corazón, y besó su boca una y otra vez.

—Cristina —le dijo finalmente—, sin verte, nunca hubiera podido imaginar que existiera tanta belleza. Agradezco a Dios el haberme devuelto la vista para poderte gozar. Eres la mujer más bella del mundo.

Sin decir palabra, Cristina acarió con cuidado aquellas partes en la cara de Eric que habían estado cubiertas por la venda y que no había podido gozar antes. Miró los ojos de su amado, y quiso ahogarse en un abandono total dentro de ese verde mar.

Una hora después, Cristina salió del cuarto de Eric para dejarlo descansar, aunque hubiera preferido quedarse a su lado muchas horas más.

Nana María esperaba afuera de la habitación de Eric. Al verla salir, se acercó a Cristina con paso firme, y dijo:

—Cristina, quiero hablar contigo unos minutos.

—Claro que sí, doña María. ¿De qué se trata?

—Ven. Vamos a caminar un poco. He estado pensando... —dijo la abuela, tomando a Cristina del brazo, alejándola de la puerta de la habitación de Eric—. Eric va a salir del hospital mañana, y según dijo el doctor, va a necesitar unos días de reposo para poder recuperar sus fuerzas. El tata y yo ya somos viejos y no vamos a poder atender a Eric en casa de la forma que va a necesitar mientras se recupera completamente. ¿Crees que podrías ayudarnos?

—Claro que sí, nana María —dijo Cristina con emoción—. ¿Qué necesita?

—Dime, ¿tú trabajas ?

—Sí, cuido a unos niños pequeños en su casa. Vivo con esa familia.

—¿Crees que quizá los señores donde trabajas te permitirían venir a casa unas horas al día? Como eres enfermera y Eric está a gusto contigo, creo que se sentirá mejor si tú estás allí para ayudarlo o para acompañarlo. Tú entiendes; con nosotros se aburre, y no podemos ya subir y bajar escaleras todo el día...En fin, sería un alivio para mí saber que podríamos contar contigo el tiempo que tú nos puedas dar.

—Claro que sí, doña María; con gusto. Pediré permiso mañana mismo y estoy segura de que no habrá problema. Iré a ayudarla en las tardes, cuando la señora regrese temprano a casa, y los fines de semana podré ir por unas horas más...Por lo menos hasta que Eric se sienta más fuerte.

—Gracias, Cristina. Te agradezco mucho tu comprensión.

—No tiene por qué agradecérmelo.

Cristina se despidió con alegría de la abuela, sin notar la gran sonrisa en la bella cara de la nana. No se le ocurrió pensar que en realidad nana María no tendría ningún problema al ocuparse de Eric, pero que ésta era su manera de asegurar que los jóvenes tuvieran una oportunidad para conocerse mejor. La nana sentía en sus huesos que Cristina y Eric habían nacido para amarse y esto sería sólo una pequeña ayudadita. También sabía que su nieto se aliviaría más rápido con Cristina a su lado.

Antes de regresar a su casa, nana entró en silencio en la habitación de Eric para despedirse de él. Eric descansaba con los ojos cerrados, recordando la belleza deslumbrante de Cristina. Abrió los ojos al sentir a alguien en la habitación. Vio a la nana y le extendió su mano para invitarla a sentarse.

—Estaba pensando, nana, qué agradecido estoy de haber recobrado la vista, pero sobre todo para poder ver la belleza de Cristina. ¿Qué le parece Cristina, abuela?

—Lo importante es qué te parece a ti, mi hijo.

—Es raro, nana... Acabo de conocer a Cristina, pero cuando ella está cerca de mí, me siento diferente, me siento completo. No sé cómo explicarle, pues nunca me había sentido así. Me parece que la he estado esperando toda mi vida, como si siempre hubiera yo sabido que ella iba ser parte de mí. Quisiera tenerla aquí conmigo, que nunca se apartara de mi lado. Abuela, ¿cree usted...? Estaba yo pensando... mañana voy a salir del hospital y pronto regresaré a mi trabajo y ella regresará a su trabajo. ¿Cree usted que Cristina me va a querer ver otra vez cuando esté yo fuera del hospital?

—¿Por qué no iba a querer verte más? No creo que tengas de qué preocuparte, Eric. Te aseguro que tendrán muchas oportunidades para conocerse y quizá también para amarse. Tienes que tener fe y permitir que ella te conozca realmente. Ahora descansa, m'ijo, que mañana te vendremos a recoger para llevarte a casa muy temprano.

Al entrar a su casa al día siguiente, Eric notó de inmediato que la casa lucía muy limpia y ordenada. La abuela se había encargado de poner flores frescas para recibirlo; también había un gran pastel, y suficiente comida como para alimentar a toda la fuerza de policía. Eric sonrió al ver todos los preparativos para recibirlo, y abrazó con cariño a la abuela para agradecerle.

Al llegar a su habitación, lo primero que pensó fue que, a diferencia del hospital, aquí no escucharía el suave golpe en la puerta anunciando la llegada de Cristina. Ella estaría ocupada con su trabajo y sus amistades; él estaría aquí soñando con volverla a ver, volverla a besar, oler su dulce fragancia.

Un gran número de cartas y tarjetas de amigos y admiradoras lo esperaban al lado de su cama. Sin embargo, las admiradoras que en el pasado le habían sido importantes por las horas de diversión que le brindaban, ahora ya no significaban nada para Eric. Sin leerlas, Eric puso las cartas a un lado y se desvistió para recostarse.

El esfuerzo de salir del hospital y regresar a su casa lo había dejado sin fuerzas. Se sintió decaído al comprobar que le tomaría tiempo recuperarse para poder regresar al trabajo, y sobre todo que tomaría tiempo hasta que volviera a ver a Cristina de sus sueños.

Sí. Cristina era la mujer que había soñado tantas veces. ¿Era realmente Cristina lo que Eric veía, o era una fantasía creada por su imaginación mientras estaba gravemente enfermo en el hospital? Y con este pensamiento se quedó dormido.

Abrió los ojos al oír esa forma suave de tocar en la puerta que anunciaba la llegada de Cristina.

Estoy soñando pensó, y volvió a cerrarlos. Pero unos segundos después lo volvió a oír, y con los conocidos golpecitos, la voz de Cristina.

—Eric, ¿puedo pasar?

De un salto Eric se sentó en la cama.

—Sí, claro que sí, Cristina. Pasa por favor. ¡Qué sorpresa!

—Como verás, el servicio del hospital se extiende hasta el hogar y vine a traerte tu merienda. Sólo que esta vez es una buena comida preparada por tu abuelita.

—Deja la merienda donde tú quieras, Cristina, y permíteme que te vea. Una vez más no estaba seguro si te soñé o si eres realidad. Ven aquí muy cerca.

Cristina dejó la merienda sobre la mesita del cuarto y tímidamente se acercó a su amado. Eric agradeció en silencio el milagro de tener a Cristina en su vida y el milagro de poderla ver, oír y gozar. Notó que Cristina olía como siempre a flores, y que sin su uniforme de voluntaria del hospital, su cuerpo lucía aún más seductor. Con ternura acercó la cara de Cristina a la suya, y la besó con un beso largo, tranquilo, y lleno de amor.

—¿Cómo te sientes, Eric?

—Me siento de maravilla ahora que estás aquí. ¿Cómo pudiste dejar tu trabajo temprano?

—Pedí permiso para poder venir a ayudar a tus abuelos.

—Mira nada más. Yo pensé que quizá viniste a visitarme a mí. Pero sólo querías ayudar a los abuelos. No importa, tomo lo que me quieras dar, aunque no sea yo la causa de tu visita. Tendré que hacer algo para robar tu atención de los abuelos hacia mí. ¿Qué puedo hacer para ser el centro de tu atención?

—Platícame acerca de ti, Eric. Quiero oír de cuando eras niño, de tu trabajo, de... tus...amigas.

—¿Quieres que empiece por las amigas?

—No. Prefiero si empiezas por tu niñez, al mismo tiempo que meriendas; tu abuela me dijo que no quisiste comer al mediodía, y necesitas ponerte fuerte.

—Está bien, señorita enfermera; la verdad es que tengo mucho apetito.

Cristina se sentó cerca de él, y mientras lo observaba comer, acariciaba su pelo revuelto que le caía sobre la frente.

—Dime, Eric, ¿tu papá tenía ojos verdes como los tuyos?

—No, era mi mamá, pero casi no me acuerdo de ella. Yo era muy pequeño cuando ella murió.

—¿Qué le pasó?

—Se le había hecho tarde en el trabajo una tarde y salió en su auto a recogerme de la casa de la señora que me cuidaba. Tuvo un accidente en el camino y murió.

—Pobrecito, perdiste a tu madre desde pequeño.

—Pero nana María ha sido una madre para mí. El que sufrió más que nadie fue mi papá. Él y mi mamá habían sido novios desde la escuela, y después del servicio militar de mi papá se casaron muy enamorados. Cuando mi mamá murió, él empezó a beber y murió un par de años después. Yo creo que murió porque no quiso vivir sin mi mamá.

—¿Y viniste a vivir con tus abuelos de inmediato?

—No. Un hermano de mi mamá, que vivía en Dallas, allá en Texas, me llevó a su casa. Estuve allí casi un año. Pero era una familia donde cada uno hacía lo suyo, y yo me convertí en un niño muy rebelde.

—¿Cómo? ¿Qué hacías?

—No iba a la escuela, la pasaba jugando billar, tomaba y fumaba. Terminé varias veces teniendo problemas con los pandilleros por un lado, y con los policías por el otro.

—¿Con los pandilleros? ¿Qué pasó?

—No pasó nada, pero llegó un momento que la esposa del tío no quiso más problemas, y me dieron a escoger entre mandarme a una escuela militar, la cárcel, o la casa de mis abuelos aquí en Washington. Yo escogí, claro, venir a Washington, pensando que con los abuelos podría seguir de vago porque soy su único nieto.

—¿Y qué pasó?

—Bueno, al principio me pareció que la nana y el tata eran peor que una escuela militar y una cárcel juntas. Me hacían ir a la escuela todos los días, limpiar mi habitación, no me permitían fumar ni tomar, y tenían muchas reglas que tenía yo que cumplir.

—¿Y si no cumplías?

—Créeme que es mejor romper la ley del país que hacer enojar a la nana María —rió Eric—. Pero ahora que reflexiono me doy cuenta de que era la única forma de domar ese potro salvaje que traía yo adentro, seguramente por haber perdido a mis padres.

—Pobrecito mi querido Eric —dijo Cristina, abrazándolo con fuerza como si pudiera protegerlo del pasado.

—No te sientas mal por mí, Cristina. Fue una gran suerte para mí haber llegado a casa de los abuelos. Todo lo que soy se los debo a ellos. Los abuelos han sido mis padres y un gran ejemplo para mí. Ellos sólo tuvieron un hijo, mi papá, y desde que llegaron aquí a los Estados Unidos, sólo se la pasaron trabajando muy duro toda la vida.

—¿De dónde vinieron?

—De un rancho en el norte de México; salieron porque el rancho quedó destruido después de la revolución de 1910 y vinieron aquí a probar su suerte. Llegaron de muy jóvenes y eran recién casados. Como llegan muchos otros ahora, ellos traían muchas ilusiones para una vida mejor. Lástima que les causé tantos dolores de cabeza.

—¿Y por qué decidiste hacerte policía?

—No sé. Quizá tenga algo que ver con lo que vi en las calles cuando andaba de vago. Además, mi mejor amigo, Ramón, y yo desde jóvenes decidimos que seríamos policías y seríamos socios, y así es el día de hoy.

—¿Ramón y tú trabajan juntos en la misma oficina y en el mismo auto, como enseñan en la televisión?

—Más o menos como enseñan en la televisión —rió Eric.

—¿Y cómo conociste a Ramón?

—El es de Puerto Rico, y vivía aquí con unos parientes lejanos. Lo conocí en una fiesta de la escuela y después de eso lo invité a mi casa, y mis abuelos lo adoptaron casi como si fuera un nieto más. Pasaba más tiempo con nosotros que en la casa de los parientes, y a mí me gustaba tenerlo cerca porque siempre me ha hecho reír, es muy divertido y ha sido como un hermano. Así que ya ves, Cristina, empecé mal, pero me hice de una nueva familia y logré seguir la carrera que soñé desde niño. Antes pensaba que sólo al ser policía sería yo feliz.

—Qué bueno que lo lograste y ahora puedes ser feliz.

—Sí y no. Cuando terminé y me gradué, me di cuenta de que todavía me hacía falta algo importante para ser realmente feliz.

—¿Qué te faltaba? —preguntó Cristina con coquetería.

—Me hacía falta encontrar a la mujer que será mi esposa.

—¿Y ahora... eres feliz?

En lugar de responder a su pregunta, Eric abrazó a Cristina.

—Cristina, no sé por qué pero tengo temor de que ahora que estás en mi vida vayas a desaparecer. No quiero dejar de sentir lo que siento ahora.

—No te preocupes. No voy a desaparecer, y no me soñaste. Soy real, pero ahora tengo que irme ya. No quiero abusar del permiso que me dieron en el trabajo.

—¿Regresarás pronto?

—Lo antes que pueda. Y la próxima vez que venga, te llevaré a pasear al pequeño parque que vi frente a tu casa. Pero mientras, voy a bajar los platos a la cocina para que tus abuelos no tengan que subir. ¿Necesitas algo más?

—No. Sólo te necesito a ti. Por favor, regresa pronto.

Eric volvió a besar a Cristina. Con calma, muy despacio, casi como si estuviera cuidando de no hacerle algún daño, deseando que el beso no terminase nunca. Era como si en estos besos largos y tranquilos estuvieran empezando a compartir a fondo la esencia de sus seres.

Igual que el día anterior, Cristina tuvo que obligarse a separarse de los brazos de Eric. Bajó a la cocina y rápidamente se despidió de la abuela. Hubiera preferido no tener que hablar con nadie para mantener, sin interrupción, el sabor dulce de los besos de Eric.

En camino a su casa, Cristina se preguntó por qué tendría Eric miedo de perderla. ¿Podía darse cuenta de que había algo que podría hacerla huir de él? ¿Podía darse cuenta de que no podía compartir con él parte de su vida?

Esa noche trató de imaginarse cómo sería Eric cuando era niño, metido en problemas con la ley, y sonrió. Ahora él era la ley, era el policía más famoso en la ciudad. ¡Y estaba enamorado de ella!

¡Cuánto deseó Cristina tener a alguien con quien compartir su felicidad al sentirse enamorada, compartir cómo se sentía casi flotar en el aire desde el día que conociera a Eric en el hospital!

Reflexionó acerca de su propia vida, que había sido tan diferente a la de Eric. Había crecido con su madre y su padre, y ellos habían sido el centro de su vida hasta que llegó Loli. Pero por las circunstancias de su vida, ella había tenido que dejar a su hija. Y ahora, la vida la había traído cerca de Eric. Se habían conocido sólo unos días antes, y ya lo sentía tan cercano como si lo hubiera conocido años atrás. Si tan sólo pudiera creer que algún día podrían ser felices, sin miedos ni temores. Si tan sólo...

Su cuerpo entero tembló por el deseo que sintió de estar con Eric, de entregarse a él. No sabía que en ese mismo momento Eric pensaba que daría cualquier cosa por tener a Cristina allí junto a él, acariciar su cuerpo desnudo, muy lentamente. Hacerla suyo; darle placer hasta hacerla explotar en un mar de energía y felicidad.

A la siguiente oportunidad que tuvo para salir del trabajo, Cristina regresó a visitar a su amado. Habiéndose arreglado con gran esmero, lucía aún más esbelta que de costumbre con la falda negra que eligió para esta ocasión. Decidió ponerse la blusa blanca que guardaba para ocasiones especiales y esta vez dejó los dos botones más cercanos al cuello sin abotonar. El cinturón, como toque final, hizo que su pequeña cintura hiciera resaltar la curva femenina de sus caderas. Salió de su casa cantando.

Cuando llegó a ver a Eric, se sorprendió al encontrarlo sentado en un sillón. El enfermo estaba vestido con su ropa de calle y parecía estar fuerte y sano.

—Qué gusto verte así, Eric.

—He estado listo y esperándote para salir a pasear al parque desde las seis de la mañana.

—¿Seis de la mañana de qué día?

—De verdad, no había decidido aún qué haría sentado aquí sin moverme si no llegabas el día de hoy —dijo Eric al abrazarla. Los dos rieron.

—Vamos, pues. El sol está a punto de ponerse y es un atardecer precioso.

Caminaron al parque, donde encontraron una banca aislada del resto del mundo. Eric pasó su brazo sobre el hombro de Cristina y se sintió el hombre más feliz del mundo. Mirándola de cerca, le dijo en un susurro:

—Estás bellísima, Cristina. Eres una mujer muy sensual. Quisiera tenerte en mis brazos y enseñarte todas las emociones que traigo dentro de mí cada vez que pienso en ti. Y créeme que pienso en ti muchas veces al día. En mis fantasías eres mía y...yo te...Bueno, creo que estoy hablando demasiado...Mejor háblame de ti.

Cristina bajó de inmediato la vista.

—¿De mí? ¿Qué quieres que te diga?

—No sé; dime qué te gusta y qué te disgusta.

—Soy una mujer de gustos sencillos. Me gusta la música romántica, me gusta bailar, me gustan los animales —sobre todo los caballos—, me gustan las montañas y el mar, un bello amanecer y un atardecer como éste.

—¿Y qué te disgusta?

—Me disgusta estar lejos de mi hija y del resto de mi familia. Me disgusta sentirme sola.

—No quiero que te sientas sola, Cristina. Mírame a los ojos y prométeme que si te sientes sola a cualquier hora del día o de la noche, vas a venir a mí. De hoy en adelante ya nunca estarás sola. Platícame acerca de tu pequeña.

—Dicen que mi Loli se parece mucho a mí. Los mismos ojos, la misma boca. Ella es el centro de mi vida. Si tan solo pudiera yo tenerla conmigo...Ese es mi sueño, que algún día esté mi Loli conmigo, y que yo le encuentre un buen papá para que seamos una familia completa y feliz.

Eric no dijo nada, pero pensó: *Yo te ayudaré a que la tengas contigo y le des un buen papá.* Se acercó al oído de Cristina y le dijo en voz muy baja:

—Soy policía, y la gente me considera muy valiente. Sin embargo, me gusta como me cuidas y te preocupas por mí. Eres muy especial, Cristina. Algún día se van a cumplir todos tus deseos. Y con respecto a mí, no hay de qué preocuparte. Ya estoy bien, y regresaré al trabajo el próximo lunes.

—Yo trataré de venir a visitarte antes de que regreses a trabajar. Quiero estar segura de que te sientes muy bien antes de regresar a trabajar.

Tomados de la mano otra vez, regresaron a casa de Eric; desde la ventana de la cocina, nana María vio acercarse a dos jóvenes que empezaban a sentir el fuego de un amor duradero. Sonrió con gusto.

Este es definitivamente mi clima favorito, pensó Eric mientras esperaba a Cristina afuera de su casa unos días después. *El calor y la humedad han terminado, pero no ha empezado el frío.* Eric, que nunca antes había puesto atención a la naturaleza a su alrededor, notó lo verde de los árboles, y las flores enmarcando la entrada de su casa, orgullo del trabajo de fin de semana del tata José.

Sacó de su bolsillo la invitación que recibiera para el baile que se ofrecía en su honor, y pensó en cómo invitar a Cristina al baile y al viaje a las montañas. Sí, la cabaña en las montañas sería el plan perfecto; ella misma le había dicho que amaba las montañas y el agua. *Ojalá Cristina acepte,* pensó. *No quiero ir a la fiesta ni tomarme las vacaciones si no lo puedo compartir con ella.* Si Cristina aceptaba, sería la semana perfecta.

Vio a Cristina acercarse desde la esquina, y se apresuró a alcanzarla. Cada vez que la veía, lucía más hermosa. El color de la piel de su cara hacía resaltar los hoyuelos a los lados de esa sonrisa sensual y perfecta. Sus pechos se distinguían por encima del suéter ajustado que había seleccionado su amada para ir a cenar con él. Eric apreció cada detalle de la presencia de Cristina.

Al acercarse se abrazaron, y en el calor de sus brazos no hizo falta ninguna palabra para completar el saludo. Su cercanía los hizo sentir en casa.

—¿Tienes hambre, Cristina? Quiero llevarte a un cafecito aquí a la vuelta donde cocinan una buena pasta —dijo Eric, tomándola de la mano para guiarla.

—Sí, claro, vamos. Perdóname que llegué tarde, pero no sabía a última hora si iba a poder llegar o no.

—¿Por qué?

—Me llamaron del hospital, que me necesitaban, pero por fin pudieron encontrar a otra voluntaria. Les prometí que iría este fin de semana.

—Parece que todos necesitamos de tu atención. Y yo estoy dispuesto a no verte este fin de semana si me prometes regalarme el próximo fin de semana y unos días más después. Mira, ya llegamos, ¿te gusta esta mesa aquí afuera?

—Sí. ¿De qué hablabas del próximo fin de semana?

—¿Recuerdas que me dijiste que te gustan las montañas y el agua?

—Sí.

—Preparé una sorpresa que empezará después del baile que ofrece la policía para celebrar que no me mataron. Mira, aquí está nuestra invitación. ¿Quisieras ir conmigo al baile? Va a estar muy elegante y divertido. Quiero que todos te conozcan.

—¿Van a celebrar que no te mataron?

—Bueno, más bien me van a dar un premio o algo parecido.

—¿No será que estás siendo algo modesto, mi querido Eric?

—Lo importante es saber si aceptas, y si puedes tomarte unos días de vacaciones para conocer mi pequeño paraíso. En realidad no es mío, pero te tengo preparada una sorpresa en un lugar que es un paraíso.

—No he tomado vacaciones desde que empecé a trabajar, así que no creo que tenga problemas. Voy a preguntarle a la señora Lecea y te aviso pronto.

—¿Entonces, me estás diciendo que sí aceptas?

—Sí, será muy divertido acompañar al homenajeado de la fiesta.

—Ya verás. La vamos a pasar muy bien, va a haber música y cena, y vas a conocer a muchos de mis amigos.

Cristina sonrió, se acercó a Eric y lo besó de tal manera que Eric tuvo que detenerse para no pedirle, rogarle, que pasaran esa noche juntos. Que le permitiera hacerla suya, como lo había estado haciendo en cada pensamiento desde que la conociera.

—Te voy a hacer una mujer feliz, Cristina. Nunca he roto una promesa y ésta no la romperé jamás.

CAPÍTULO 6

—Mira mujer —dijo Rosa—, te tenemos aquí algunas cosas que vas a necesitar para esta semana—. Abrió la pequeña maleta y sacó primero un par de zapatos negros de terciopelo de tacón alto, muy bellos—. Estos irán perfecto con el vestido largo que te dio tu patrona para el baile. Y nos aseguramos que sean de tu tamaño para que puedas bailar.

—Si primero bajas un ratito de esa nube —agregó Carmen.

—Y mira este abrigo para hacerle juego a los zapatos —continuó Rosa—. Te va a quedar precioso y te va a mantener calientita en el camino.

—Como que su héroe no la pudiera mantener caliente... —rió Carmen.

—Ya párale, Carmen —dijo Rosa seriamente—. Queremos que este paseo sea perfecto. Para tus días en la montaña, después del baile, Carmen te trajo este suéter. Parece angora. Mira, tócalo.

Cristina gozaba con sus amigas, agradecida por que compartieran con ella la ropa, pero sobre todo, porque compartieran su felicidad. Esta felicidad tan nueva, tan grande y tan diferente a aquello que había vivido antes. Solamente en los cuentos que les leía a los niños podría suceder algo así. Como la princesa de los cuentos, Eric la llevaría al baile donde la Policía lo honraría por su valor. Después del baile, los esperaban unos días en las faldas de una montaña, donde los amigos de su amado les habían prestado una hermosa cabaña para estar solos en celebración de su amor.

—Gracias. Muchas gracias —dijo Cristina, abrazando a sus amigas con toda sinceridad—. ¿Y ustedes qué van a hacer el fin de semana? —preguntó, con el deseo de que ellas también tuviesen alguna gran emoción esperándolas.

—Yo no tengo planes —dijo Rosa decepcionada.

—Yo voy con Manuel al aeropuerto a recoger a su nuevo socio —dijo Carmen—. Quizá lo logre convencer para que mejor tomemos el avión y me lleve a alguna playita en Puerto Rico. Mira que con este frío ya se me empezó a blanquear mi color natural —dijo Carmen, enseñando sus brazos de color bronce obscuro. Como siempre, Carmen las hizo reír y sentir contentas.

Esa noche, Cristina repasó una vez más con la señora de la casa lo que había preparado para la semana. Aprovechó para agradecerle de nuevo por las vacaciones y el vestido; desempacó y empacó por tercera vez el maletín para asegurarse de que no se le olvidaba nada, y por fin llegó la hora de arreglarse.

A las nueve en punto el timbre sonó, y Cristina abrió la puerta con gran felicidad. Eric le entregó un hermoso ramo de rosas, y tomó unos minutos para deleitarse al ver a Cristina, que lucía deslumbrante. Ella notó en los ojos de Eric una gran pasión. Caminando lenta y coquetamente, fue a colocar las rosas en agua, gozando las miradas de Eric sobre su espalda.

La seda color azul cielo resaltaba sobre el color moreno claro de su piel. Sostenido por dos lacitos sobre sus hombros desnudos, el vestido flotaba con suavidad sobre el esbelto cuerpo de Cristina, resaltando su feminidad. Por delante, el escote tapaba sus senos, pero no en su totalidad. Permitía ver el principio de la curva de éstos, sugiriendo que eran unos senos perfectos. Por detrás, su espalda quedaba al descubierto. La falda del vestido flotaba suavemente hasta el suelo, cayendo libremente sobre su estómago plano y sus suaves caderas. El pelo lo llevaba recogido en una cola de caballo, amarrado por un lacito azul como el vestido. La sencillez del peinado la hacía lucir más bella y elegante. Unos delgados aros dorados colgaban en sus pequeñas orejas.

Cristina también notó que Eric lucía especialmente varonil y bien parecido con su esmóquin negro. Su camisa blanca era elegante, y el puño asomaba apenas unos centímetros en las mangas del saco de corte moderno. Vestido de esta manera, le parecía aún más alto. Eric se acercó a besarla tiernamente, y Cristina tembló de placer al sentir cerca su cara fresca de piel recién rasurada.

Con cuidado Eric ayudó a Cristina a ponerse el abrigo y, una vez fuera, la protegió del viento mientras caminaban muy juntos. Subieron al auto, y en la obscuridad de la noche Eric la besó con gran pasión. Una dulce melodía que había preparado de antemano para este momento empezó a tocar en cuanto Eric encendió el auto.

—Escogí esta canción porque expresa lo que siento por ti. Quiero que sepas lo que siento, Cristina. Quiero poder decirte siempre la verdad, lo que sueño, lo que deseo. Y quiero que tú hagas lo mismo. Quiero ser tu amante y tu amigo. Quiero que tú seas mía. Quiero darte amor y placer. Quiero darte las estrellas. Quiero que me ames como no has amado jamás. Quiero que seamos uno, hoy y siempre—. Y al decir esto, colocó en el dedo de Cristina un pequeño anillo de oro con una esmeralda diminuta en el centro. Más tarde, esta esmeralda le recordaría a Cristina sus días más felices, cuando veía tan de cerca aquellos ojos verdes del color del mar.

Llegaron a la fiesta en honor a Eric, y Cristina resultó ser, más que nadie, el centro de atención. Todos los policías y sus esposas, y el mismo jefe de la policía, quedaron encantados con la alegría y la belleza de Cristina. Su gracia y su dulzura eran un magneto para aquellos a su alrededor.

El banquete a todo lujo era una experiencia nueva para Cristina, pero cualquiera hubiera pensado que acudía a fiestas de este lujo con mucha frecuencia. Un mesero elegantemente vestido les servía por un lado, y uno diferente les recogía los platos por el otro. La cantidad de tenedores y cuchillos que cada invitado utilizaba le llamó la atención, pero, observando discretamente a sus vecinos, no le costó trabajo adivinar cuándo era necesario utilizar cada uno.

Una vez terminada la cena, Eric fue llamado al podio para recibir un premio. Al aceptarlo, dijo emocionado: "Agradezco mucho esta muestra de aprecio. Ojalá que nunca tuviéramos que estar en peligro al llevar a cabo nuestro trabajo como policías. Sin embargo... "—y el verde de sus ojos cobró aún más color—, "...si no fuera porque acabé en el hospital, no hubiera conocido a Cristina, el amor de mi vida. Por eso le pido a mi reina que venga aquí a recibir este premio conmigo."

La gente rió y aplaudió con fuerza, insistiendo en que Cristina acompañara a Eric a recibir el premio. Tomados de la mano, recibieron el premio, mientras se encendían decenas de lucecitas de fotógrafos, capturando este momento de triunfo y de amor.

Cuando la orquesta empezó a tocar, Eric le susurró al oído:

—Sé cuánto te gusta bailar, mi amor, pero ¿no prefieres que bailemos sin toda esta gente?

Mirándolo coquetamente, Cristina respondió:

—Sólo si me prometes que me cantarás las canciones al oído.

Los invitados no supieron cómo ni cuándo los enamorados salieron del salón de baile. Viajando rumbo a las montañas salieron a celebrar su amor; su fiesta privada estaba a punto de comenzar. Pocos autos transitaban a esta hora de la noche hacia las montañas de Maryland. Las estrellas y la luna brillaban para la pareja, complementando la belleza de la nieve que caía como pedacitos de pequeño y suave algodón.

En las pocas ocasiones que Cristina había visto nieve desde su llegada a Washington, nunca le había parecido tan hermosa. Asimismo, nunca había sentido que la luna brillara exclusivamente para ella. Sentada muy cerca de Eric, con la cabeza recargada en su hombro, dio gracias en silencio por su felicidad.

—Platícame de ti —le pidió Eric.

—¿Qué quieres saber?

—De dónde viniste. De tu familia. De tu vida antes de conocernos. ¿Por qué viniste a los Estados Unidos? Quiero imaginarme que no hay ninguna parte de nuestras vidas que no hayamos compartido.

—No hay mucho que decir —dijo Cristina con cautela. Mientras menos supiera Eric, menos peligro habría de involucrarlo en su secreto—. Nací y crecí en San Cristóbal. Vengo de una casa en que, aunque humilde, nunca nos faltó de comer. Mi mamá siempre se encargó de tener verduras frescas en el huerto para darnos de comer, y flores de muchos colores que crecían afuera de la casa para alegrar nuestras vidas. Mis hermanos y yo estudiábamos unas horas y trabajábamos con mi papá en el cafetal más grande, el cafetal de Don Luis. Conocí al papá de Loli desde niña y siempre pensé que nos casaríamos. Pero murió la misma semana que nació la pequeña. Un tiempo antes, mi papá y otros se enfermaron de cólera y, como no había medicinas ni médicos, ni clínicas allí mismo, él y otros dieciocho campesinos murieron al poco tiempo. Esto hizo que el patrón y el alcalde abrieran una clínica. Yo decidí dedicarme a la enfermería para ayudar a que otros no sufrieran la misma pérdida que nosotros sufrimos.

—Recuerdo la fiesta de inauguración de la clínica —continuó Cristina—. Todos vestían sus mejores ropas. Los ancianos, los jóvenes, los bebés, el cura de la parroquia, incluso las monjas del convento que está a un lado de San Cristóbal. Hasta los militares llegaron a celebrar. Cada familia preparó un platillo especial para la celebración y bailamos toda la noche con la banda que trajeron de la ciudad. A la mañana siguiente celebramos una misa preciosa antes de la inauguración.

—¿Es grande la clínica? —preguntó Eric.

—No, es pequeña. Pero todos ayudaron a pintar y a arreglarla con lo necesario, para que la gente no tuviera que caminar por horas hasta la clínica de la ciudad más cercana. Todos los campesinos tenían una gran ilusión de hacer de esta clínica algo que nos perteneciera a todos.

—¿Te gustaba mucho trabajar allí? —volvió a indagar Eric.

—Sí, al principio, mucho. Pero muchas veces las cosas no son lo que parecen ser. Las cosas parecen ser de una forma, y resultan ser diferentes.

—¿Qué pasó? ¿Por qué te fuiste?

—Mira, Eric—dijo Cristina emocionada, señalando al cielo—, una estrella fugaz. Rápido. Pide un deseo, y se te cumplirá.

—Deseo que seas mía, mi amor —dijo Eric de inmediato.

—Shhhh —dijo Cristina, poniendo dos dedos sobre la boca de Eric—. No puedes decir en voz alta lo que deseas. Sólo piénsalo y se cumplirá —dijo Cristina, cambiando la conversación.

Eric besó los dedos de Cristina y dijo:

—¿Recuerdas como acariciaste mis labios cuando entraste la primera vez en mi cuarto del hospital? ¿Y te acuerdas...

Antes de que pudiera terminar la pregunta, Cristina estaba delineando con la punta de su angosto dedo índice la boca, las orejas, la barbilla y el cuello de Eric. Acercándose a él, mordió levemente su oreja, y la rozó después con la punta de su lengua. Eric respiraba a ritmo acelerado.

—Tu deseo se va a cumplir, Eric —le dijo Cristina en un susurro.

—Llegamos por fin. Gracias a Dios —dijo Eric, apagando el motor de prisa—. Ya estaba yo buscando algún lugar para detenerme a besarte en el medio de la carretera...

A toda prisa sacaron sus maletines del auto y corrieron a la pequeña cabaña.

—Yo prenderé la chimenea. Tú sírvenos algo de tomar, mi amor —dijo Eric—. Traje música de Manzanero, Solís, Fernández, tríos. ¿Qué te gusta? —

gritó Eric para que lo escuchara desde la cocina, mientras seleccionaba la música y encendía el fuego.

—Me gustas tú —dijo suavemente Cristina, parada detrás de él.

Eric colocó un leño más en el fuego y volteó a ver a su amada parada sin su abrigo, como una diosa, cerca de él. Tomándola de la mano, la acercó para que le llegara el calor de la leña encendida. Y sin decir palabra, la invitó a bailar, cantándole en su oído una romántica canción.

El perfume de Cristina y la ilusión de esta noche lo embriagaban. Al sentirla tan cerca, al tocar su espalda desnuda, sintió una excitación que nunca antes había conocido. Se alejó sólo unos segundos para quitarse el saco, que cayó a medias sobre una silla. Tomó a Cristina en sus brazos y deseó que sus vidas fueran una danza que no terminase nunca. Bailando con sus cuerpos unidos, Eric sintió los senos de Cristina apretados contra su pecho. Notó la excitación de Cristina en sus duros pezones. Ella, por su parte, sintió con gran emoción como, al rozar sus cuerpos, el miembro de Eric había crecido de excitación bajo el pantalón, haciendo que ella sintiera un cosquilleo de gran placer entre sus piernas. Sus corazones latían al mismo tiempo.

Se miraron fijamente a los ojos y sus bocas se encontraron en besos largos. Besos ansiosos. Besos de pasión. Sin decir palabra, Cristina desamarró el lazo de su pelo, y lo dejó caer sensualmente sobre sus hombros. Con cuidado, Eric hizo a un lado el pelo de Cristina, sólo lo suficiente para encontrar los lacitos de donde el vestido se sostenía. Acarició excitado el hombro de Cristina al mismo tiempo que deshacía el primer lazo. Besó enseguida el otro hombro y deshizo el segundo lazo. El vestido cayó al suelo, dejando ante sus ojos el cuerpo de su amada.

Sus juveniles senos eran de un tamaño perfecto. Morenos, redondos, con pezones obscuros, erectos, que le hablaban de la emoción que sentía ella. Lucía un hermoso liguero sobre una pequeña pantaleta color azul como el vestido. Cristina se quitó un zapato, después el otro, y antes de que se quitara las medias que cubrían sus largas y finas piernas, Eric dijo con suavidad en su voz:

—Permíteme, reina mía—. Y recargándose en una rodilla, se inclinó para quitarle cuidadosamente las medias a Cristina y besó una y otra vez su cuerpo tierno y suave.

Gozando de cada instante de placer, Cristina desabrochó lentamente la camisa de Eric. Sin dejar de bailar muy cerca de él y moviendo sus caderas al ritmo de la música mientras Eric las acariciaba, le quitó con cuidado la camisa. Desabrochó su pantalón, bajó el cierre muy despacio, y rió en silencio al ver el movimiento desesperado de Eric para quitarse rápidamente el pantalón y ponerse un preservativo. Cristina sonrió y se sintió contenta y tranquila, porque entendió que Eric tenía sentido de responsabilidad.

Sin apresurarse, sus cuerpos se acercaron, deleitándose en su desnudez. Sus sentidos estaban a punto de explotar. Lo sabían. Lo sentían. Temblando de pasión, besándose, jadeantes, bailaron un baile más.

CAPÍTULO 7

—Manuel —dijo Carmen con un leve enojo en la voz—, es la tercera vez que me repites lo mismo. Ya te prometí que trataré a tu socio con respeto. No le haré chistes ni preguntas. Me pondré mi bata para desayunar. O mejor aún, me vestiré completamente antes del desayuno. ¿Qué más quieres? ¡Ah, sí! No lo voy a interrumpir cuando él hable. ¿Contento?

—Contento —contestó contadamente Manuel. Estaba nervioso y en estos momentos no tenía humor para discutir con Carmen. No tenía humor para nada.

Recibir en su casa a don Jorge no era cosa de todos los días. No sabía bien cómo tratarlo, ni qué le gustaba. Sabía que no debía preguntar más de la cuenta. Sus órdenes eran ir al aeropuerto a recibir a don Jorge, darle albergue en su casa, y esperar a recibir instrucciones más detalladas para un nuevo trabajito que le tenían planeado. Según su contacto, este trabajo le dejaría más plata de la que pudiera contar de una sola sentada.

Por fin iba a hacer algo que valiera la pena. Llevaba meses esperando una oportunidad, consiguiendo solamente pequeños oficios aquí y allá para permitirle vivir más o menos. *Sobre todo para vivir como le gusta a Carmen,* pensó. Pero ni modo. Carmen, su mulata de fuego, lo volvía loco, y él la había acostumbrado a vivir así.

—Pero explícame, Manuel. Si este socio tuyo es tan rico como tú dices, ¿por qué tiene que quedarse en tu casa en lugar de irse como cualquier otro turista decente a un hotel? —preguntó Carmen cuando llegaban al aeropuerto Dulles.

—No preguntes más, Carmen. Me estás acabando la paciencia. Se queda en mi casa porque así lo digo yo, y punto. Quiero que le prepares algo especial para esta noche, y un buen desayuno mañana. Asegúrate sobre todo de darle muy buen café, porque está acostumbrado a tomar del mejor. Llega de unos famosos cafetales.

—Oye, tú —preguntó Carmen insistiendo—, ¿y si tú nunca lo has visto, cómo lo vamos a reconocer?

—Sé que es muy alto, y así grandote —hizo una seña con sus manos Manuel, denotando una gran cintura—. Sé también que tiene una pata mala y que hace un ruido raro al caminar. Seguro no llegarán muchos que se le parezcan en este avión, ¿verdad, Carmen? —contestó Manuel de una forma que le decía a Carmen que en efecto había perdido la paciencia.

De regreso en el auto, apenas se cruzaron tres palabras. Carmen se sentía incómoda con el invitado, que mantenía en su boca un puro sin encender, y cuyo olor indicaba que había tomado más de una copa en el avión.

Durante la cena, se habló muy poco otra vez. A la primera oportunidad, Carmen se diculpó diciendo que estaba cansada y se retiró a dormir, de acuerdo con las instrucciones de Manuel. *Incluso sin estas órdenes,* pensó Carmen, *no hubiera yo tenido ningún interés en quedarme a acompañarlos. Será muy rico este don*

Jorge, pero no creo que haya muchas mujeres que quieran mantenerle su cama calientita. Y con esta imagen en su mente, les mandó una sonrisa traviesa y les dio las buenas noches. Desde su cuarto los escuchó hablando en voz baja por muchas horas. Seguramente hablaban de algo importante.

A la mañana siguiente, don Jorge encontró un gran desayuno esperándolo muy temprano. Solamente aceptó el café. Tratando de no ofenderse, Carmen se sentó a leer el periódico. A punto de caerse de la silla, exclamó a toda voz:

—Pero miren nada más. Si es nada menos que la Cenicienta y su príncipe, el policía, recibiendo un premio en el baile.

—¿De qué hablas, Carmen? —preguntó Manuel molesto con ella.

—Mira, Manuel, es mi amiga Cristina, la de la iglesia. Está su foto aquí, con el famoso policía, en el periódico. Por cierto, don Jorge, creo que usted y mi amiga vienen del mismo pueblo de San Cristóbal.

Estas últimas palabras despertaron la curiosidad del invitado. Con una tensión visible, don Jorge arrebató el periódico de las manos de Carmen para ver la foto. Arrancó la fotografía, la guardó con cuidado en su bolsillo, y preguntó:

—¿Del mismo lugar? ¿Usted sabe de dónde vengo yo?

—Bueno. Me pareció oír alguna vez que Manuel comentaba que usted es de San Cristóbal—. De inmediato supo Carmen que había hablado más de la cuenta. Manuel le había pedido —no, le había ordenado —que no dijera absolutamente nada con respecto a este hombre.

Ahora sí que metí la pata, pensó.

Mirando el reloj, se levantó rápidamente de la mesa.

—¡Qué barbaridad! —dijo—, miren qué hora es. Ya se me hizo tarde para llegar a misa. Ya me voy—. Y salió rápidamente de la casa, evitando a Manuel.

—Manuel —dijo el hombre una vez que salió Cristina—, mira la fotografía bien y regrésamela. Quiero que encuentres a esta tal Cristina y te asegures de que regrese a San Cristóbal pronto. Allá nos encargaremos nosotros de ella. Este será tu primer trabajo conmigo. Si ella no regresa a San Cristóbal, será también tu último.

¿Por qué tendrá Don Jorge tanto interés en esta amiga de Carmen?, se preguntó Manuel.

Al ver la furia de esos ojos, decidió que ya tendría tiempo suficiente para averiguar los detalles. Por el momento, Cristina regresaría a San Cristóbal. El futuro de Manuel y de Carmen, tal como él lo había planeado, estaba ahora en manos de esta mujer.

Observó detenidamente la fotografía y su plan empezó a tomar forma. Y fue así como Cristina pasó a ser parte de la vida diaria de este desconocido llamado Manuel.

CAPÍTULO 8

Al lado del gran lago de tranquilos y variados tonos de color azul, cada nuevo día era una sorpresa para Cristina y Eric. Cada día traía una nueva emoción, un placer desconocido, una risa espontánea, un beso diferente, una caricia robada.

Tomados de la mano, corriendo por los pequeños caminitos dentro del bosque, Cristina y Eric gozaban el amanecer, cubiertos por gruesos abrigos para protegerse del frío y del viento. Ya fuera al explorar la montaña coronada de altos pinos verdes, o al jugar como niños con la nieve que aparecía de vez en cuando a sus pies, la calma perfecta del lugar era complementada por el eco de sus risas que vibraban con alegría en los grandes espacios del lugar. Los dos enamorados se oyeron cantando con los pájaros—a toda voz—más de una linda canción.

Los pocos vecinos que encontraban en sus caminatas de la mañana o al ir de compras para cocinar más tarde sus platillos favoritos, notaban el amor que emanaba de esta joven pareja y trataban de conversar con ellos. Pero Cristina y Eric preferían mantenerse solos sin dar cabida al mundo real. El pequeño mundo creado por ellos dos era aún más bello que el que los rodeaba en este sitio.

Y de todo aquello que los rodeaba, los atardeceres eran—sin duda alguna—la parte más perfecta del día. Descansando en el sofá en esta cabaña lejos de todo, con las cortinas abiertas en ambos lados de la casita, Cristina y Eric gozaban de cada detalle a su alrededor: desde el ruido de algún pato cerca de la orilla del agua y el chispeo de la leña quemándose en la chimenea hasta el sol de un tono naranja brillante despidiéndose de los enamorados antes de esconderse detrás de la montaña, y reflejando sus últimos rayos sobre el agua oro y plata. De esta manera, los momentos de infinita felicidad y belleza acercaron a Eric y a Cristina, haciendo que su amor creciera cada día más.

—Si tuvieras un deseo que pedir, Eric, ¿qué pedirías? —preguntó Cristina, mientras preparaban la cena ya muy tarde en la noche.

—Quisiera despertar mañana y recibir una llamada de mi capitán diciéndome que tengo que quedarme aquí el resto de mi vida —dijo Eric, dejando a un lado el pan recién cortado y atrayendo a Cristina para que se sentara sobre sus piernas.

Ella así lo hizo y, al hacerlo, su bata se abrió, dejando al descubierto un seno. Eric lo acarició con gran ternura. Mirándola a los ojos, pasó su mano por la piel sedosa y perfumada de Cristina. Lentamente acercó su boca para besar su cuerpo descubierto. Deshizo el nudo del cinturón de la bata y notó la inmediata reacción de excitación de Cristina.

—Nunca me cansaré de admirar tu cuerpo, Cristina. Quiero que seas mi esposa. Quiero que tengas mis hijos. Nunca había conocido esta felicidad y nunca voy a dejarte ir de mi vida —dijo Eric, besando la boca de su amada como si lo hiciera por primera vez.

La reacción de Cristina a los besos y las caricias de Eric fue instantánea y natural. Cada parte de ella deseaba a Eric con todas sus fuerzas. En esos momentos lo único que quería, lo único que necesitaba, era sentirse amada por él, dejarse llevar por el torbellino de sentimientos que le era imposible detener. Nunca había conocido una pasión como la que Eric sentía por ella. Nunca hubiera pensado que ella pudiera sentir tal pasión por un hombre.

Puso sus diminutas manos a los lados de la cara de Eric y lo besó, respondiendo con el fuego que Eric encendió en ella. Allí mismo, como un saludo al nuevo anochecer, volvieron a inventar el amor.

CAPÍTULO 9

—¿Aló? —contestó Carmen el teléfono.

—Hola Carmen, habla Manuel. ¿Por qué no has venido a mi casa en todo el día?

—Pensé que estarías muy ocupado con don Jorge —respondió Carmen con naturalidad, tratando de esconder el miedo que sentía por haber hablado más de la cuenta durante el desayuno.

—Para ti siempre tengo tiempo, mi gordita hermosa —dijo Manuel más cariñoso que de costumbre—. Mira, don Jorge salió a sus negocios y va a regresar a dormir aquí muy tarde. ¿Quieres que vaya por ti ahora mismo?

—¿Ahora mismo? Me tengo que arreglar antes, Manuel.

—Tú no necesitas arreglo, mi negra. Mientras menos te pongas encima, más me gustas. Ya voy por ti, y prepárate para pasarla bien. Ya puse unas "cheves" a enfriar.

Carmen se maquilló rápidamente, se puso su mejor blusa color rojo y su falda con la pequeña apertura por un lado—aquella que tanto le gustaba a Manuel. Revisó sus uñas barnizadas del mismo tono de la blusa, y olvidó inmediatamente la angustia del día entero. Quizá había juzgado mal, y no metió la pata tanto como ella pensó. No importa; si él no dice nada, yo tampoco lo mencionaré, decidió. Manuel la quería de regreso con él esta noche. Y ella sabía muy bien qué hacer para volverlo loco.

Bajó emocionada; Manuel la esperaba ya a la entrada del edificio donde vivía las noches que no pasaba con él. Rápidamente llegaron a casa de Manuel.

—Como siempre, Carmen. Eres la mejor —dijo Manuel, prendiendo un cigarro en su cama—. No voy a preguntarte dónde aprendiste, porque no quiero saber; siempre y cuando practiques sólo conmigo.

—Puedes preguntarme lo que quieras, mi tigre. Estoy aquí para servirte, corazón.

—Acomódate aquí pegadita a mí y platícame de tus amigas, mi gordita.

—¿De mis amigas? ¿Qué quieres que te platique? —preguntó Carmen, colocando su cabeza sobre el pecho de Manuel, pasándole un cenicero de la mesita.

—Bueno, por ejemplo, ¿quién es la tal Cristina de la foto del periódico? ¿Dónde la conociste? ¿Qué hace?

—¿Y por qué tienes tanto interés en Cristina, mi amor? Ya me puse celosa; mejor ven aquí otra vez —dijo Carmen con coquetería.

—Espérate, Carmen. Es que ya estoy preparando la fiesta de Navidad y quiero que tú tengas también a tus amigas aquí. Necesito decidir cuántos invitados para encargar comida, invitaciones, y todo lo demás.

—¡Dios mío! ¿Con invitaciones y todo? —preguntó Carmen emocionada, sentándose de brinco en la cama—. ¿Y puedo invitar a todas las amigas que yo quiera?

—Quiero que todo salga perfecto, y por eso necesitamos decidir a quién y cuántos. Cuéntame de tu amiga mientras te hago un masajito como te gusta. Ven aquí —dijo Manuel, sentándose y acomodando a Carmen delante de él para darle un masaje en el cuello y los hombros.

—Mmmmm. Qué rico se siente... Bueno, no hay mucho que contar. Cristina está aquí sola. Trabaja de niñera en Silver Springs y es calladita, pero muy buena. Como viste en la foto, es muy hermosa. Tiene una hija pequeña que se quedó en San Cristóbal con su mamá y sus hermanos.

—¿Una hija? Si se ve tan joven en la foto...

—Sí. Tiene una niña pequeñita que, claro, es lo que más ama Cristina. El papá murió; nunca he sabido cómo. Sólo sé que tenían planes de casarse pronto cuando él murió, y ella se vino a los Estados Unidos. Nos vemos todos los domingos en la iglesia donde nos conocimos.

—¿Y por qué salió en la foto?

—Porque su nuevo galán sacó un premio de algo, y ahora están de vacaciones los dos pichoncitos en un lago en las montañas. Por cierto que regresan hoy en la noche. Mira, en lugar de que me preguntes tanto, ¿qué tal si salimos a pasear juntos cuando ellos regresen?

—Buena idea, mi amor. Vamos a salir juntos y después decidiremos si la invitamos a la Navidad o no. Mientras, ven aquí otra vez, que ya me dio frío. ¿Sabes cómo quitarme el frío? —dijo Manuel, tirando la sábana a un lado.

CAPÍTULO 10

—Ven, Cristina. Siéntate muy cerca de mí. Quiero que hagamos planes antes de que lleguemos a la ciudad —dijo Eric al encender el motor del auto para regresar a la ciudad.

—¿Qué planes quieres que hagamos? Tú tienes que regresar a tu trabajo, y yo al mío.

—¿Cómo que qué planes, mi amor? No estarás pensando que te voy a dejar que te escapes de mí, o que nuestras vidas puedan regresar a la rutina de antes, ¿verdad? Tú eres ahora parte importante de mí, y espero que tú sientas lo mismo. ¿Qué sientes tú, Cristina?

—Sabes que te amo, Eric, como nunca había amado a nadie. Me has hecho vivir y sentir en poco tiempo lo que no había sentido en toda mi vida —dijo Cristina con la mirada baja.

—¿Entonces, qué pasa? Si estás triste porque ya nos vamos de este bello lugar, te prometo que te llevaré a otros muchos lugares muy bonitos.

—No. No es eso, Eric. Nos amamos, pero en realidad nos conocemos poco tiempo. Tú no sabes muchas cosas de mí y yo no sé muchas cosas de ti; no quiero apresurar nada.

—Mira, mi chiquita —le contestó Eric, tomándola de la mano—. Yo sé de ti todo lo que quiero saber. En cuanto a lo que tú sabes de mí, vas a conocer más quién soy y de dónde vengo hoy mismo, ya que quiero llevarte a cenar a casa para que conozcas mejor a los abuelos. Te aseguro que una cena con ellos y vas a saber más de mí de lo que hubieras querido conocer. ¿Qué te parece si empezamos por allí?

—Me parece bien —dijo Cristina con un poco más de tranquilidad. Sabía que tarde o temprano tendría que encontrar la forma de proteger a su amado, o perderlo para siempre.

—Y ya después de eso, quiero que seas mi esposa —dijo Eric alegremente.

—¿Tan fácil como eso, ojos de gato? —rió Cristina.

—Mi amor, la vida es fácil y bella cuando te tengo a ti. Tú has cambiado mi vida, Cristina. Antes me sentía solo aunque estuviera en buena compañía. Y de repente llegaste tú y supe de inmediato que te había estado esperando siempre. Junto a ti me siento completo y feliz. Ojalá tú te sientas feliz conmigo.

El resto del viaje, con sus manos entrelazadas, hablaron del dolor que sus corazones sentían al tenerse que separar para regresar a sus vidas cotidianas. Su pequeño paraíso había quedado en las montañas, pensó Cristina. Ahora estaban de regreso en la ciudad y todo cambiaría.

—Pasen. Pasen y bienvenida a nuestro hogar, señorita Cristina —dijo el tata Pepe al abrir la puerta—. María está en la cocina terminando de preparar la cena, pero no tarda.

—Tata. Vamos a hacer un pacto —interrumpió Eric—. Si usted la llama solamente Cristina, ella lo llamará a usted tata Pepe. ¿O prefiere que lo llame señor Gómez?

—No, de ninguna manera —rió el tata—. Todos me llaman tata Pepe y no quiero empezar con tanta formalidad. Bueno Cristina, deme su abrigo y acomódese como si estuviera en su casa. ¿Qué le ofrezco de tomar mientras esperamos la cena?

—¿Alguien habló de cenar por aquí? —preguntó la abuela, abriendo los brazos para darle la bienvenida a Cristina con un abrazo.

Cristina correspondió al dulce abrazo de la nana María y de inmediato sintió el mismo calor que sintiera en los abrazos de su mamá. Supo inmediatamente que había llegado a su hogar en este país adoptado.

—Siéntense, por favor, y platíquennos cómo la pasaron en las montañas. Se ven muy descansados y contentos. Ahora sí ya puedes ver cuánto nos parecemos Cristina y yo, ¿verdad, m'ijo? —rió la abuela.

—No se parecen por afuera, nana. Pero, como dije antes, Cristina me cuida tan bien como usted. Si viera qué bien cocina. Y no me deja salir al frío si no estoy bien abrigado. Díganme, abuelos, ¿no les parece que Cristina es la mujer más bella del mundo?

—Mira nomás, muchacho. Ya se ruborizó esta pobre niña—. Y, tomándola de la mano para llevarla al pequeño comedor, la abuela le dijo a Cristina en el oído: —Es la primera vez que Eric dice eso de alguna mujer. Estoy segura de que lo dice con todo el corazón. Bienvenida a nuestra familia, mi hija. Van a ser muy felices.

Con una sonrisa se sentaron a la mesa las dos nuevas amigas, mientras sus hombres las ayudaban a tomar asiento.

Era fácil notar el esmero que la nana María había puesto; la mesa lucía preciosa y la comida estaba exquisita. Un mantel típico de Guatemala de color azul marino cubría la mesa. La vajilla, de alegres tonos azules, amarillos y rojos, era seguramente de México. El vino era chileno, y las flores que Cristina y Eric habían comprado de regalo para los abuelos emitían una dulce fragancia desde el centro de la mesa. De esta manera, acompañando la cena con una conversación alegre, disfrutaron de cada platillo.

—Cristina, te tengo un postre especial de sorpresa —dijo la abuela cuando juntas recogían los platos de la carne—. Como Eric me dijo que eres centroamericana, te preparé un pastel tres leches. Espero que te guste.

—Estoy segura de que me va a gustar mucho, nana. Ojalá no haya sido mucha molestia invitarme a cenar con ustedes.

—De ninguna manera. Mira, la cuñada de mi comadre es de Guatemala y mi vecina es de El Salvador, así que ellas me enseñaron a hacer el pastel especialmente para esta noche. Y eso de la molestia, quiero que sepas, o más bien que sientas, que ésta es tu casa. Sé que estabas sola aquí, pero ahora ya no lo estás. Ahora nos tienes a nosotros —dijo la nana con sinceridad—. Espero que no te importe que me meta, pero quiero que sepas que Eric te quiere. Lo sé porque nunca lo había visto así. Tú eres lo que necesitábamos para hacer esta familia completa. Por favor, ven a visitarnos muy seguido; ahora ya tienes una abuela aquí en Washington.

—Muchas gracias, nana María —contestó Cristina con una voz tan tenue que apenas se escuchó. Al mismo tiempo limpió una lágrima de su rostro.

—Venga aquí, mi niña, y vamos a limpiar esa lágrima —dijo la nana, sacando un pañuelo de la bolsa del vestido—. Otro día cuando no estén los hombres quiero que me platiques de tu hija. Eric nos dijo que vive con tu mamá y tus hermanos. Le quiero mandar una ropita que voy a coserle, así que quiero que me ayudes a escogerla, y si quieres, la cosemos juntas.

—Me encantaría, nana. Vendré a visitarla muy seguido y con mucho gusto. ¿Me permite que la ayude a preparar el café?

—Claro que sí. Pon el agua a hervir y vamos a regresar a la mesa para que pruebes el pastel.

—Estoy tan llena, que no sé si pueda comer mucho más —dijo Cristina, llevando los platitos de postre y regresando al comedor detrás de la nana.

—¿Cómo que estás llena? Eric —dijo la nana—, esta niña está tan delgadita y no quiere comer más. La vas a tener que alimentar mejor, ¿me oyes?

—A mí me parece que está perfecta, nana. No quiero cambiarle nada —dijo Eric, dándole un beso en la mejilla a Cristina, notando que la abuela y su novia habían iniciado una relación inmediata—. De hecho —continuó—, ya le pedí que sea mi esposa, pero Cristina se empeña en que tenemos que esperar. Ahora depende de ustedes, abuelos, que me ayuden a quedar tan bien con ella que me acepte. Estoy loco por que sea mi mujer.

—No sé cuánto te podamos ayudar, Eric —dijo el tata con buen humor—. Se ve que Cristina es una mujer inteligente, y si se quiere esperar, es porque no la has convencido. Vas a tener que hacer muchos méritos, como he hecho yo los últimos cuarenta y cinco años para convencer a la nana María para que no me deje.

La alegre velada terminó. Los abuelos se despidieron de Cristina con un fuerte abrazo, y les dijeron adiós desde la puerta, observando a la pareja caminar juntos hacia el auto, rodeados de un aura especial que la gente llama amor.

—¿Qué te parecieron mis abuelos, mi amor? —preguntó Eric, a pesar de que ya sabía la respuesta.

—Estoy encantada con ellos. Me sentí inmediatamente en casa, como si los hubiera conocido desde siempre. Sobre todo con la abuela, fue como algo mágico.

—Estoy seguro de que ellos sintieron lo mismo. No sé si la abuela cree en ese tipo de magia. Aunque por otro lado, estoy también seguro de que ella piensa que llegaste a mi vida por los rezos a San Antonio. La abuela, más que nadie, quiere verme casado y con una familia a quien amar y cuidar.

—Suena como un plan perfecto —dijo Cristina sin agregar nada más.

Al llegar a casa de Cristina, a pesar de ser muy tarde ya, la pareja no quería despedirse. Sabían que esta noche sería muy fría y larga al no tenerse cerca.

—No sé qué es lo que voy a extrañar más esta noche, Cristina, si tus caricias y tus besos, o tu olor, o tu cuerpo calientito cerca del mío. Seguramente no voy a poder dormir pensando en los días de paraíso que tuvimos juntos. Pero te vuelvo a prometer que tendremos muchos más.

—Yo voy a extrañar tus ojos verdes, Eric, tu voz, y el roce de tu piel contra la mía —dijo Cristina.

—Me gustaría borrar al mundo afuera de este auto, y desabrochar los botones de tu blusa para poderte besar una y mil veces. Me gustaría ver tu cara cuando te estoy dando placer. Me gustaría sentir tus labios gozando junto a los míos.

—¿Cómo? ¿Así? —preguntó sensualmente Cristina, acercando su boca a la de Eric y besándolo con pasión.

Les parecieron solamente unos minutos la hora que pasaron en el auto compartiendo largos besos amorosos antes de poderse despedir. Finalmente, notando que muy pronto los dos debían empezar sus trabajos, Cristina se separó de él, agradeciéndole los mejores días de su vida.

—Te amo, Eric. Te quiero más de lo que puedo expresar. Quiero que siempre lo recuerdes—. Y bajó del auto para regresar a la vida real.

Esa noche en su cama, Cristina cerró los ojos y trató de imaginarse que Eric estaba a su lado. Acarició la almohada lentamente, como si estuviese acariciándole el pelo, y sonrió al recordar los momentos dulces y las risas que habían compartido durante la semana. Tomó la foto de Loli en sus manos y le dijo silenciosamente: *"Loli, te encontré el mejor papá del mundo. Pero no sé si alguna vez vamos a poder ser una familia, como él quiere. Si lo conocieras, lo amarías tanto como yo."* Antes de quedarse dormida, le agradeció a la Virgen el haberle mandado a Eric y a los abuelos a formar parte de su vida. *"Gracias virgencita. Nunca había sido tan feliz como esta semana."*

Mientras tanto, Eric trataba de dormir en su cama, pero la falta del calor y de la cercanía de Cristina no le permitían conciliar el sueño. Encontró al lado de su cama el periódico que los abuelos le guardaran, con la foto de la noche del baile, y se asombró una vez más de la belleza perfecta de su amada. Con atención estudió cada detalle de la cara de Cristina, y sintió un dolor físico al no poderla tener cerca de él. *Te amo, Cristina,* pensó. Notó el vestido azul de seda que llevara Cristina aquella noche y recordó su primera noche juntos frente al fuego de la chimenea. Su cuerpo se sintió inmediatamente excitado al solo recordar los momentos de pasión que compartiera con Cristina. *No puedo vivir separado de ti, mi chiquita. No quiero esperar; te necesito junto a mí como necesito el aire para respirar.* Esa noche Eric soñó que corría en un pasillo largo tratando de encontrar a Cristina, pero detrás de cada puerta que abría había un vacío. Con fuertes gritos desesperados que resonaban con el eco del pasillo, Eric buscaba a su amada, pero en su sueño no la encontró. Cristina había desaparecido.

CAPÍTULO 11

—¿Aló? ¿Me puedes oír, Luis? Habla más fuerte, que tenemos una mala conexión. Sí, todavía estoy en Washington, en casa de Manuel. Ya hablé con Adams, el abogado, y mañana me reuniré con otros más. Parece que hay muchas parejas esperando para el negocio. Eso va bien. Tú encárgate de tu parte. Por cierto, ¿cuántos tendremos para enviar? ¿Y los papeles de la migra están listos? Bien. Mira, Luis, resulta que la Cristina Ortiz vino a parar a esta ciudad; de pura casualidad la vi en una foto del periódico. He estado preguntando y parece que no ha abierto la boca. La gente sólo sabe de dónde viene y que tiene familiares en San Cristóbal, pero nada más. Ya en San Cristóbal yo me encargaré de terminar este problemita que tenemos pendiente. Sí. Tú no te preocupes. Ella no me vio y no sabe que estoy aquí. No, Manuel no sabe cómo la conocemos, sólo sabe que si ella no se aparece por San Cristóbal, él se quedará desempleado. Bueno, dile al alcalde que le llevo sus puros de regalo. Hasta luego, mi hermano. Llegaré de regreso en un par de días. Yo te aviso para que me mandes al chofer a recogerme. Adiós—. Don Jorge colgó el teléfono—. A ver, Manuel, dile a tu Carmen que me prepare algo bueno para desayunar. Ahora sí me siento con ganas de comer. Y que se apresure, pues tengo varias citas esperándome —gritó don Jorge desde la habitación que ocupaba en casa de Manuel.

—Ya lo oíste, mi negra. Ya párate, no seas floja. Vístete y prepárale un buen desayuno a don Jorge —le ordenó Manuel a Carmen mientras la despertaba—. Parece como que despertó de buen humor, y no quiero que le cambie. Nuestra fortuna depende de este hombre, así que vete moviendo, mi reina—le dijo, quitándole la cobija y dándole una pequeña mordida en la cadera.

—Ya voy, ya voy. Aquí no dejan descansar. Pero mira, Manuel, que si otra vez me deja todo el desayuno sin probar, le voy a hacer que se lo coma a la fuerza. ¿Me oyes?

—Carmen, no se te olvide que quiero que hables con tu amiga para que la invites a salir con nosotros. ¿OK, gordita?

—Está bien, está bien. Nunca te he visto tan interesado en una fiesta de Navidad. La llamaré en cuanto pueda. Espero que no le importe a su patrona que la llame al trabajo. Todo para complacer a estos hombres. ¿Qué le dejan a una además de un buen dolor de cabeza...? —hablaba para sí misma Carmen en su camino a la regadera.

Mientras tanto, esa misma mañana muy temprano, Cristina se asomó al jardín como si fuera la primera vez que notara la belleza del lugar. En especial dos árboles rojos, que no había en su tierra, le parecieron como si hubieran sido dibujados por pintores enamorados. Alrededor de los árboles, separándolos del resto del pasto, notó unas hileras de flores amarillas y ocre, que anunciaban que el otoño estaba en todo su esplendor. Le pareció que el jardín entero le daba la bienvenida.

Cantó al sacar a la bebita de la cuna, y cantó al servirle de desayunar al hermanito. La alegría contagiosa de Cristina provocó risas en los niños, quienes querían oírla cantar más.

—Les cantaré todo lo que quieran, y después saldremos a pasear, pues afuera está muy bonito el día de hoy.

—Primero cuéntanos un cuento, Cristina —pidió el pequeño, limpiándose la comida con la manga de su camisa de dormir.

—Muy bien. Les contaré un cuento precioso. Pero dame esa boquita para que te limpie yo con la servilleta. Así mismo. Bueno, este es el cuento de una joven que se enamoró de un príncipe llamado Eric, con el que un día fue a un baile...

—Yo sé qué cuento es —gritó el chico entusiasmado—. Es el cuento de la Cenicienta.

—No, mi pequeño —contestó Cristina con una sonrisa—. Se parece, pero no es. Este es el cuento de una mujer que se llamaba Cristina, como yo, y que un día, sin esperarlo, fue a su trabajo del fin de semana y allí encontró a un príncipe que estaba enfermito en el hospital.

—¿Y se murió? —preguntó el pequeño con tristeza.

—No, mi amor. Se alivió muy pronto; este príncipe tenía los ojos verdes como esmeraldas, y era tan valiente que le dieron un premio y un baile. El príncipe llevó a Cristina al baile, y ella se convirtió allí en una princesa.

—¿La llevó en una calabaza?

—No. En un auto. Pero fue el baile más bello de todos los cuentos. Con gente elegante de lindos vestidos, y música, y mucha comida, y meseros uniformados.

—¿Con uniformes de soldados?

—Cómo me haces reír. No. Uniformados como meseros de blanco y negro.

—¿Y que pasó?

—El príncipe y Cristina cenaron y recibieron el premio y se fueron más tarde a una cabaña que era un pequeño palacio donde bailaron, y rieron, y soñaron juntos en cosas muy bonitas.

—¿Y se casaron y vivieron felices para siempre?

—Todavía no sé, mi amorcito —dijo Cristina pensativa—. No sé cómo acaba el cuento. Pero cuando sepa, te lo terminaré de contar. ¿Está bien? Ahora déjame recoger los platos para que podamos salir a pasear y a recoger florecitas por el camino. Seguro a tu mamá le gustarán mucho cuando regrese del trabajo. Anda, vamos rápido.

Lejos de la calma del trabajo de Cristina, Eric se encontraba de regreso en el trabajo de la policía, en una reunión con el nuevo grupo donde había sido asignado.

—Mira, Eric. Mientras tú estabas fuera, pudimos reunir algunos datos importantes. Creemos que van a hacer contacto aquí en la ciudad o quizá ya lo han hecho. No sabemos quién es el abogado que consigue a las parejas, pero creemos que es alguien en Washington. Las parejas ponen anuncios en el periódico porque están desesperadas por adoptar a un bebé, y por esa desesperación no se detienen a pensar si es una adopción legal o no. El abogado o los abogados encuentran a esas parejas y arreglan la adopción, por la que cobran muchos miles de dólares. Estas parejas tienen que conseguir el dinero como puedan y no les importa endeudarse para siempre con tal de tener a un bebé para criar. No sabemos todavía de dónde llegan los niños, pero sabemos que no llegan aquí como se debe, con los papeles necesarios firmados por los padres que los dan para la adopción. Esto te mantendrá ocupado por algún tiempo, héroe nacional. Por cierto. ¿Cómo te fue de paseo? —le dijo Ramón, su compañero.

—No he regresado, hermano, mi mente todavía está con Cristina allá en las montañas.

—Ya me parecía que te noté algo raro desde que entraste hoy temprano, pero yo pensé que estabas malo del estómago.

—Qué chistoso, compadre. Estoy enfermo de amor. Me pegó muy duro.

—¿Y qué vas a hacer al respecto, compa? Porque no te podemos tener aquí soñando con tu vida amorosa. Ya se te pasará.

—No, esta vez no se me va a pasar. Quiero a Cristina como no he querido a nadie.

—Caray, qué romántico. ¿Pues qué te picó? Y yo que te quería invitar a una buena parranda con unas chicas preciosas.

—No, mi amigo. Ya no cuentes conmigo para las parrandas. Yo ya soy sólo de una, de Cristina. Y cuanto antes me acepte ella, mejor. Mira, antes de empezar la investigación, voy a echarle una llamada para saludarla y asegurarme de que amaneció bien.

—¿Asegurarte de qué? Compadre, definitivamente te dio muy duro. No la vayas a acostumbrar mal.

—Todo lo contrario, quiero acostumbrarla bien, y que ella me necesite a mí como yo la necesito a ella. Nos vemos en un rato. Voy a llamarla, compa.

Corriendo emocionado al teléfono, Eric marcó el número de la casa donde trabajaba Cristina.

—Buenos días. ¿Podría, por favor, hablar con Cristina?

—¿Aló? —contestó Cristina.

—¿Cómo estás, mi amor?

—Muy bien, gracias, Eric. ¿Y tú?

—Yo no estoy bien, Cristina.

—¿Qué te pasa? —preguntó Cristina preocupada.

—Todo me duele y me molesta. Sobre todo los ojos.

—¿Qué te pasa en los ojos, mi amor?

—Necesitan verte. No se acostumbran a estar sin ti.

Cristina rió alegremente.

—Me preocupaste, Eric. No quiero que nunca te enfermes ni quiero que te sientas mal. Quiero que siempre estés feliz.

—Si es así, me tendrás que ver esta noche. De otra manera, te puedo asegurar que hasta calentura me dará. Cristina, no hay nadie junto a mí. ¿Puedo decirte con detalle qué extrañé ayer en la noche cuando no podía dormir?

Sintiendo que sus mejillas se tornaban color rojo y no queriendo que la cocinera imaginara nada, Cristina dijo:

—Eric, no puedo hablar mucho, me estaba preparando para sacar a los niños a pasear.

—¿Pero cómo, a los niños sí, y a mí no? ¿Qué tengo que hacer para convencerte?

Emocionada con solamente oír su voz y sabiendo que ella lo extrañaba a él con la misma intensidad, suspiró y dijo:

—Está bien. Pasa por mí después de las ocho, cuando haya terminado todo mi trabajo.

—¿A dónde quieres ir?

—A donde tú quieras. Donde podamos estar juntos y podamos platicar.

—Me parece muy bien. Te llevaré a cenar a un buen restaurante mexicano en Bethesda que tiene música de tríos. ¿Qué te parece?

—Me parece muy bien.

—¿O prefieres comida italiana y yo te canto alguna ópera?

—No, mi amor. Creo que prefiero los tríos, y más si tu cantas con ellos.

—Perfecto. Iré por ti a las ocho. ¿Cristina? —añadió con dulzura Eric—, te amo. No pude dormir lejos de ti. Necesito tenerte entre mis brazos y respirar tu perfume. Necesito tocar tu cuerpo, sentir tu respiración cerca de mí. ¿Me entiendes cómo me siento?

—Nos vemos a las ocho, Eric. Yo también te amo a ti —dijo Cristina, tratando de que la cocinera no la escuchara. Colgó el teléfono muy despacio, sintiendo un dulce calor en el corazón.

CAPÍTULO 12

—¿Flores otra vez, Eric? Muchas gracias. Son preciosas —dijo Cristina al abrir la puerta para recibir a Eric.

—Te mereces eso y más. Ven acá y dame un beso, mi amor.

—No, Eric, en la casa no. Ven, vámonos—. Y tomándolo de la mano, se despidió de la familia y salió rápidamente de la casa.

—Te va a gustar mucho este restaurante, Cristina. Me conocen allí porque voy seguido. Pedí la mejor mesa para celebrar.

—¿Qué vamos a celebrar?

—Nuestro amor—. Tomándola entre sus brazos, Eric besó los labios de Cristina, de una forma que ella entendió cuánto la había extrañado en las horas que no la había tenido cerca. Habían pasado solamente unas horas desde la última vez que la tuviera entre sus brazos, sin embargo, le parecía que el cuerpo le dolía al no tenerla cerca.

—Pase por aquí, jefe. Pase, señorita, ya los estamos esperando. Les tenemos la mejor mesa. Pónganse cómodos, que ya les servimos —dijo el mesero al recibirlos en el restaurante.

—¿Como te fue el día de hoy? —le preguntó Eric a Cristina mientras la ayudaba a quitarse su abrigo.

—Me fue muy bien. Los niños se portaron de maravilla. Los llevé a pasear por muchas horas, pues el jardín parece estar más bello que nunca.

—A mí también me parece que todo es mejor y más bonito. Imagínate que hasta me gustó la comida en la cafetería de la estación de policía. Seguramente tiene que ver con lo que siento por ti.

—¿Y cómo te fue a ti en tu trabajo, Eric?

—También me fue bien. Estamos empezando una nueva investigación y me van a dar bastantes responsabilidades. Va a ser un caso delicado y seguramente no va a terminar bien; pero prefiero no aburrirte con mi trabajo. Me pidió la abuela que te pregunte si quieres ir a visitarla este sábado. Creo que hablaba de coser algo para Loli. Pidió que, si tienes, le lleves una fotografía reciente de tu hija. Así les será más fácil decidir qué quieren coser para ella.

—Sí. Por favor, dile que me dará mucho gusto. Tengo que preguntar a qué hora necesito estar en mi trabajo del hospital, pero iré a verla antes de irme al hospital.

—¿Y crees que podrías cancelar tu trabajo en el hospital para el domingo? Necesito ir a unas caballerizas donde entrenan a los caballos de la policía. Pensé que podríamos ir a comer al campo, y pasear a caballo. ¿Te gustaría?

—Me encantaría. Cuando éramos pequeños mis hermanos y yo ayudábamos a cuidar los caballos de don Luis, el hombre más rico del pueblo. Y cuando la familia de los patrones andaba de viaje, yo me iba a pasear en un caballo muy bello, lejos en la sierra.

—Qué bueno. Entonces ya tenemos cita para el domingo pasarnos allí todo el día en el campo.

—¿Te acuerdas de mi amiga Carmen, la que me prestó el suéter de angora para llevar a la montaña? —preguntó Cristina.

—No recuerdo bien. ¿Por qué?

—Me llamó hoy y me preguntó si queremos salir con ella y su novio Manuel. Le dije que la próxima semana. Carmen me ha invitado muchas veces a salir con ella, pero nunca había aceptado porque no me gusta el tipo de gente con la que se rodea. Esta vez es diferente.

—¿Por qué es diferente?

—Porque esta vez voy contigo y no me importa quien más va a estar allí.

—¿Ya te he dicho que te quiero, Cristina? —le preguntó, besándola suavemente en la mejilla—. Yo voy contigo a donde tú quieras. Si quieres que salgamos con ellos, vamos pues. ¿Adónde quieren ir?

—No sé, pero seguramente no será nada formal. Dicen que el novio tiene mucho dinero, pero no sé nada más de él.

—Claro que sí. Me encantaría conocer a tus amigas. ¿Quién es la otra amiga que tienes aquí?

—Es mi prima Rosa. Gracias a ella llegué a Washington y conseguí empleo.

—Entonces seguro que tengo que conocer a Rosa y agradecerle el haberte traído aquí. Le debo un favor para toda la vida. Platícame más de Loli, mi amor.

—Es un angelito. Ya camina, ya habla y dicen que es muy buena niña. Que trata de ayudar a su abuela en la casa. Me hubiera gustado muchos ver sus primeros pasos y oír sus primeras palabras —dijo Cristina, dejando entrever algo de tristeza.

—¿Se parece a ti?

—Sí. Mucha gente dice que somos igualitas.

—La extrañas mucho, ¿verdad, Cristina? —preguntó Eric, apretándole la mano con cariño.

—Sí. Mucho. No hay noche que no quisiera tenerla en mis brazos y ponerla a dormir, gozar al ver sus largas pestañas y su hermosa sonrisa que parece mantener hasta cuando duerme. Sobre todo ahora que se acerca la Navidad y todos se preparan a festejar con su familia, siento la ausencia de Loli aún más.

—¿Y extrañas al papá de tu hija?

—Quise a Juan Gabriel cuando éramos niños y fue mi amigo siempre. Pero creo que más bien era la costumbre de estar juntos por lo que decidimos que nos casaríamos algún día.

—¿No lo amabas?

—¿Como te amo a ti? No. Lo amaba, pero de otra manera. Nunca había amado a nadie como te quiero a ti, Eric, y no creo que volveré a amar de esta manera.

—No vas a tener que volver a amar así a nadie más, Cristina. Yo te voy a hacer feliz siempre y de tal manera que nunca dejes de amarme. Te prometo también que algún día vamos a traer aquí a Loli y la vamos a tener con nosotros para siempre. Te lo prometo.

Besó con ternura su mano y se prometió que no cejaría en su empeño hasta tener a Loli con ellos.

CAPÍTULO 13

El sábado en la mañana Eric pasó a recoger a Cristina para llevarla a su casa a visitar a la abuela. La casa lucía tan limpia y ordenada como la noche de la cena; era fácil notar el orgullo de la abuela en mantener una casa bonita y bien arreglada. Todo estaba en un buen lugar, dándole a la casa una sensación de comodidad y buen gusto. Cristina pensó que si ella tuviera una casa, se parecería mucho a esta, donde se sentía el calor humano. Ni le faltaba ni le sobraba nada.

—Pásale, mi hijita, ya te estaba esperando —dijo la abuela al abrir la puerta—. Con eso de que no duermo mucho, ya desde temprano quería yo verte. ¿A qué hora empieza tu trabajo en el hospital?

—A las tres y media, nana María —contestó Cristina.

—Ah, bueno. Entonces mira, Eric. Tú y el tata déjenos solitas para hacer nuestras costuras, y ocúpense en algo un buen rato. Cristina y yo vamos a trabajar y a comer juntas, y ya luego puedes llevártela al hospital.

—Oiga, nana, ¿y no le parece que me la está robando por mucho tiempo? —preguntó Eric, guiñándole el ojo a Cristina.

—No, no creo, m'ijo. Ya después del hospital tú puedes invitarla a donde tú quieras. Ahora vete apurando, que tenemos mucho que hacer —dijo la nana, haciendo una señal con las manos para que Eric saliera del cuarto.

—¿Trajiste la foto de Loli, Cristina?

—Sí. Aquí está, nana. Mi hermano me envió esta foto hace poco. Mírela usted.

—Pero si de verdad es preciosa tu hija. ¡Cómo se parece a ti! ¡ Es una copia de su mamá!

—Sí, eso dicen.

—Mira, tengo unos patrones de costura muy bonitos para vestiditos de niñas. Vamos a verlos y a escoger qué te gusta más. También conseguí unas telas muy bonitas de muchos colores muy alegres.

—¿Pero cuánto dinero se gastó, nana?

—Usted no se preocupe, niña. Mira, tengo todo en el cuarto de al lado. Allí hay mejor luz para poder ver los patrones y la foto. Allí tengo también la máquina de coser.

La nana se acomodó en la mesa de la máquina de coser, poniendo la foto de Loli en frente de ella. Cristina estiró los patrones sobre el tapete y se emocionó al imaginarse a su Loli vestida con los lindos vestidos de las fotografías.

—No sé cuál escoger, nana María. Todo me gusta para mi Loli.

—Así es, Cristina. Uno quiere todo lo lindo y lo bueno para sus hijos. Por eso yo quiero que tú seas la esposa de mi Eric. Porque eres muy bella por fuera y en tu corazón —le dijo la nana, acariciando con cariño el brilloso pelo de Cristina, que se encontraba sentada a sus pies—. Dime, hija. ¿Qué es lo que te preocupa tanto? Aún cuando estás tan feliz al lado de Eric, noto que llevas una gran preocupación.

—Me preocupa estar lejos de mi hija. Me preocupa que mi mamá se está poniendo viejita y yo no estoy allí para ayudarla. Ya sabe cómo es, nana. Me preocupa mantener mi empleo para ayudar a la familia.

—¿Estás segura de que eso es todo? Me gustaría poderte ayudar, mi niña. Te veo y siento que llevas un gran peso sobre tus hombros. Eric no lo ve porque está ciego por su amor y por tu belleza. O quizá porque es muy joven y ve lo que quiere ver. Pero yo siento en mi corazón que cargas una gran cruz. ¿Te puedo ayudar en algo?

—Gracias, nana, pero nadie me puede ayudar. Sería más grave el problema si hablara yo de eso. Si guardo silencio, no pasará nada. Créame. Es mejor así.

—Está bien, hija. Sólo quiero que sepas que estoy aquí para ayudarte cuando tú lo pidas. Yo sabía que cuando Eric se enamorara, todo sería rápido. Pero nunca pensé que el tata y yo también estaríamos locos por la nuera tan pronto. Te has convertido rápidamente en parte de la familia Gómez.

Cristina se paró del suelo y le dio un fuerte abrazo a la abuela. Hubiera querido compartir con ella lo que sabía, pero el riesgo era demasiado alto. Quizá hasta la dejaría de querer si supiera más.

Nana devolvió el abrazo con la misma intensidad, y dijo:

—Bueno, ya está bien de ponernos sentimentales. Ahora, ¡a trabajar! Mira, ¿qué te parece este vestidito amarillo con blanco? ¿Ves los olancitos en las mangas? Si los hacemos de esta otra manera, va a ser un vestido precioso, y muy apropiado para el clima caliente. ¿Qué te parece este otro color azul? Se vería preciosa para ir a la iglesia con él. Tengo por aquí uno más que me gusta mucho. Mira esta foto con el vestidito rojo de ositos y muñecas. ¿Crees que le guste?

—Estoy segura de que le encantará cualquiera de los tres, nana.

—No, mujer. Si nos apuramos le podemos hacer los tres. Mira, tú me vas a ayudar a cortar siguiendo estos patrones. Yo ya estoy muy vieja para hacerlo sobre el suelo. Y yo lo voy a coser aquí en la máquina. Ya verás qué rápido los terminaremos. Y el lunes, Eric los puede enviar.

—No es necesario, nana María. Yo los puedo enviar. Cerca de mi trabajo hay un correo. Ya están ustedes haciendo tanto por mí.

Alegremente iniciaron las dos mujeres su trabajo de costura. Con la música del radio tocando canciones conocidas en la radioemisora latina, cantaron juntas y rieron, gozando su cercanía.

—Pero mira nada más, Dios mío. Si ya son las dos de la tarde —dijo la abuela, viendo el reloj de la pared—. Vamos a comer algo, que ya has de estar muerta de hambre, y Eric va a llegar pronto para llevarte al hospital.

—Un momentito, nana. Ya casi terminamos el último vestidito. Es usted una costurera increíble, nana María. ¡Los cosió tan rápido y están tan bonitos! Los vestiditos que le he enviado a Loli otras veces no son tan bonitos y me han costado muy caro. Le agradezco mucho—dijo Cristina, levantando el pequeño vestido amarillo delante de ellas.

—Qué bueno que te gusten, hija. Ven, vamos a la cocina a prepararnos algo de comer. ¿Qué te gustaría?

—Lo que usted acostumbre a comer, nana.

—Mira, tengo unos pedacitos de pollo de la cena de ayer. Tengo también frijoles y algunas verduritas. ¿Te gustaría algo así?

—Claro que sí, nana. Nada más no me sirva demasiado. Hoy en la noche vamos a cenar Eric y yo con mi prima, y no quiero estar muy llena.

—Pero válgame Dios, mi niña. ¿No van a cenar hasta la noche y crees que vas a estar llena si comes a las dos de la tarde? ¡Estos jóvenes! Pareciera que nacieron sin estómago —rió la abuela, sacando la comida del refrigerador.

—Nana, ¿quiere que le haga unas tortillas frescas rápidamente?

—¿Sabes hacer tortillas a mano, hija?

—Sí. Claro. En San Cristóbal sólo se comen tortillas frescas. Deme la masa y verá que estarán listas, y muy sabrosas, en un ratito.

—Mmmmmm....¿ Qué olor es ese a tortillas frescas que viene desde la cocina? —preguntó Eric a toda voz desde la entrada de la casa—. Ya llegué, y por lo visto llegué muy a tiempo...mmmmm...Nana, ¿me regala una con unos frijolitos? No he comido todavía.

—Pregúntale a Cristina si te las regala ella —contestó la nana cuando Eric entró a la cocina—. Es ella la que las está haciendo. ¿Por qué te muestras tan sorprendido? ¿Pensaste que solamente es bonita, pero que no sabe hacer nada, o qué?

—No, que va. Es que cada día descubro algo nuevo de Cristina que me hace feliz. Y las tortillas recién hechas era lo único que me faltaba para una felicidad eterna y completa. ¿Qué dices, mi amor? ¿Me regalas una tortillita con frijoles? Me la como rápido y nos vamos. ¿Ustedes ya comieron?

—Sí, Eric. Y mira, quiero mostrarte los vestidos que hizo la nana para Loli.

—¿Cómo que nana hizo? —interrumpió la nana a Cristina—. Más bien que hicimos. Los cosimos juntas. Para la próxima, si quieres, hacemos algo para tu mamá. Tú decides qué le quieres mandar.

—Gracias, nana. Pasé un día precioso con usted. Me gusta mucho visitarla y regresaré muy pronto. Toma, Eric, y apúrate a comer, que no quiero llegar tarde al hospital.

—¿Ya ve, nana? Y usted que decía que la Cristina es tan dulce. ¿Ya oyó cómo me apura?

—Ándale, muchacho. Ya llévatela que tiene que ayudar a otros como te ayudó a ti en el hospital.

—No, no, no. Eso sí que no, nana. ¿Verdad, mi amor? Como me cuida a mí no puede cuidar a nadie más —rió Eric, abrazando a Cristina fuertemente.

—Hasta luego, nana, gracias otra vez por todo —dijo Cristina con sinceridad al despedirse de nana dándole un beso en la mejilla.

—Adiós mi viejita —dijo Eric, dándole un beso en la otra mejilla.

—Adiós, muchachos, que Dios los bendiga —dijo la nana con una gran sonrisa—. Y que sigan así de felices siempre. Espera, Cristina, dejaste la foto de Loli; ya te la traigo.

—No nana, es un regalo para usted. Yo le pediré a mi hermano que me envíe otra —contestó Cristina.

—¿Te gustó estar con nana, Cristina? —preguntó Eric en el auto.

—Mucho mi amor. Me siento con ella como si estuviera con mi verdadera abuela.

—¿Tienes abuelita? —preguntó Eric camino al hospital.

—Mis abuelos vivían en mi casa cuando yo era muy pequeña, y apenas tengo algunos recuerdos de ellos. Pero después mi tía, la mamá de Rosa, enfermó y ellos se fueron a su casa en la capital a ayudarla con los niños. La tía murió muy joven y la abuela crió a

Rosa. Cuando la abuela murió, Rosa se vino a los Estados Unidos, y ya ha estado aquí algunos años, siempre ayudando con dinero para sostener a sus hermanos.

—Ya llegamos, mi corazón. Paso por ti y nos vamos por tu prima Rosa para que me las lleve a cenar. ¿Está bien a las nueve?

—Sí está muy bien. Rosa está muy contenta porque la invitamos.

—¿Y tú, estás contenta? —preguntó Eric, acercándose sugestivamente a la boca de Cristina.

—Sí. Siempre me gusta salir a cenar —rió Cristina. Tomando la cara de Eric entre sus manos, se acercó a besarlo con amor—. Estoy contenta de haberte encontrado, Eric. Estoy contenta de que tú me hayas encontrado a mí y me ames tanto como yo te amo a ti —susurró. Lo volvió a besar rápidamente y salió del auto—. Me voy rápido. Como dijo tu abuelita, hay muchos otros pacientes que me necesitan como tú—. Y corrió hacia la puerta de la entrada del hospital, oyendo a Eric que le contestaba desde el auto:

—Eso nunca, Cristina. Nadie te necesita como yo.

En la noche las primas gozaron mucho del buen humor y los chistes de Eric. Rosa gozaba al verlos tan felices y enamorados, y se preguntaba si ella se sentiría así algún día.

—Cuénteme, Rosa—dijo Eric—, ¿usted vivió alguna vez en San Cristóbal?

—No. Fui a visitar a la familia de Cristina muchas veces, pero nunca viví allí. Me gustaba la vida de campo, pero nunca me gustó cómo los trataban.

—¿Cómo los trataban a quién?

—Cómo trataban el alcalde y el tal don Luis y su familia a los campesinos. En la ciudad había mucha gente sin dinero, pero nadie nos trataba así.

—¿Cómo? —preguntó Eric con interés.

—Se refiere a los bajos sueldos y las largas horas de trabajo, Eric —dijo Cristina, tratando de cambiar la conversación—. Pero así es para todos los campesinos en cualquier lugar.

—No sé; la última vez que fui a San Cristóbal antes de venirme para los Yunaites, me parecía que la gente se veía triste, yo creo que por eso de las aguas malas.

—¿Cuáles aguas malas? —preguntó Eric.

—No es nada, mi amor. Fue un chisme de un periodista, ¿verdad, Rosa?

—Pues habrá sido un chisme, pero mis primos me platicaron que muchas mujeres de San Cristóbal han perdido sus bebés porque nacieron muertos. Y yo creo que fue por lo del agua.

—Nunca se comprobó nada, Eric. Y esta plática ya se está poniendo muy seria. ¿Vinimos aquí a divertirnos o a ponernos tristes? Mejor me pides otra soda, por favor, Eric. Y dime, ¿no crees que la próxima vez que invitemos a Rosa podríamos también invitar a tu amigo de la estación de policía?

—¿Ramón, el socio? Claro que sí. Pero le advierto, Rosita, que el socio es muy mujeriego. No quiero que la vaya a decepcionar. No se parece a mí.

Rosa y Cristina rieron por la falta de modestia de Eric.

Eric gozaba mucho de hacer reír a Cristina y gozaba más de cumplirle cada deseo. No preguntó más y dejó la plática de San Cristóbal a un lado. Pidió una soda para Cristina y dos cervezas para él y Rosa. No volvió a pensar en esta plática hasta un tiempo después, cuando creía haber perdido al amor de su vida.

CAPÍTULO 14

El domingo al amanecer, mientras preparaba lo necesario para su día de campo en las caballerizas, Cristina recordó cuando años atrás salía a recorrer la sierra alrededor de San Cristóbal, montando alguno de los bellos caballos de don Luis. Le parecía que al controlar el trote del caballo con las riendas, podía controlar el mundo también. No sabía cómo cambiar la vida de su familia, pero sabía que quería algo mejor para ellos. Sobre todo cuando veía la casa de don Luis, la comida que se servía a la mesa, los vestidos de sus hijas, y la biblioteca tan llena de libros que ella jamás podría tocar. Cuando lo hablaba con sus padres, ellos le decían que no era bueno desear las cosas de otros. Cuando lo conversaba con Juan Gabriel, él le decía que las cosas cambiarían con el tiempo. Pero nunca le dijo cuándo, ni cómo.

Ahora, aunque los libros no eran tantos en casa de Eric, estaba segura de que los podía pedir para leerlos. La comida era igual de buena que en casa de don Luis, y lo más importante, pensó, era que en casa de don Luis nunca vio el amor que se sentía en casa de Eric.

Se dio cuenta de que la promesa de Juan Gabriel se había hecho realidad. *Gracias, virgencita,* pensó, *me has dado en Eric el amor que soñaba desde niña.*

Preparó una canasta de comida especial para el día de campo. Se aseguró de incluir unas galletas que había horneado para Eric esa misma mañana y que estaba segura que él gozaría mucho. A pesar de no tener dinero para gastar en ropa, encontró entre sus cosas algunas piezas que pensó serían parecidas a lo que veía en fotografías de revistas de mujeres montando a caballo: una blusa blanca de manga ancha abotonada en el puño, un chaleco color café y negro, y un pantalón negro ajustado.

Su amado, como siempre, llegó a recogerla puntualmente. Vestido con una camisa de tonos azules, pantalones jeans, y botas vaqueras, se veía muy atractivo.

Eric tomó la canasta con una mano, y con la otra rodeó la cintura de Cristina para acercarla a él y besarla.

Viajaron menos de una hora para llegar a las caballerizas de entrenamiento para los caballos de la policía.

—Mira, Cristina. ¿Qué te parecen estos caballitos?

—¿Caballitos? Son preciosos. ¿Estás seguro de que podemos sacarlos a pasear?

—Estoy seguro, mi amor. He salido muchas veces con ellos. Quiero enseñarte algunos lugares muy especiales que descubrí al montar caballo en los alrededores. Hay unas vistas muy especiales cerca de aquí.

El sol brillaba a pesar de que se sentía frío en los campos donde los enamorados salieron a cabalgar. Eric notó de inmediato la belleza de Cristina con su pelo largo flotando en el aire. Y notó también la facilidad con la que montaba ese gran caballo color negro azabache.

—¡Qué bien lo haces, Cristina! —le dijo, cabalgando en su caballo a un lado del de ella.

—¿Qué bien hago qué, mi vida? —preguntó Cristina coquetamente.

—Qué bien haces todo. Pero también manejas ese caballo como si lo hicieras cada día.

—Te reto a que me alcances, vaquero.

—Y si te alcanzo, ¿cuál es el premio, mi reina?

—Tendrás que alcanzarme para que te lo diga muy cerquita —dijo Cristina con un hermoso flirteo. Antes de que Eric se recuperara, Cristina y su bello caballo ya se habían adelantado a todo galope.

—Ándale, mi burro —le dijo Eric a su caballo—, que mi felicidad depende de tu velocidad—. Y a galope redoblado, el caballo de Eric corrió siguiendo a Cristina a través de los amplios campos desiertos.

Cuando los caballos parecían estar cansados de la carrera a campo traviesa, los amantes pararon a disfrutar la vista a su alrededor.

—Mira, Cristina, allá lejos el valle se llena de flores durante la primavera. Tendremos que venir otra vez entonces para que veas qué bonito es cuando se llena de colores. ¿Te gusta esta vista con el río Potomac a nuestros pies? —preguntó Eric.

—Me gusta mucho. Todo está tan callado; no se ve un alma en todo este valle, y desde aquí, parece como si el agua no se moviera. Es realmente precioso —dijo Cristina emocionada.

—Ven, mi amor, vamos a comer cerca de este árbol.

Bajaron de los caballos y Eric extendió en el suelo la cobija que les serviría de mantel, mientras Cristina servía la comida que había preparado con ilusión. Ambos se quitaron los zapatos y se sentaron a gozar el paisaje solitario.

—Como no encontré vino, te traje jugo—. Eric rió y levantó el vaso con jugo—. Quiero hacer un brindis y quiero que esta inmensidad sea mi testigo: Brindo por la mujer más bella, esta mujer, que muy pronto va a ser mi esposa. Y por lo tanto, quiero ponerle en sus manos algo que poseo, que aunque no es mucho, es algo que tiene un gran significado para mí—. Diciendo esto, puso en las manos de Cristina la medalla que recibiera el día de su graduación.

—Toma esta medalla, Cristina, como una muestra más de mi amor. Quiero que la tengas y que cuando la veas —que espero que sea a diario— pienses en mí. Tú me has traído suerte, y esta medalla te traerá suerte a ti en todo lo que hagas. Por favor, tenla contigo siempre. Más tarde, pronto, cuando seamos marido y mujer, estará en nuestra habitación para traernos suerte a nosotros y a nuestros hijos.

Cristina miró con cariño la medalla, sabiendo el gran significado que ésta tenía para él.

—Gracias, Eric. La medalla va a estar siempre conmigo. Muy cerca de mí.

Haciendo los platos y los vasos a un lado, Eric se acercó a Cristina para besarla una y otra vez. La besó en la boca, las mejillas, los párpados, los oídos, el cuello. Ella regresó los besos con la misma intensidad.

—Cristina, te amo —dijo, y desabrochó lentamente los botones del chaleco y la ayudó a quitárselo. A continuación desabrochó los tres primeros botones de su blusa, y acarició suavemente los senos de Cristina.

Sin decirse nada, Eric terminó de desabrochar la blusa de Cristina, mientras ella desabrochaba la camisa de él. Sin prisa, Eric cubrió de besos los hombros y los senos de Cristina.

—¿Qué dices, mi reina, merezco un premio? ¿Me vas a recordar cómo me amas, para que pueda dormir bien esta noche? —le dijo en tono suave, casi inaudible.

—Sí, mereces un premio, mi vida —dijo Cristina en un susurro—. Yo te daré un premio a ti y tú me darás un premio a mí. Ven aquí.

Cristina colocó sus brazos alrededor del cuello de Eric para acercarlo. Eric bajó el cierre del pantalón de Cristina y se quitó su pantalón. Miró con gran deleite y amor el bello cuerpo desnudo de Cristina. Se besaron una vez más, y juntos alcanzaron las alturas reservadas solamente para aquellos que se saben entregar totalmente.

—¿Cómo que no vamos a ver hoy a Cristina, Carmen? Te dije que hicieras cita con ella o no? Ya pasó toda una semana —gritó Manuel, tirando contra la pared una botella de cerveza a medio tomar.

—Cálmate, Manuel, la veremos el próximo fin de semana. Ellos ya tenían planes para este fin de semana. ¿Que podía yo hacer? —contestó Carmen.

—¿Cómo que qué podías hacer, mujer? Podías convencerla, podías insistirle. ¿Cómo no se te ocurrió nada? ¿Eres tonta o qué? ¿No puedo depender de ti? —volvió a gritarle aún más enojado.

—Óyeme, chico. Ya tomaste suficiente. Yo no sé qué te pasa a ti, pero no me gusta —dijo ella asustada—. Mejor me voy a mi casa y me llamas cuando te hayas calmado. No me gustas así.

—¿No te gusto así? No me hagas reír. A ver si te gusto más de esta manera —gritó Manuel, levantándose de un brinco del sofá y abalanzándose contra Carmen para pegarle. Lo hizo con tanta velocidad que Carmen no logró reaccionar a tiempo para evitar los golpes—. Dime, ¿te gusto más así? —le gritó repetidamente, mientras le golpeaba la cara y el estómago.

—No, Manuel. Ya no, por favor —lloraba Carmen—. Sí me gustas, me gustas mucho. Voy a conseguir a Cristina para que salgamos a pasear muy pronto. Pero déjame, por favor. Te lo ruego.

Cuando por fin se pudo deshacer del peso de Manuel, corrió al baño a encerrarse con llave. Allí lloró y decidió, como muchas otras veces antes, que no lo volvería a ver. Se limpió la cara donde la pintura del maquillaje se había corrido con el llanto y la sangre, dejando manchas negras debajo de sus ojos. *Ojalá no me vayan a quedar marcas en la cara*, pensó. *Ya no puedo seguir explicando en el trabajo que me caí. No me lo van a creer. Esta vez sí fue la última, Manuel. Ya no quiero saber de ti. Esto se terminó.*

Cuando ella salió del baño, Manuel—como siempre—se había tranquilizado y se mostró amable y amoroso.

—Venga aquí cerca, mi gordita preciosa. Déjeme ver esa cara que tanto quiero. A ver, ¿no me va a dar un beso? —le preguntó, tomándola de la barbilla con fuerza. Carmen trató de zafar su cara, pero no pudo—. A ver, mi gordita. Le pregunté si no me va a dar un beso. ¿Qué, ya no soy su rey? Mire que le tengo aquí un regalito para contentarla. Si yo sólo quiero ver a su amiga para que tengamos una buena fiesta, nada más. Sólo lo hago pensando en usted, mi negra. A ver. Míreme y dígame si no quiere que esté bonita la fiesta.

Lentamente levantó Carmen los ojos hasta ver la cara de Manuel.

—Sí —contestó Carmen suavemente.

—¿Sí, qué?

—Sí quiero una fiesta bonita.

—¿Y entiendes, Carmen, que necesitamos estar seguros de quién vamos a invitar para que esté bonita la fiesta, tu fiesta, verdad?

—Sí.

—Entonces, ¿por qué te me pones como fiera, diciéndome que ya no te gusto? ¿No sabes que me duele oírte decir que no te gusto?

—Sí.

—Quiero gustarte mucho, Carmen, como tú me gustas a mí.

—¿Yo te gusto mucho? —preguntó Carmen con una voz que denotaba que casi estaba lista para perdonarlo otra vez.

—¿Que si me gustas? Pero, mi negra, quítate lo que traes encima y te voy a enseñar cuánto me gustas! ¿Por dónde quieres que empecemos?

—Por donde te guste más, papacito —dijo Carmen, con la alegría de sentirse apreciada, sin importar el precio.

—Está bien, mi negra, te perdono esta vez. Pero quiero que mañana mismo hagas una cita con tu amiga Cristina, ¿entiendes? Ahora vamos a la cama a que te dé tu regalito que te va a encantar.

CAPÍTULO 15

—Silencio, por favor, y tomen sus asientos. Ya vamos a empezar la junta; ya es tarde. Esto de tener las juntas los lunes es cada vez más difícil. Orden, por favor, o voy a tener que llamar a la policía—. Todos rieron el chiste del jefe de policía y se acomodaron en sus asientos de metal frío—. Vamos a reabrir un caso que habíamos cerrado. Hace aproximadamente un año alguien nos llamó por teléfono, un hombre, para avisarnos de un negocio que se estaba organizando para enviar criaturas en forma ilegal a esta ciudad para ser adoptados aquí. ¿Se acuerdan? No volvimos a oír de esta persona. Sólo supimos que fue larga distancia de Centro América, y no nos quiso dar su nombre. Como no volvió a llamar, lo olvidamos y hasta pensamos que fue un chiste de algún loco. Pero recibimos otra llamada más. Otra vez no nos quiso dar su nombre. Parecía ser otra persona, no creo que era el mismo. Dijo que el negocio está a punto de iniciarse y pidió que lo detengamos, o mucha gente sufriría. Pero, recuerden, no se identificó.

—¿Y por qué nos metemos si nosotros no estamos autorizados para actuar en casos internacionales? —preguntó un policía.

—Porque los niños vienen a dar aquí, a Estados Unidos.

—¿A todos lados, o sólo a Washington?

—No sabemos.

—¿Y quién es el contacto aquí en la ciudad?

—El informante nos dijo que es un tal abogado Adams, pero no le hemos podido encontrar nada.

—¿Y hay otros?

—No sabemos.

—¿Cuántos niños han **enviado?**

—Creemos que esto **es algo** que apenas va a iniciarse.

—¿Cuánto pagarán las parejas para adoptar?

—Suponemos que muchos miles de dólares, pero no sabemos la cantidad exacta.

Para Eric, desde luego, el oír Centro América despertó un interés especial en él.

—OK. ¿Alguien tiene alguna otra pregunta? —preguntó el capitán.

—¿De qué sirve si tenemos preguntas? ¿Tiene usted alguna respuesta? —se burló una voz desde atrás. Todos se rieron.

—Eric Gómez será el punto central de la investigación. Tienen que organizar sus acciones con él. Y si no hay nada más, demos por terminada la reunión.

—Oye, socio, ¿por dónde quieres empezar? —le preguntó Eric a su amigo Ramón al salir de la junta.

—Quiero empezar con un buen desayuno, compa. Vámonos.

Los amigos salieron a desayunar al café enfrente de su oficina.

—Yo creo que tenemos que visitar al tal señor Adams lo antes posible. Seguramente podremos encontrar alguna pista en su oficina. Antes que nada, vamos a obtener una orden judicial para poder entrar a registrar su oficina, compadre.

—Tráiganos unos huevos estrellados, preciosa, y dos cafés muy fuertes, que traigo una buena cruda —le pidió Ramón a la mesera.

—¿Otra vez, compa?

—¿Desde cuándo te me volviste contador? Ah, ya sé, no me contestes. Desde que Cristina llegó del cielo a convertirte en un ángel. Ya se me olvidaba.

—Hablando de Cristina, me pidió que te presente a su prima Rosa.

—Párale allí mismo, mi amigo. Si te pidieron que me la presentes ha de estar como que necesita ayuda, ¿verdad?

—En realidad...

—No —interrumpió Ramón—. No me disfraces la verdad, ni me digas que es muy inteligente o muy simpática o muy trabajadora. ¿Cómo está la prima? Sabes que tengo muy buen gusto, así que dime la verdad. O mejor aún...¿todavía te puedes acordar cuando salíamos de juerga juntos, hace ya mucho tiempo, como dos meses atrás, te acuerdas las ricuras con las que salíamos a pasear?

—Sí, sí me acuerdo.

—Pues ahora compara a esas ricuras con la primita, y dime: ¿vale la pena que invierta mi limitado tiempo en salir con la prima? No pienses en tener contenta a Cristina, piensa en tu compa y dime si me vale la pena, o no.

—Yo creo que....

—Mira, Eric —volvió a interrumpir Ramón—. Está bien. Te voy a hacer el favor esta vez. No me tienes que mentir a mí, tu mejor amigo, sólo para darle gusto a tu novia. Voy a salir con ustedes y la prima sólo pa'que veas que seguimos siendo socios, a pesar de que tú me has abandonado por Cristina.

—Creo que te va a sorprender Rosa —dijo Eric sonriendo.

—Si, ya me imagino la sorpresita que me voy a llevar. Sólo te pido que le digas que no puedo quedarme mucho tiempo porque estoy muy ocupado. ¿Está bien? Y otra cosa, no quiero ir a un lugar muy caro a gastar mucho. ¿Cuándo dijiste que es la cita?

—Cuando tú digas, mi amigo.

—Bueno, por lo menos no tienen ya también seleccionado el día de la tal cita. Aunque sea me dan a mí la oportunidad de decidir algo.

—¿Qué te parece el sábado en la noche? Cristina termina muy cansada todas las noches entre semana, y no...

—Otra vez con Cristina. Bueno, está bien, que sea el sábado.

—¿Qué te parece si yo recojo a Cristina y a Rosa y nos vemos en mi casa para tomar una copa antes de irnos? Nana María ha estado preguntando por ti, y de esta manera matamos dos pájaros de un tiro.

—Me parece muy bien. Yo también quiero ver a los abuelos. Dile a la nana que hace mucho que no recibo invitación a cenar. Han de ser ya como dos meses...

Eric rió a carcajadas.

—Ya sabes, compadre, que no necesitas invitación para llegar a casa. Eres siempre bienvenido. Y estoy seguro de que cuando conozcas a Cristina, tú también te vas a volver loco por ella.

—Si. Ya oí que en el baile fue la gran sensación.

—Lástima que no fuiste al baile; la pasamos muy a gusto.

—Mejor que no fui, compa. Si hubiera ido, Cristina no tendría ojos para ti.

—Probablemente, pero como no te ha conocido, me quiere a mí. Ya verás que Rosa no está mal.

—Bueno. No me echo pa'trás porque ya te prometí, hermano. Pero primero me dices que está

muy bien, ¿y ahora me sales con que no está mal?
Caramba. Ya me imagino...

Los amigos terminaron su desayuno y salieron a
iniciar la investigación.

—Buenos días, señor Adams. Mi compañero
Ramón Taylor y yo, Eric Gómez, somos investigadores de la policía.

—Pasen, caballeros, ¿en qué puedo servirles?

—Sabemos que usted se especializa en
adopciones.

—Así es.

—¿De dónde vienen los niños para la adopción?

—De aquí y de muchas otras partes del mundo.
No se imaginan cuántos padres quieren...bueno, más
bien, necesitan dar sus bebés en adopción. ¿Por qué
preguntan?

—Nosotros hacemos las preguntas aquí —dijo Eric
con mucha seriedad—. ¿Cuántos padres hacen eso?

—Muchos, míster...Goumés...¿dijo que se llama?

—Gómez. ¿Y quién adopta a los niños?

—Oh, bueno, son parejas de todo tipo, pero prin-
cipalmente entre los treinta y los cuarenta años de
edad, que no pueden tener hijos...

—¿Y que pagarían cualquier precio, no es así? —
preguntó Ramón enojado.

—Bueno, el precio varía mucho.

—Deme una cifra. ¿Cuánto cuesta adoptar a un
bebé a través de su oficina?

—Ya le dije que varía, pero en general no es
demasiado, porque no lo hacemos por ganar mucho
dinero, sino por ayudar —dijo el abogado sonriendo
tranquilamente.

—¿Trabaja usted solo o con otros abogados?

—Solo. Yo contacto agencias de adopción en el
mundo entero, y represento a las parejas aquí.

—¿Nos puede enseñar algunos papeles de adopción?

—Como ustedes comprenderán, toda la información es estrictamente confidencial y privada. ¿Qué buscan?

—Ya le avisaremos lo que buscamos cuando lo encontremos, señor Adams. Vámonos, Ramón, tenemos mucho que hacer. Y recuerde, señor Adams, lo que usted hace va en contra de la ley y de la decencia humana. Vamos a investigarlo con mucho cuidado, y créame que ni el señor Taylor ni yo, Gómez, dejamos nuestro trabajo a medias. Nunca. ¿Me entiende, verdad?

—Sí. Lo entiendo, Goumés. Y como le dije, no hay nada ilegal en lo que hago. Yo hago feliz a mucha gente.

—Sí. Ya me imagino, Adams —dijo Ramón, saliendo de la oficina del abogado detrás de Eric.

—¿Tú qué crees? —preguntó Ramón en el auto.

—Todavía no sé, pero ya averiguaremos. Vamos a comprar unos diarios para buscar anuncios de adopción. Te aseguro que allí encontraremos alguna pista o dirección para seguir.

—Bueno. De paso cómprame unos cigarritos.

—¿No ibas a dejar de fumar, Ramón?

—Sí. Y así lo hice. Dejé de fumar hace una semana, el lunes pasado. Pero volví a tomar el vicio el lunes en la noche. Y figúrate que lo mismo me pasó una semana antes.

—Ah, qué bárbaro. Lo que tú necesitas es motivación.

—¿Cómo, motivación?

—Sí. Tener una buena razón para querer dejar de fumar.

—Como por ejemplo, que voy a dejar de fumar para complacer a Cristina...

—No, compadre. A Cristina no le importa si fumas o no. Más vale que te encuentres otro motivo.

Sin perder tiempo, el abogado Adams se aseguró de que estaba solo y llamó por teléfono para reportar la visita de los policías.

—¿Hola? Sí. Busco a don Jorge. Me dejó este número de teléfono para comunicarme con él. ¿Es Manuel? Ah, bueno, me dijo que usted contestaría. Dígale que se comunique con Adams. Que es urgente.

Una vez en su oficina, Eric encontró una buena excusa para comunicarse con Cristina.

—¿Aló? Hola, corazón, ¿cómo estás? —preguntó Eric contento de escuchar la voz de Cristina.

—Yo estoy muy bien, Eric. Los niños están resfriados, así que los tengo entretenidos en casa.

—¿Cómo los entretienes?

—Les cuento cuentos, les canto, jugamos juntos, les doy su comida. Ya sabes, lo que les gusta a los niños pequeños.

—No sé lo que les gusta a los niños pequeños, pero sé lo que les gusta a los niños mayores, y a mí me sabes entretener muy bien.

—Me da mucho gusto, mi niño grande.

—Oye, amor, te hablo sólo para avisarte que Ramón saldrá con Rosa y con nosotros este sábado, como me pediste. Yo iré a recogerlas a ustedes y nos encontraremos con Ramón en mi casa. Tomaremos una copa allí, y después nos iremos a cenar y a bailar a un lugar muy bonito en la calle siete que toca música de Brasil.

—Ah, sí, ya he oído acerca de ese lugar. Me dijo Carmen que es muy bonito y que tiene una música preciosa para bailar.

—Así es. Lo vamos a pasar muy bien.

—¿Qué te parece si también le digo a Carmen que nos acompañen ella y Manuel?

—Muy bien. Así ya no tenemos que verlos el domingo y te voy a tener para mí solita ese día. ¿Crees que podrías pedir permiso en el hospital?

—¿Otra vez, Eric?

—Otra vez, mi amor. Te aseguro que no te vas a arrepentir. Te quiero llevar a pasar el día a Annapolis. ¿Has estado allí junto al agua?

—Sí. Una vez me llevaron los señores con los niños y me gustó mucho. ¿No va a hacer mucho frío junto al agua?

—Puede ser que sí; te vistes calientita. Unos amigos tienen allí un velero y me lo van a prestar para que te lleve a dar un paseo, si no hace demasiado frío.

—¿Sabes manejar un barco de vela?

—Sí. No es muy difícil.

—Perdón, Eric, la bebita está llorando. Te tengo que dejar. Cuídate mucho, mi amor.

—Adiós, Cristina—. Eric colgó el teléfono, sintiéndose triste por no poder ver a su amada ese día.

Si estuvieran casados, pensó, el trabajo los mantendría separados durante el día, pero en las noches podrían estar juntos y gozar de su amor y su cercanía. Decidió que hablaría seriamente con Cristina el próximo domingo. Quizá a ella le gustaría dejar de trabajar para tener su propia familia. Se encargarían de traer a Loli, y dejaría a Cristina decidir si quería trabajar o no. Tendría que convencerla para que aceptara ser su esposa lo antes posible. Cada día sin ella le parecía un día perdido. El domingo. Eso es: le pediría su mano el domingo en el velero.

—Venga aquí, mi pequeña, y no llore más —le dijo Cristina a la bebita al sacarla de su cuna—. Mi pobrecita, tiene la nariz tan llena que no puede respirar. A ver, déjeme limpiarla y se va a sentir mejor.

Cristina lavó con cuidado la cara de la bebita, y acomodándola en sus brazos, se sentó en una silla mecedora. El vaivén de la silla, el calor de Cristina y la nariz limpia hicieron que la pequeña se sintiera mejor. Cerró sus ojos y se quedó dormida. Cristina la miró con cariño. *Tengo a esta pequeñita en mis brazos*, pensó, *dándole amor, y no puedo dárselo a mi propia hija. ¿Alguien le estará dando mucho cariño a mi Loli?* Sabía que su familia trabajaba muy duro para poder vivir y no les quedaba tiempo para sentarse a cantar o a jugar con Loli, a pesar de que la amaban tanto.

¿Cómo sería si me casara con Eric y tuviéramos a Loli con nosotros y los abuelos? Se imaginó a nana María abrazando a Loli, y una lágrima rodó por de su cara para caer en el pantalón color rosa de la bebita en sus brazos. *¿Cómo sería?*

Cerró los ojos, imaginándose su vida como esposa de Eric, fuera de todo peligro. *No*, se dijo, abriendo los ojos. *No debo pensar en ello, son solamente ilusiones. El cuento de Cristina y Eric no termina como los otros cuentos felices.*

Al día siguiente, Cristina salió a pasear al parque con los niños. En el parque se encontró a Rosa, que estaba columpiando a la niña que cuidaba cerca de la casa de Cristina.

—Hola, prima. Gracias por la cena del sábado; estuvo muy alegre. Oye, qué bonita pareja hacen tú y

Eric. Parece como si hubieran nacido el uno para el otro.

—¿Tú crees? —dijo Cristina sin mostrar mucho interés.

—Cristina, ¿qué te pasa? ¿O es que no lo quieres, y por eso no quieres ser su esposa? Mira que él esta loco por ti —dijo Rosa.

—Claro que lo quiero, Rosa. Lo amo con todo el corazón, pero no puedo ser su esposa.

—¿Y por qué no, mujer? ¿O estás con él sólo para divertirte?

—No, Rosa. Ya te dije que lo quiero más de lo que pensé que era posible amar a alguien. Pero hay cosas que...él no sabe...y no quiero que sepa.

—¿Como qué cosas? Mira que si crees que a él le importa que seas de una ranchería en lugar de la ciudad de Washington, yo te aseguro...

—No, Rosa, ¿cómo crees que a Eric le va a importar algo así?

—¿Entonces de qué hablas, mujer? Parece que algo te afectó la cabeza. ¿Será el mismo amor que te está poniendo así?

—Hablando de amor, Rosa, el sábado vas a salir con Ramón, el amigo de Eric —dijo Cristina entusiasmada.

—¿El mujeriego del que Eric habló?

—El mismo.

—¿Y por qué iba yo a querer salir con un mujeriego de mala fama?

—Porque ya lo invitó Eric.

—Mira, manita. Voy a ir sólo para no hacerlos quedar mal a ustedes, pero es la última vez que salgo con el tal Ramón. Ya me lo imagino.... ¿Y a dónde vamos? ¿Qué me pongo?

—Vamos a ir primero a casa de Eric y luego a cenar y a bailar. También van a ir Carmen y Manuel.

—Oye, ayer vi a Carmen en el mercado. Se veía muy mal.

—¿Por qué? ¿Qué le pasó?

—Se volvió a caer de no sé dónde.

—Esa Carmen...debería tener más cuidado. Un día de estos se va a romper un hueso.

—De plano —dijo Rosa— le deberíamos decir a Manuel el sábado que insista en que Carmen se cuide más o ande con más cuidado. Oye, primita, ¿y qué me pongo para conocer al Ramón?

—¿No decías que no estás interesada, prima?

—Seguro que no estoy interesada. Pero también dije que no quiero hacerlos quedar mal a ustedes. Sólo por eso me quiero ver bien.

—Ah, bueno....ya te entendí —rió Cristina, pasando un brazo por el hombro de Rosa como cuando eran jovencitas y jugaban afuera de su casa en San Cristóbal.

—¿Qué tal si te pones tu vestido negro, el que me gusta tanto?

—¿No crees que es demasiado mucho ni demasiado poco?

—Creo que está perfecto y te vas a ver muy bonita.

—Está bien, me pondré el vestido negro. ¿Y qué hago con mi pelo? —preguntó Rosa con ansiedad.

—Lo dejas así natural con tus rizos. No lo cambies. Le vas a gustar así.

—Te dije que no me importa si le gusto o no. Pero dime, Cristina, ¿es de verdad muy mujeriego ese Ramón?

—Creo que Ramón y Eric salían con muchas amigas, pero nunca en serio con ninguna.

—Hasta ahora, prima —corrigió Rosa—. Ahora Eric ya no tiene ojos más que para ti. Se nota que te quiere mucho.

—Sí, lo sé, Rosa. Y yo también lo quiero a él con la misma fuerza. Perdóname, pero tengo que regresar a la casa para darles de comer a los niños. Te recogeremos el sábado a las nueve. Te estás lista.

Cristina regresó a su casa, sintiéndose muy confundida por sus dudas. Estaba segura de su amor por Eric, pero el resto de la vida le parecía un torbellino. Sabía que tarde o temprano tendría que tomar una decisión.

En este momento no sabía cuál sería ésta, pero, por primera vez en mucho tiempo, pensó que quizá podría haber una oportunidad para casarse, ser feliz, y dejar de tener miedo. Después de todo, ya había pasado tiempo, y nadie había venido a buscarla. Nadie sabía dónde encontrarla. Quizá sí podría ser feliz con su Eric...quizá...¿por qué no?

—Pásale, Carmen, está abierto. Yo estoy en el teléfono, pero ya termino —dijo Manuel en voz alta.

—Sí, don Jorge. Sólo dejó dicho que era urgente. Se llama Adams y dijo que usted lo llame lo antes posible; no dijo nada más. Perfecto, entonces lo veo más tarde. Yo lo llevaré al aeropuerto mañana temprano, mi jefe. Adiós.

—Hola negrita. A ver, ¿no me va a dar un besito? ¿Qué traes puesto en la cabeza? —preguntó Manuel al ver a Carmen entrar a su casa.

—Un pañuelo para taparme. Me duele toda la cara; mírame cómo me dejaste. Estoy inflamada.

—No estás inflamada, muñeca. Estás gordita, eso es todo. Ven aquí y te quito el dolor...así, ¿ya ves?

Otro besito por aquí y otro por allá y ya te sientes bien, ¿verdad?

—Sí —dijo Carmen sonriendo a pesar de que le dolía la boca al hacerlo—. Manuelito, te tengo buenas noticias. Ya hice cita con Cristina y su novio Eric, y también vendrán Rosa y un amigo.

—¿Y para qué diablos necesitamos tanta gente, Carmen? —preguntó Manuel enojado.

—No te enojes, mi amor. Era la única oportunidad que tenía Cristina de salir esta semana. Si no —se apresuró a decir Carmen—, teníamos que esperar hasta la otra semana, y pensé que no ibas a querer esperar con los planes de la fiesta.

—Está bien. ¿Adónde vamos?

—A cenar y a bailar.

—¿Y dónde nos encontraremos?

—Donde tú quieras, amor. ¿Qué prefieres? —preguntó Carmen, tratando de asegurarse de mantener la paz entre ella y Manuel.

—Dile a Cristina que nos encontraremos en su casa. ¿Tienes su dirección? —preguntó él al darse cuenta de que esta oportunidad iba a ser mejor de lo que había planeado.

—Sí la tengo. Le diré que estaremos allí.

—Mientras, Carmen, sé buena y córtame el pelo, que ya no me gusta tan largo. Y cuídate de no cortármelo chueco. Ya sabes que no me gusta.

—Sí, Manuel.

—Cuando terminemos, ¿me preparas algo bueno de cenar? Hoy es la última noche que pasará don Jorge en mi casa y quiero que se vaya contento.

—Sí, Manuel.

—Lo voy a ir a dejar mañana temprano al aeropuerto, y después de eso, mi gorda, tenemos la casa para nosotros dos solitos...¿Sabes lo que eso significa, verdad, Carmencita?

—Sí, Manuel —respondió Carmen sin poder decir una palabra más.

—Adams, habla Jorge. Estoy llamando desde la calle. ¿Qué pasó? ¿Qué quería la policía en su oficina? ¿Saben algo? ¿Preguntas? ¿Qué tipo de preguntas? ¿Conoce usted a esos investigadores? ¿Cómo dijo que se llaman? ¿Taylor y Gómez? Un momento, quiero sacar una foto que traigo guardada del periódico; aquí está. Sí, ¿de casualidad es Eric Gómez el que llegó a su oficina? ¿Sí? Ja, ja, ja... —rió don Jorge a carcajadas, moviendo el gran estómago al mismo tiempo—. ¡Pero qué casualidad, qué pequeño es el mundo! El noviecito de la Cristina anda metido haciendo preguntas. Mire nada más. Tendremos que hacer algo al respecto, como lo hicimos con su primer novio. Usted nomás no diga nada y me lo deja a mí. ¿Cuál Cristina? No importa cuál Cristina. Es un cuento largo. Como le dije, usted preocúpese por lo suyo y déjeme lo demás a mí. Ya estamos casi listos para iniciar el negocio. Adiós.

CAPÍTULO 16

El sábado Cristina pasó todo el día ayudando a los enfermos en el hospital. Regresó rápidamente a su casa para arreglarse para la noche. Cada salida con Eric le parecía especial. Esta vez la emoción era múltiple: vería a su amado, y podrían bailar muy cerquita; vería a los abuelos aunque fuera por unos minutos; y tendría oportunidad de gozar con sus amigas.

Se vistió con una falda y blusa color crema, casi blanco, que le caían pegaditas sobre el cuerpo, haciendo resaltar su figura perfecta. El pelo decidió llevarlo recogido de lado, con una bella flor de seda como adorno, cerca de su cuello. Terminó de arreglarse con unos pequeños aretes que imitaban unas perlas. Antes de salir de su habitación, le tiró un beso y una gran sonrisa a la foto de Loli y bajó alegremente para recibir a Eric.

—No me canso de admirarte, Cristina. Te pones más bella cada día —le dijo Eric al verla—. No quisiera que te vieran otros hombres en la calle.

—No seas celoso, Eric. Sólo tengo ojos para ti. Y estoy más bella cuando tú estás conmigo. ¿Sabías que ese es mi secreto? —sonrió Cristina.

Unos minutos después llegaron Manuel y Rosa a casa de Cristina. Dejaron el gran auto color negro, recién lavado y engrasado, estacionado a una cuadra de la casa.

—No es aquí la casa, Manuelito, ¿no te quieres estacionar más cerca? —preguntó Carmen.

—No, me gusta ser considerado. De esta manera no molestamos a los vecinos de tu amiga cuando regresemos ya muy tarde.

Carmen se sintió dichosa de tener un novio que pensara en el bienestar de los demás. Caminaron de la mano hasta la casa de Cristina. Carmen los presentó; de inmediato salieron los cuatro a recoger a Rosa.

En casa de la familia Gómez, los abuelos y Ramón se encontraban cómodamente platicando en la sala. Aperitivos de queso con galletas saladas y diferentes tipos de maní habían sido acomodados por la nana en la mesita cerca del sofá.

Eric abrió la puerta y les pidió a sus invitados que pasaran. Sin saber cuál de las tres jóvenes era Rosa, Ramón pensó que con cualquiera de las tres estaría contento. Pero la del vestido negro fue la que más le llamó la atención. *¡Qué sonrisa, qué cuerpo, qué pelo...!*

—Buenas noches a todos —dijo Eric—. Mira, Ramón, te presento a Rosa.

Rosa dio un paso adelante, dándole la mano para saludarlo, notando la admiración en sus ojos.

Ramón tomó su mano y se la besó levemente.

—Es un placer conocerla, Rosita —dijo.

Eric y Cristina notaron que de inmediato habían tenido éxito en la selección, y sonrieron.

—Buenas noches, jóvenes. Cristina, niña mía, te extrañé mucho esta semana —dijo la abuela, llamando a Cristina para que se acercara.

—Nana María —dijo Cristina, dándole un abrazo y un beso—. Yo también la extrañé. Los niños que cuido estuvieron enfermitos y no pude dejarlos. Y hoy pasé todo el día en el hospital porque mañana no voy a poder ir a trabajar. Discúlpeme, nana, se me acaba de ocurrir: ¿qué tal si mañana vienen ustedes dos con nosotros a la excursión que haremos en Annapolis?

Los abuelos, que ya sabían que Eric le propondría matrimonio a Cristina en el paseo de mañana, contestaron al mismo tiempo:

—¡No podemos mañana!

—Eric —pidió Cristina—, tú puedes convencerlos para que vayan con nosotros, mi amor.

—No creo, chiquita. Mañana estarán muy ocupados, y además no les gusta el agua. Se marean.

—Abuelos —continuó Eric—, quiero que conozcan a Rosa, la prima de Cristina, y a Carmen y Manuel, nuevos amigos. Por favor, pasen, están en su casa. ¿Qué les puedo servir? Nana María preparó algunos aperitivos, pero no coman mucho, que nos iremos a cenar y a bailar en unos momentos.

—¿Y usted a qué se dedica, Manuel? —preguntó la abuela.

—Hago lo que se me pide, al que me pague más. Ya sabe, abuela, como hacemos aquí todos.

—Nana, no seas entrometida —dijo el abuelo—, lo acabas de conocer y ya le estás preguntando. Ahora sólo te falta preguntarle que cuánto dinero gana.

—No se preocupe, mi viejo. Gano más de lo que ustedes podrían soñar —dijo Manuel, mirando a su alrededor como si la casa le pareciera poca cosa.

—Cristina habla mucho de usted, nana, y las cosas bonitas que hace —dijo Carmen, tratando de corregir la conducta de Manuel—. ¿Usted hizo estas carpetas bordadas tan bonitas, nana?

—Atención, atención —dijo Eric, haciendo ruido con una cuchara contra su copa—. Quiero hacer un brindis. Por favor, todos levanten su copa conmigo.

Brindo por las nuevas y las viejas amistades. Brindo por el amor, y brindo por el futuro.

—¡Salud! —contestaron todos al mismo tiempo.

Rosa y Ramón acercaron sus copas para brindar, y mirándose directamente a los ojos, descubrieron que esta noche les brindaría mucho más de lo que habían esperado.

Las tres parejas salieron rumbo al restaurante después de despedirse rápidamente de los abuelos. Para ir con más comodidad, Eric y Cristina, y Carmen y Manuel viajaron juntos en un auto. Ramón y Rosa llevaron otro auto.

—Entiendo que ya lleva usted algunos años aquí, Rosita. ¿Le gusta? —preguntó Ramón, sintiendo que por primera vez en su vida no sabía qué decirle a una mujer.

—Así es, Ramón. Me gusta mucho. ¿Usted de dónde es?

—De Puerto Rico. Pero llevo muchos años aquí en Washington.

—¿Y regresa seguido a Puerto Rico?

—Trato de ir por lo menos una vez al año a ver a mi familia. En general los visito para la Navidad; ya sabe cómo es eso de querer pasar las fiestas con la familia.

—¿Tiene una familia grande?

—Dos hermanos viven en Nueva York. Mis tres hermanas viven en la isla, cerca de mis papás. Ellas tienen hijos, así que cuando voy, tengo que llevar muchos regalos. ¿Quizá le gustaría acompañarme a comprar los regalos para este año, Rosita? Nunca sé qué comprar.

—Me daría mucho gusto Ramón.

—Y usted, ¿visita a su familia seguido?

—No. Es muy difícil ir tan lejos, y apenas hace poco me dieron mis papeles. Me encantaría poder ir pronto a ver a mi papá y a mis hermanos.

—Mire, ya llegamos, Rosita, ¿me permite ayudarla a bajarse? Este auto es alto, y no se vaya a caer con sus tacones tan altos, que diga, tan bonitos, que diga, bueno...no se vaya a caer y lastimar —dijo Ramón nerviosamente.

—Me encantaría que me ayude, Ramón —dijo Rosa sonriendo con la más coqueta de sus sonrisas.

Al entrar al restaurante, Ramón llamó a un lado a Eric.

—¿Por qué no me habías dicho que Rosa es una hermosura bajada del cielo? —preguntó en voz baja Ramón.

—Te traté de decir, pero no me dejaste hablar, compa —contestó Eric riendo.

—Te perdono esta vez, socio. Esta vez sí que me la hiciste buena. Te debo una. Gracias, hermano.

El grupo se acomodó en su mesa, desde donde podían ver la pista de baile. Notaron de inmediato que era un bello y elegante lugar.

Pidieron sus platillos favoritos y se pararon a bailar.

—Parece que Rosa y Ramón están muy contentos —comentó Cristina al verlos bailar.

—No más contentos que nosotros, mi amor —dijo Eric—. Estás preciosa. Me pregunto si la flor tan linda que tienes en tu pelo tiene celos de estar tan cerca de una flor todavía más bonita y deslumbrante.

Cristina y Eric acercaron sus cuerpos para bailar la música romántica que tocaban. Con sus brazos alrededor del cuello de Eric, oliendo su fresca colonia en la mejilla, y sintiendo la excitación del fuerte cuerpo de Eric al estar cerca del suyo, Cristina cerró

los ojos, pensando que estaba muy cerca de la felicidad completa. ¿Podría olvidar lo que sabía que
ocurría en su pueblo, dejar su secreto atrás y vivir
este sueño que tenía tan cerca de ella?

—Eres mi sueño hecho realidad, Eric —susurró al
abrir los ojos—. Nunca había sido tan feliz. Gracias—.
Y le dió un pequeñísimo beso en el oído.

En lugar de responder con palabras, Eric besó la
boca de Cristina, como si estuviesen solos en el salón
de bailes. Cristina sintió un cosquilleo entre las
piernas. No dijo nada. Devolvió el beso con la misma
intensidad.

—Parece que Eric y Cristina se aman mucho,
¿verdad? —le comentó Rosa a Ramón.

—Así es. Quiero decirle, Rosita, que cuando supe
que íbamos a salir, no tenía muchas ganas. Nunca
me imaginé que iba a ser usted tan hermosa. Le
estoy muy agradecido al socio y a Cristina por
habernos presentado. Suena raro esto, pero con
usted…bueno…me siento diferente.

—No sé cómo era antes y no sé diferente en qué,
pero qué bueno que nos hayan presentado —dijo
Rosa con sinceridad.

—¿Me permite si la llamo por teléfono muy pronto,
Rosa?

—Me gustaría mucho, Ramón.

Ramón puso con cuidado su mano en la espalda
de Rosa y la acercó para bailar, deleitándose en el
perfume de esta mujer. Acercaron sus mejillas, y
sintieron que empezaban una danza que nunca antes
habían bailado.

Eric regresó a su casa muy tarde esa noche. Fue a
la cocina a apagar las luces, cuando se sorprendió de
oír la voz de la nana:

—No me gusta Manuel, m'ijo —dijo la abuela, que se encontraba sentada esperándolo en la cocina.

—¿Qué quieres decir, nana? —preguntó Eric.

—No sé exactamente. Sólo te puedo decir que hay algo en él que no me gusta, que no me da confianza.

—Seguramente se debe a la forma como le contestó, nana —dijo Eric, pensando qué impresión le había dejado Manuel.

—No, es más que eso. Desde que entró a la casa...hay algo en él que no me gusta y me preocupa. Te pido que ni tú ni Cristina pasen mucho tiempo con él, sólo por si acaso... —pidió la nana.

—Está bien, viejita. Como usted diga —contestó Eric para no hacer enojar a la abuela. Pero pensó que estas premoniciones de la nana eran cosa de ancianitas—. Ahora váyase a descansar, que mañana es mi gran día. Si Cristina me dice que sí, la traeré a la casa para que nos feliciten. ¿Qué le parece? —preguntó Eric emocionado.

—Me parece muy bien. Y de una vez podremos empezar a hacer planes para la boda. ¿Cuántos invitados te gustaría tener? Tendremos que apartar la iglesia lo antes posible. Y empieza a ver cómo le haces para ir a traer a Loli. Ella tiene que estar aquí con su mamá y con su nuevo papá. ¿Me oyes?

—Sí, abuelita. Parece que usted ya pensó en todo—rió Eric, dándole un fuerte abrazo—. ¿Le puedo preparar un té de hierbas para que duerma bien, nana?

—No, hijo. Ahora que ya te avisé que te alejes de Manuel, voy a poder dormir bien. Buenas noches y que Dios te bendiga —dijo la abuela, retirándose a su habitación—. Hijo, quieres mucho a Cristina, ¿verdad? —preguntó la nana antes de entrar en su cuarto.

—Sí, nana María, mucho.

—Qué bueno, porque creo que todavía vas a tener que probar ese amor.

—¿Qué dice, nana? ¿Probarle a quién? ¿Se siente bien, nana? —preguntó Eric.

—Me siento perfectamente bien, y no estoy hablando dormida. Buenas noches y buena suerte mañana, hijo.

—Gracias, abuelita.

Eric se recostó vestido en su cama y, teniendo la imagen de su bella amada frente a sí, volvió a repasar la forma en que le pediría a Cristina mañana que se convirtiera en la señora de Gómez.

En su casa, Cristina sentía que quería seguir en la pista de baile, gozando de la cercanía, el calor, y la risa de Eric. Amaba cada parte de él, cada acción, cada palabra. Estaba segura de que si esta noche le hubiera pedido que fuera su esposa, lo habría aceptado sin pensarlo un minuto.

Sin hacer ruido alguno, se recostó en su cama y, con una foto de Loli en sus manos, dijo: *"Mi niña, tu mamá es la mujer más feliz del mundo. Sólo faltas tú para hacer mi vida perfecta. Buenas noches, Loli. Buenas noches, Eric."* Y se quedó dormida, abrazando la fotografía.

CAPÍTULO 17

Eric no durmió toda la noche pensando en la declaración de amor, los planes de la nana, el caso que tenía pendiente en la oficina y su deseo de ir a traer a Loli.

A las siete de la mañana ya estaba bañado y vestido. Ya había bebido varias tazas de café negro, y estaba ansioso por ir a recoger a Cristina a su casa. Ya había revisado la caja en el auto donde llevaba la música, el tocacintas de batería, las baterías adicionales, la comida preparada por la nana, los suéteres para él y para Cristina, y todo aquello que se le había ocurrido que podrían necesitar en la lancha, ya fuera que hiciera calor o frío. Como tenía más de una hora antes de ir a recoger a Cristina, decidió parar en su oficina por unos minutos a leer los reportes de los otros policías que trabajaban en su caso.

Se sirvió un café más allí y se sentó a leer: "Tenemos prueba de que Adams trabaja con otras personas en esta ciudad. Los otros le consiguen parejas y él es la persona central en la distribución de las criaturas. Consideramos que debe haber una persona más que hará los contactos entre él y los cabecillas en Centro América. Es necesario encontrar el eslabón."

Dejó el reporte a un lado. *El eslabón*, pensó. *Claro que sí. Tiene que haber un eslabón aquí, a menos de que los cabecillas se encarguen de hacer los contactos directamente.*

Leyó algunos otros reportes que no agregaban ninguna otra información importante, y vio que eran quince minutos antes de la hora acordada con su novia.

Tiró el vaso de papel con el café al basurero, y corrió alegremente a su auto en busca de su amor.

Al tocar el timbre en la puerta para recoger a Cristina, sintió un temblor en su mano. Cristina abrió la puerta, y al verla tan bella, Eric se quedó sin aliento.

—Buenos días, mi amor —dijo Cristina con alegría—. Te ves pálido. ¿Estás bien, corazón?

—Muy bien. No dormí, pero estoy muy bien. ¿Lista para un día de aventura?

—Estoy muy emocionada. Nunca he salido a pasear en un velero y me encanta probar cosas nuevas.

—Sí —dijo Eric—, vas a probar cosas muy nuevas.

En el camino, Eric sacó uno de los varios termos que llevaba con café caliente.

—¿Quieres un cafecito caliente, Cristina?

—Eric, te veo raro. ¿Seguro estás bien? ¿Pasó algo?

—No, todavía no. Ya te platicaré después —dijo Eric, volviendo a repasar las palabras que le diría a su novia para pedirle —no, rogarle —que fuera su esposa.

Al llegar a la ciudad de Annapolis, Eric paseó a Cristina por la Academia Naval y le enseñó el antiguo palacio de gobierno. Estacionaron el auto a un lado del muelle, y con facilidad encontraron la lancha de los amigos de Eric.

—Esta es —dijo Eric, cargando en sus manos la caja con todo aquello que había preparado.

Puso la caja en la lancha, y le dio la mano a Cristina para ayudarla a subir. Saltando de alegría como si fueran dos niños, recorrieron la lancha, abrieron cajones, probaron cuerdas y jugaron con el radio como si llamaran a pedir auxilio a un barco.

—Bien —dijo Eric—. Si no te importa desempacar nuestra caja que preparé, yo me encargaré de preparar las velas de la lancha para que podamos salir a pasear.

—Me encantaría, mi capitán —dijo Cristina, saludando con la mano en forma militar.

Nunca se había sentido tan nervioso; ni siquiera en su trabajo donde su vida se había visto en peligro muchas veces.

Tranquilízate Eric, pensó. *Primero subes las velas en el mástil, llevas a Cristina a pasear por unas horas, echas el ancla para parar la lancha a la mitad del paseo, le sirves de comer mientras toca la música, te arrodillas y le dices que quieres amarla y cuidarla para el resto de sus vidas. Que acepte ser tu esposa, tu amiga, tu compañera, lo antes posible. El mes próximo. Sí, eso está bien. Y después la besas, levas el ancla y regresan al muelle.*

Eric fue inmediatamente hacia Cristina.

—Cristina —dijo Eric, arrodillándose ante Cristina—, cásate conmigo o me tiro al agua.

—¿Qué? —rió Cristina con fuertes carcajadas—. ¿Qué dijiste?

Notando que en un minuto su perfecto y detallado plan había caído por la borda, Eric se enrojeció y, tomándola de la mano, le dijo:

—Mi amor: no puedo vivir sin ti. Quiero hacerte feliz cada día. Quiero compartir contigo lo que soy y lo que tengo. Quiero ser el padre de Loli y que tengamos otros hijos. Quiero ser aquél en quien tú confías y aquél que te da felicidad sólo porque estamos vivos. Te quiero como no he querido nunca a nadie, y como no amaré jamás. Cristina, ¿quieres ser mi esposa?

Cristina se arrodilló junto a él y besó su boca con toda ternura.

—Sí, Eric. Quiero ser tu esposa. Dame un poco de tiempo y lo seré. Te lo prometo.

—¿Necesitas mucho tiempo, amor?

—No. No mucho.

Las dulces promesas combinadas con el sabor de los besos de miel hicieron que el paseo en el agua quedara en un plan para el futuro.

Abrazados dentro de la cobija que encontraron en uno de los cajones, Eric besó a Cristina en todos aquellos lugares que habían aprendido a despertar al mínimo toque de su mano. Asimismo, el cuerpo de Eric volvió a encontrar la explosión de felicidad que solamente conocía a través de este amor.

Así los dos amantes, dejando que sus cuerpos desnudos encontraran placer al vaivén de las olas, pasaron un día en el bote aún atracado al muelle, un día de amor y de sueños de un futuro perfecto como marido y mujer.

—¡Nana María, tata José! —gritó Eric al abrir la puerta de su casa al anochecer.

—Aquí estamos en la sala, ¿por qué tanto escándalo? —preguntó la nana, tratando de hacer parecer como si no supieran de los planes de Eric.

—Pasa, mi amor —dijo Eric, llevando a su novia de la mano—. Queremos que sean los primeros que sepan que la señorita Ortiz, conocida como Cristina, y el señor Eric Gómez, tienen el honor de anunciar su próxima boda —dijo orgulloso.

—¡¡Felicidades!! —exclamaron los abuelos con una gran alegría.

—¿Y cuándo será la boda? —preguntó la nana emocionada, abrazando a los novios.

—Cuando Cristina se decida —dijo Eric seriamente—, pero ya estamos más cerca. Ya no me dijo que no. Ahora me dijo que lo va a pensar, y que será pronto. Pero yo opino que ya vayamos apartando la iglesia, el salón, y todo lo demás.

—Felicidades, hijos. Cristina, serás siempre una parte importante de nuestra familia —dijo el tata, dándole un fuerte abrazo.

—Venga aquí, mi niña —dijo la abuela—. ¿Quieres que veamos unas revistas con vestidos de novia muy lindos que podemos coser nosotras?

—Me encantaría, nana. Vamos a verlas —contestó Cristina, contagiada de la emoción y sintiéndose completamente enamorada.

—También tenemos que encontrar algo para Loli—dijo la nana.

—¿Quieren que las ayude? —preguntó Eric riendo.

—Tú sirve el champaña que tenemos preparado en el refrigerador desde que conocimos a Cristina, y déjanos a nosotras hacer nuestros planes, hijo —dijo la nana, llevando a Cristina abrazada a su lado al cuarto de costura.

—Nana, quiero que sepa que es un orgullo para mí formar parte de su familia —dijo Cristina, tomando la mano de la nana.

—Querida niña, desde que te vi entrar al cuarto de Eric en el hospital, supe que serías su esposa. Y ya desde entonces te di la bienvenida, y me sentí muy orgullosa de ti —contestó la nana—. ¿Tienes dudas en tu mente?

—Así es. Sé que amo a Eric con todo mi corazón. Pero...tengo miedo.

—Todas las novias tienen miedo, porque uno no sabe lo que le espera en el futuro y es un gran cambio y responsabilidad. Tienes que tener confianza en tus sentimientos. Tú y Eric son gente buena, decente. Se aman, y van a ser una pareja feliz.

—Es que hay tantas otras cosas que tomar en cuenta, nana.

—Tómalo con calma, y todo se resolverá. Tienes que tener fe, y todo saldrá bien, hija. Te voy a tomar las medidas para el vestido y quiero que me digas qué flores te gustarían para el día de tu boda.

—Siempre soñé usar un vestido sencillo pero elegante, con un escote bonito y pequeñas mangas que cayeran a los lados de los hombros. Con flores en mi pelo. ¿Qué le parece, nana, me voy a ver bonita?

—Hija, te vas a ver preciosa. Vas a ser la novia más bonita y la esposa más feliz —dijo la nana con toda sinceridad.

—Más que nada, me gustaría tener a Loli y al resto de mi familia para compartir con todos mis seres queridos esta felicidad tan grande, nana.

—Tranquilita, mi niña. Todo llegará a su tiempo —dijo la nana en un susurro.

—¿Ya encontraron los vestidos más bonitos y elegantes del mundo? —preguntó Eric, entrando con una bandeja con cuatro copas llenas de champaña—. Venga, tata, que vamos a brindar. Ahora le toca a usted hacer el brindis.

El tata levantó su copa y se aclaró la voz.

—Eric, Cristina, deseo que sean ustedes tan felices como María y yo hemos sido; no puedo imaginarme una felicidad más grande que la nuestra.

—Salud —dijeron todos al mismo tiempo.

—Cristina, estaba yo pensando, ¿te gustaría ir de luna de miel a algún lugar con playa, donde podamos ir a pasear en un barco de vela? —preguntó Eric, guiñándole un ojo.

—¡Me encantaría!

Las dos horas siguientes la nana y Cristina vieron fotos y compartieron sus gustos en vestidos de novia, velos, flores, y telas, hasta que Cristina seleccionó el vestido que más le gustó y la nana terminó de tomar las medidas necesarias.

—Mañana mismo voy a empezar a averiguar cómo puedo ir a traer a Loli, y cómo la puedo adoptar para que sea también hija mía —dijo Eric.

Al oír esto, como si un alfiler hubiera pinchado un globo que contenía sus ilusiones, Cristina regresó a su realidad y sus sueños se desvanecieron en el aire. Con nerviosismo se levantó de su silla.

—Miren qué tarde es. Tita, la cocinera, se va mañana temprano de vacaciones y yo tengo que encargarme del desayuno. ¿Nos vamos, Eric?

—Tiene razón Cristina —dijo la nana—. Tienen que descansar para que podamos planear en serio. Buenas noches, mi niña, y que sueñes con los angelitos —dijo, despidiéndose de Cristina.

—Buenas noches, abuelos, y gracias por recibirme en su familia. Los quiero mucho.

Al llegar a su casa, Cristina trató de bajar del auto de Eric rápidamente para ocultar sus dudas y sus temores. Pero antes de que pudiera hacerlo, Eric tomó su mano. Con gran cuidado acarició la cara de Cristina como lo hiciera en el hospital cuando sus ojos estaban cubiertos por vendas.

—Cristina —le dijo con amor—, nunca te vas a arrepentir de haberme aceptado. Te voy a hacer muy feliz. Siempre.

—Lo sé, Eric. Y yo también quiero hacerte a ti muy feliz. Sin embargo...

Eric besó su boca antes de que pudiera compartir con él a qué se debía su gran temor. La besó una y otra vez, tiernamente, sellando su amor y la promesa de amarla de por vida.

Antes del amanecer, Tita, la cocinera de la casa, la despertó.

—Cristina, Cristina. Ya me voy al aeropuerto. Mira, ayer en la tarde encontré esta carta para ti en la entrada de la casa. Toma. Nos vemos dentro de dos semanas.

—Sí, gracias, Tita. Que tenga muy buen viaje y me saluda a su familia, por favor —dijo Cristina dormitando, sin ponerle atención.

Tita salió del cuarto, y Cristina volvió a cerrar los ojos. Cuando despertó más tarde, recordó que Tita le había dicho algo acerca de una carta.

¿Una carta? ¿Quién me puede enviar una carta? *Es seguramente de mi Eric,* pensó sonriendo.

Se levantó de la cama para prender la luz, y regresó para cobijarse y leer la carta de su amado. Calientita y cómoda en la cama, leyó:

"Cristina: Tenemos a Loli en la clínica. Si quieres verla viva, tendrás que venir por ella. Ven sola. Si no es así, agregaremos a nuestra lista a Eric y a sus abuelos. Loli te espera con urgencia. Su vida depende de que su mamá llegue en 48 horas. ¡Buen viaje!"

Cristina leyó la carta una y otra vez. La habían localizado. Sabían dónde estaba y conocían su relación con Eric y la familia Gómez. *¡Dios mío!* Su cuerpo entero temblaba violentamente. Desesperada, se vistió de prisa y sacó su maletín. Empacó sus papeles de residencia, fotos, ropa, y los ahorros que guardaba en un joyero que la señora de la casa le había regalado. Al abrirla, vio la medalla de Eric brillando.

Se limpió las lágrimas de la cara, y terminó de empacar. Tomó un lápiz y papel de la mesita y con manos temblorosas escribió tres notas.

En la primera, dirigida a Eric, escribió: *"Eric, lo siento mucho. No puedo casarme contigo. Te devuelvo tu medalla para que se la des a alguien que te pueda hacer feliz. La pasé muy bien contigo, pero el matrimonio es imposible para mí. Por favor no me busques. Olvídame."*

En la segunda, dirigida a los abuelos, escribió: *"Nana y tata: gracias por haberme dado su amor. Siento mucho decepcionarlos."*

Escribió la tercera dirigida a los señores de la casa: *"Siento mucho dejarlos de esta manera, sin aviso. Nunca olvidaré todo lo que hicieron por mí. Por favor, besen mucho a los niños por mí y díganles que el cuento no terminó como queríamos que terminara. Adiós y discúlpenme."*

Firmó en las tres simplemente "Cristina". Las acomodó sobre la cajita con la medalla.

Terminó de empacar y de vestirse. Se puso su abrigo, apagó la luz y cerró la puerta de la casa en silencio.

CAPÍTULO 18

—¿Aló? ¿Es la policía? Buenos días. Aquí habla la señora Lecea. Estoy buscando a uno de sus policías, el señor Gómez, Eric Gómez. Gracias.

—¿Sí? Habla Gómez.

—¿Eric? Buenos días, habla la señora Lecea, donde trabaja Cristina.

—¿Qué tal, señora Lecea? ¿Qué se le ofrece, cómo están sus niños, y cómo está Cristina?

—Lo llamo por eso, Eric. Esta mañana Cristina no bajó a desayunar; primero pensé que se habría quedado dormida. Esperé y, cuando no oí ningún ruido, subí a ver si estaba bien. Entré a su cuarto y, como no había nadie, pensé que se habría quedado con ustedes ayer en la noche. Por eso lo llamo, para verificarlo, porque tengo que ir a trabajar y Tita la cocinera salió de vacaciones.

—No, señora Lecea. Yo pasé a dejar a Cristina ayer en la noche a su casa. ¿No habrá salido a comprar algo?

—No creo, Eric.

—¿Habló usted con Rosa, su prima?

—No, usted es el primero a quien llamo.

—Señora Lecea, si no le importa, estaré en su casa en unos minutos. No tardaré mucho, ¿está bien? Ya voy—dijo Eric nerviosamente. Tomó su abrigo de prisa, derramando la taza de café en su escritorio. No se detuvo a limpiar.

Ramón notó la salida brusca de Eric.

—¿A dónde vas, socio? ¿Alguna novedad con Adams? ¿Quieres que te acompañe? —gritó.

Sin contestar, Eric salió del edificio a toda prisa. Encendió el motor del auto, prendió la sirena y corrió a casa de Cristina, pensando que cuando él llegara a su casa, ella estaría esperándolo con su sonrisa amorosa.

—Pase, por favor, Eric —dijo la señora de la casa, con la bebita en brazos. Detrás de la señora, el pequeño lloraba, pidiendo que Cristina le diera su desayuno.

—¿No ha regresado Cristina? —preguntó sombríamente.

—No.

—¿Me permite pasar a su cuarto?

—Claro que sí. Pase por aquí, por favor.

Subieron las escaleras de prisa, y Eric entró en el cuarto y sintió de inmediato el conocido y querido olor de su amada. Respiró profundamente y miró a su alrededor. Todo estaba en orden: las camas tendidas, el cuarto limpio, los ganchos vacíos en el clóset. Al lado de la cama, notó una cajita con unas notas dobladas encima. Tomó las notas y vio su nombre en una de ellas. Sin poder controlar su ansiedad, se quedó sin aliento al leer las palabra final: *"Olvídame"*.

Vio que otra de las notas estaba dirigida a la señora Lecea, y se la entregó. Tomó la medalla con cuidado y la guardó con la nota para sus abuelos en el bolsillo de su abrigo.

—Señora Lecea, le ruego que piense con cuidado. ¿Tiene alguna idea adónde se habrá ido Cristina? ¿Le dijo algo?

—No, Eric. Estoy igual de sorprendida que usted. Esto no es algo que Cristina haría. Es muy responsable y adora a los niños. No se iría así, sin avisar. No entiendo.

—Voy a casa de Rosa. Quizá ella sabe algo. La llamaré después, si me permite.

—Se lo agradecería, Eric —dijo la señora, despidiéndolo en la puerta.

—Gracias por llamarme, se lo agradezco —dijo Eric sombríamente. Su cara parecía diferente. El brillo de sus ojos se había apagado.

Subió con rapidez al auto. Su cabeza le daba vueltas mientras se apresuraba por llegar a casa de Rosa.

—Eric, qué sorpresa. ¿Dónde está Cristina? —preguntó Rosa, buscando a su prima detrás de Eric.

—Por eso estoy aquí. Cristina no está en su casa; se fue.

—¿Se fue? ¿Adónde?

—No sé. Pensé que quizá usted sabría algo.

—No sé nada. Seguramente salió a comprar algo, o salió a caminar. O...

—No, Rosa. Se fue. Me dejó una nota diciendo que no podía casarse conmigo y que no la busque. ¿Adónde pudo haberse ido?

—No sé qué decirle, Eric. Me dejó fría. Cristina no mencionó nada. Se veía tan feliz el sábado; más feliz que nunca. ¿Pasó algo entre ustedes ayer?

—Sí. Le pedí que se casara conmigo. Le insistí —dijo Eric con tristeza. Se dio la vuelta y regresó al auto.

Eric no regresó a su oficina. Fue directamente a su casa. Abrió la puerta y la cerró dando un fuerte portazo.

—¿Qué pasa? —preguntó el abuelo sorprendido, dejando el periódico a un lado.

—Cristina se fue.

—¿Se fue adónde? —preguntó el tata sin entender.

—No sé, no sé —gritó Eric, con la cabeza caída y su cuerpo sin fuerzas.

La nana salió de la cocina al oír los ruidos.

—Buenos días, hijo. ¿Qué pasa aquí?

—Cristina se fue —repitió el tata calladamente al ver a su nieto tan abatido.

—¿Adónde? —preguntó la abuela, dejando el trapo que traía en las manos a un lado y sentándose cerca de su nieto.

—No sé, nana. Dejó esta nota para ustedes —dijo Eric, sacando la nota de su bolsillo. La medalla cayó al suelo. Eric no la tocó. Sólo la miró.

La abuela recogió la medalla y la colocó sobre la mesita. En seguida sacó sus anteojos y leyó la nota. Cuando hubo terminado de leerla, se la pasó al tata.

—Eric, hijo. Piensa como lo que eres. Un investigador. ¿Qué pudo haber pasado para que Cristina se fuera de aquí? —preguntó la nana con calma, escondiendo su tristeza.

—La presioné demasiado, nana. La asusté. Ella me dijo que no estaba lista para casarse y yo le insistí por mis deseos, mis necesidades. No pensé en ella. Seguramente no me quería lo suficiente y la asusté cuando le propuse matrimonio como un loco —dijo Eric, sintiéndose abandonado.

—No digas tonterías. Esa muchachita no se asusta tan fácil; es una luchadora. ¿No has visto lo duro que trabaja aquí, ella sola, para ayudar a su familia, y todavía dedica sus fines de semana a ayudar a los enfermos en el hospital? ¿Crees que una persona así va a huir sin decirte a tu cara que no te quiere?

—Yo hubiera pensado que no, abuela. Pero eso es lo que me dice en mi nota.

—Exactamente, Eric. Te dice en la nota algo que no puede ser verdad. No es ella. Te dice que la olvides, que le des tu medalla a otra mujer. ¿Cómo crees que va a sentir algo así cuando te quiere con todo su corazón? Ella misma me lo dijo ayer en esta casa.

—Entonces, ¿qué puede ser, nana? —preguntó Eric, alzando los ojos del suelo.

—No sé. Sólo sé que esta muchachita está cargando algo grave en sus hombros. No sé qué será, y cuando le pregunté no me quiso decir.

—¿Usted le preguntó? —dijo Eric con sorpresa — ¿Cómo se dio cuenta usted de que algo le estaba pasando?

—Porque el amor loco lo llevas tú, que no ves nada ni oyes nada desde que la conociste. Yo la quiero, pero de otra manera, y esta muchachita, aunque sonríe y goza de tus chistes, sufre por dentro. Pero no sé por qué. Lo único que te puedo asegurar es que te ama mucho.

—Con permiso, abuelos —dijo Eric, parándose y corriendo a la puerta.

—¿Adónde vas, Eric?

—Déjalo, José. Va a buscar a Cristina —dijo la nana, llevándose la medalla al cuarto de Eric.

—Socio, ven aquí, que necesito tu ayuda —le dijo Eric a Ramón cuando entró a su oficina tan apurado como había salido.

—¿Qué pasa, compadre, alguna novedad con Adams?

—No, Cristina se fue. No sé adónde. Me dejó una nota fría donde me dice que la olvide, y esa no es mi Cristina. Cristina es dulce y amorosa. Algo le pasó.

—¿Cuándo fue la última vez que la viste? —preguntó Ramón realmente sorprendido.

—La fui a dejar ayer en la noche, después de pedirle que se casara conmigo. Estábamos muy contentos. Nos despedimos como todas las noches. Me esperé hasta que entró y apagó su luz. Y esta mañana me llamó la señora donde trabaja y encontré esta nota. Mira. Dejó otras dos notas más.

Ramón leyó la nota de Cristina y se asombró aún más.

—Esto no va de acuerdo con la Cristina que yo vi el sábado en la pista de baile. O está loca por ti o es una buena actriz, hermano.

—No. Sé que me ama. Lo siento. Lo veía en sus ojos, lo sentía en sus caricias cada vez que estábamos juntos; algo tuvo que pasar después de que la dejé. Pero, ¿qué?

—¿Quién fue la última que la vio o habló con ella, tú? —preguntó Ramón, tomando el tono de un investigador profesional.

—Yo creo que yo fui el último. A menos de que alguien haya entrado a su casa o la haya estado esperando en su habitación.

—¿Le preguntaste a la señora donde trabaja?

—Sí. La señora Lecea no se enteró de nada hasta esta mañana cuando Cristina no bajó al desayuno.

—¿Quién más vive en la casa?

—El señor Lecea, los niños y la cocinera.

—¿Hablaste con la cocinera y con el esposo?

—No. Me imagino que el esposo estaba en el trabajo esta mañana, y ahora recuerdo que ayer en la noche Cristina mencionó que tenía que regresar pronto a su casa porque la cocinera se iba hoy muy temprano de vacaciones.

—¿Dijo adónde?

—No. Creo que necesitamos regresar a hablar con la señora Lecea.

—¿Ya hablaste con Rosita?

—¿Cuál Rosita?

—Rosa, hermano, la prima de Cristina.

—Ah, sí. Ella tampoco sabe nada.

—Déjame llamar a la señora Lecea para avisarle que ya vamos.

Otra vez en el auto, Eric recordó sus momentos de felicidad, manejando su auto para ir a sitios muy especiales con Cristina a su lado. El camino a las montañas, con su amada acariciándole la cara; el camino a las caballerizas; el viaje a Annapolis, cuando los nervios no le permitían ni pensar antes de pedirle que fuera su esposa...

La señora Lecea les abrió la puerta.

—Gracias por recibirnos de nuevo, señora. Le presento al detective Ramón Taylor, mi socio.

—Mucho gusto, pasen, por favor.

Rosa estaba sentada en el sofá de la sala. Había ido para la casa de los Lecea tan pronto como Eric le dio la noticia. Sonrió cuando Ramón entró. Él no había tomado en cuenta que esto le brindaría nuevas oportunidades para estar con Rosa. Con esto, el caso adquiría una nueva dimensión para él.

—Señora Lecea, ¿quién cree que vio o habló con Cristina después de que yo la dejé aquí ayer en la noche?

—Mi esposo no pudo haber sido. Estábamos durmiendo cuando usted trajo a Cristina, y él se fue a trabajar hoy muy temprano. Tita, la cocinera, salió de madrugada de vacaciones a visitar a su familia en Venezuela. No sé si hablaron entre ellas.

—¿No estuvo nadie más en su casa ayer en la noche?

—No. Nadie más.

—¿Quién más conoce a Cristina, Rosita? —preguntó Ramón.

—Tiene pocas amigas. Carmen, la gente de la iglesia, pero no habla con nadie más que con el cura y la gente del hospital.

—¿Cuál iglesia? —preguntó nuevamente Ramón.

—Vente, socio, yo sé qué iglesia porque iba yo a ir a apartarla para nuestra boda. Y sé cuál hospital porque allí nos conocimos.

Mientras Eric y Ramón investigaban con desesperación el paradero de Cristina, Manuel se comunicaba a San Cristóbal para compartir sus buenas noticias.

—¿Aló, me comunica con don Jorge? De parte de Manuel. Sí, don Jorge. Ya me puede firmar mi contrato como empleado fijo. Ya hice mi trabajo y la mujer de la foto se encuentra camino a su destino. Misión cumplida, jefazo. Adiós.

CAPÍTULO 19

—No, hijo mío —dijo el cura—. No la he visto en un par de semanas. Pero la última vez que la vi me habló muy bonito de usted.

—Padre, por favor, le ruego que piense y me diga qué sabe usted de Cristina, cualquier cosa que nos pueda ayudar. Algo le preocupaba mucho, ¿qué era?

—Sé que algo le preocupaba y le pregunté en alguna ocasión, pero sólo me dijo que mientras menos gente supiera, menos peligro corrían. Creo que se refería a algo de su pueblo, pues me lo dijo cuando llevaba aquí muy poco tiempo.

Eric se sintió mal al darse cuenta de que otros habían notado que su amada sufría por algo, y él no había tenido la sensibilidad para notarlo. Estaba tan ciego de amor, que le faltó compasión o entendimiento. ¿O qué?, se preguntó con coraje a sí mismo.

—¿En su pueblo? Sí, ahora recuerdo que cuando yo le preguntaba o le pedía que me contara de Loli y de su vida allí, siempre encontraba la forma de cambiarme el tema. ¿Puede decirnos algo más, padre?

—Desgraciadamente eso es todo lo que sé, hijos.

Los policías le agradecieron al cura y salieron rumbo al hospital. Allí encontraron a la jefa de Cristina, pero ella solamente les pudo hablar del excelente trabajo que Cristina realizaba y del cariño que le tenían sus pacientes.

—Imagínese que incluso un paciente de ella, que creíamos que iba a quedar ciego, recuperó la vista sin explicación alguna.

Eric y Ramón salieron del hospital sintiendo que realmente habían averiguado muy poco.

—¿Ahora hacia dónde, socio? —preguntó Ramón.

—Hazme el favor de llamar a Rosa y pregúntale dónde podemos ver a Carmen. Y pregúntale si la podemos volver a ver a ella para hacerle algunas preguntas acerca de San Cristóbal, de Loli, del amigo de Cristina que falleció. En fin, de la vida de Cristina antes de que llegara a los Estados Unidos.

—De inmediato, Eric—. Ramón se apresuró a llamar a Rosa, pero regresó dejándole ver a Eric que no traía buenas noticias—. Dice Rosita que Carmen vive a veces en un edificio de la calle dieciséis y casi siempre con Manuel, el novio. Pero no sabe dónde vive Manuel.

—No importa. Los encontraremos. ¿Le preguntaste si la podemos ver a ella?

—Sí, claro. Dijo que desde luego. ¿Quieres que vayamos los dos o voy yo solo?

Eric entendió que Ramón quería estar solo con Rosa, pero este no era un buen momento para ponerse romántico.

—No, hermano. Iremos juntos. Tengo muchas preguntas. Vamos antes a pedirle a mi secretaria que nos encuentre la dirección o el teléfono de Manuel.

Mientras Eric y Ramón buscaban a Carmen y a Manuel, nana María había encendido una veladora y de rodillas en su cuarto rezaba:

"Por favor, San Antonio, tú que nos trajiste a Cristina, ayuda a mi Eric a encontrarla otra vez. Ayúdalo a que la traiga de regreso. No nos abandones. Yo sé que van a estar juntos otra vez, pero no dejes que pase mucho tiempo, ni los

hagas sufrir. Por favor, protégelos y que no le pase nada a nadie. Te lo suplico. Amén."

En esos mismos momentos, Cristina acarició la pequeña piedra del color de los ojos de Eric en el anillo que su amado le diera camino a la montaña, y rezó: *"Por favor, virgencita. Déjame llegar a tiempo y protege a mi chiquita. Si la proteges, puedes quitarme la vida. Mi corazón ya lo perdí al dejar a Eric. Te puedes llevar mi vida también."* Cerró los ojos y escuchó el ruido de los motores del avión, en el que viajaba por primera vez en su vida.

Manejando a toda velocidad entre el tráfico, Eric y Ramón llegaron una vez más a entrevistar a Rosa.

—Rosa, le suplico que nos diga cada detalle de la vida de Cristina en San Cristóbal. No deje nada afuera —suplicó Eric.

—San Cristóbal es un pequeño pueblo donde se vive sobre todo de los cafetales. Es como cualquier otro pueblo de mi país, donde hay unas pocas familias muy ricas y los demás son muy pobres, casi todos campesinos. Los campesinos trabajan casi todos en los campos de café. Hace años las cosechas eran muy buenas y se vendía mucho, y se ganaba más. Pero los precios del café bajaron, tuvieron muchas sequías y les empezó a ir peor a los campesinos.

—Y también a los dueños, me imagino... —interrumpió Ramón.

—No. Ya sabe como es. Ellos siguieron viviendo a todo lujo. Haciendo grandes fiestas con borracheras, saliendo a pasear a otros países, manejando autos de lujo. Igual que si no hubiera pasado nada.

—¿Pero de dónde sacaban la plata? —preguntó Eric.

—Eso sí no sé. O de ahorros, o de otras cosas además del café.

—Platíquenos acerca del papá de Loli. ¿De qué murió él, Rosa?

—No sé. Cristina no me quiso decir, a pesar de que le pregunté varias veces; pero mi hermana me dijo que cuando visitó San Cristóbal, el hermano de Cristina le platicó que una noche sucedió algo en la clínica y que esa noche murió Juan Gabriel, y al día siguiente Cristina salió de San Cristóbal sin que nadie lo supiera. Sólo su madre y el padre Francisco, que le ayudó con dinero.

—Ahora recuerdo —dijo Eric—, que Cristina me dijo que al principio le gustaba mucho trabajar en la clínica, pero después ya no. No me quiso decir por qué ya no. Dígame, Rosa, ¿qué hacía Cristina en la clínica?

—Hacía de todo un poco. Le encantaba todo lo relacionado con la enfermería. Estaba muy feliz de ayudar a la gente.

—Cristina dijo que la clínica fue donada por don Luis y su familia. ¿Ellos la emplearon en la clínica?

—No sé, pero me imagino que sí. No entiendo qué relación puede haber entre eso y que Cristina se haya marchado, Eric.

—Yo tampoco, pero le prometo que lo sabremos. Ahora tenemos que encontrar a Carmen. ¿Cree usted que ella sepa algo?

—Lo dudo. Últimamente Cristina y yo no veíamos mucho a Carmen porque no nos gusta su novio —dijo Rosa—. ¿Les puedo ofrecer un café o una limonada?

—No, gracias —dijo Eric—. Yo me voy a encontrar la dirección de Carmen o de Manuel. Tú quédate un rato, compadre —dijo Eric, sabiendo que Ramón realmente quería continuar la plática con Rosa.

—Está bien, hermano. Pero llámame apenas sepas dónde los encontramos y me recoges para que vaya contigo. Me encantaría tomar un café con leche, Rosita, si no es mucha molestia —dijo Ramón con una voz dócil que Eric no reconoció.

De regreso en su oficina, Eric se sorprendió al oír que nadie podía encontrar los paraderos de Manuel y Carmen.

—Cómo que no los pueden encontrar? —gritó enojado—. ¡Miren qué hora es! ¿Cuánto tiempo les va a tomar encontrar una maldita dirección?

Esa noche, Ramón y Eric se reunieron en el bar cerca de la oficina.

—Tráiganos otra ronda de esto mismo, mesero. Dime, hermano, ¿por qué me dejó mi Cristina?

—Ya te dije, compadre. No te dejó. Se fue por alguna razón importante, y la vamos a encontrar —contestó Ramón, que entendía la angustia que sentía su amigo.

—¿Te dije que le propuse matrimonio y que ya estábamos haciendo los planes de la boda? ¿Te imaginas a mi amor vestida de novia? Sería la novia más bella del mundo. Con esos ojos, con ese pelo tan precioso. Y ese cuerpo tan perfecto. ¿Has visto tú mujer más bella que Cristina? No, no me contestes porque me voy a poner celoso de saber que a ti también te parece tan preciosa como a mí. ¿Estará enamorada de otro hombre? ¿De quién?

—No, Eric. Te aseguro que no hay otro hombre en su vida. Solo tú, mi hermano.

—¿Pero por qué no me dijo por qué se iba? ¿Por qué no pidió mi ayuda? Ella sabe que yo daría mi vida por ella.

—Sí, socio. Estoy seguro de que ella también daría su vida por ti.

—¿Ramón, quieres que te cante las canciones que le cantaba a Cristina? —preguntó Eric, empezando a sentirse enfermo.

—No, socio, prefiero llevarte a dormir. Mañana seguiremos con la investigación y te aseguro que la encontraremos. Ven, yo manejo.

Esa misma tarde, Rosa fue al supermercado donde muchas veces antes había encontrado a Carmen y esperó en la entrada varias horas, con la esperanza de que se encontraran una vez más. *¿Cómo es que nunca le pedí la dirección o el teléfono de su noviecito?*, pensó. *Si lo hubiera hecho, Eric y Ramón ya hubieran hablado con ellos. Pero, por otro lado, ¿por qué iban a saber ellos algo? No, qué van a saber Carmen y Manuel.*

Estaba a punto de regresar a su casa cuando vio a Carmen acercarse caminando alegremente, moviéndose coquetamente como siempre. Corrió a encontrarla.

—Carmen, Carmen, ¿has visto a Cristina? —preguntó sin aliento.

—Sólo el sábado cuando fuimos a bailar juntas. ¿Por qué?

—Porque Cristina desapareció —contestó Rosa decepcionada.

—¿De qué hablas, mujer? ¿Cómo que desapareció? ¿Cuándo?

—Desde hoy en la mañana. Eric anda como loco buscándola. Ramón lo está ayudando, y nadie sabe nada.

—¿De dónde desapareció?

—De su casa, parece...

—Te digo Rosa, que éste es un lugar de locos. Por eso yo estoy contenta de estar con Manuel.

—Hablando de Manuel, necesito que me des su dirección, porque Eric y Ramón quieren ir a hablar con ustedes para que los ayuden a pensar en nuevas pistas.

—No creo que vamos a poder ayudar mucho, pero, por favor, diles que vengan a vernos sin falta—. Carmen escribió la dirección, se despidió y entró a la tienda a comprar las cosas que necesitaba para cocinarle a Manuel.

Al salir de la tienda, recordó la plática con Rosa. *Pobre Cristina,* pensó. *¿Qué le habrá pasado? A veces mejor quisiera regresar a mi pueblo. Allí hay menos locos que aquí,* se dijo, olvidando su vida diaria con Manuel.

—Fíjate, Manuelito, que vi a Rosa en la tienda y me dijo que mi amiga Cristina desapareció de su casa. Qué horror, ¿verdad? —le comentó a Manuel una vez que regresó a su casa.

—Sí. ¿Y cómo desapareció?

—No saben nada. Están averiguando, pero no saben qué pasó.

—Ajá. ¿No tienen ninguna pista?

—No. Pobrecitos. Imagínate. Estando tan enamorados esos dos polluelos. Solamente de verlos uno sabía que se amaban. De verlos tan acaramelados el sábado, te apuesto que ya estaban planeando su boda.

—Sí.

—Y eso que se conocieron hace pocos meses, no como nosotros. Pero ya sabes como es cuando da el amor con ganas, uno se quiere casar y tener su casa y su familia.

—¡Cómo hablas hoy, Carmen! ¿A qué hora va a estar la cena? Tengo hambre y lo que estás preparando huele muy bien. ¿Qué es?

—Es sopa de pescado y ya está lista. Toma, mi amor.

—Esta sopa de pescado está buenísima, Carmen. Cada día cocinas mejor—. Sonó el teléfono—. ¿Podrías contestar el teléfono para que no se me enfríe? —preguntó Manuel con la boca llena de pan.

—Sí, Manuelito —dijo Carmen, contenta de saberse apreciada por Manuel, y corrió a contestar el teléfono.

—Manuel...es para ti, parece que es don Jorge.

Dejando caer la cuchara en la sopa, Manuel brincó del asiento.

—Contestaré en mi habitación. Tú cuelga este teléfono—dijo.

Una llamada de larga distancia de don Jorge significaba algo importante. Carmen decidió que esta sería una buena oportunidad para saber a qué se dedicaba Manuel, y si pronto podrían pensar en matrimonio. Apretando el teléfono contra su oído, sostuvo la respiración para no hacer ningún ruido.

—...escúchame bien, Manuel. Tenemos ya a Cristina y a la hija en la clínica. Ahora necesito que le envíes una nota a ese policía Gómez y que le digas que tiene que venir él solo a rescatarlas. Hazle saber que si alguien más se entera del contenido de la nota, las mataremos a las dos. ¿Me entiendes? Tiene que venir solo.

—Sí, jefe. ¿Me permite preguntarle qué va a hacer con el policía allá cuando llegue a San Cristóbal? Le pregunto porque él siempre anda acompañado de su socio Ramón Taylor —dijo Manuel, tratando de ganarse la confianza de su patrón.

—Ese es problema tuyo, Manuel. Gómez tiene que llegar solo aquí porque queremos deshacernos de este problemita de raíz. Y no queremos tener otros hilos colgando. ¿Oíste bien, Manuel? Tú haces lo que tengas que hacer desde allí. Pero me tienes que mandar a Gómez aquí sin compañía. Tenemos que estar seguros de que Gómez no se convertirá más tarde en un gran problema desde Washington. Nosotros nos encargaremos de Cristina y de Gómez de este lado. Tú harás lo que se necesite con el otro, de tu lado de la frontera.

—¿Para cuándo, don Jorge?

—Ese sería el mejor regalo de Navidad que me pudieras hacer, Manuel. Y me gusta recibir mis regalos antes de poner mi arbolito.

—Entiendo. Yo le avisaré a tiempo para que usted esté esperando el regalo, jefe. Antes de que se me olvide, don Jorge, ¿cuándo quiere que empiece el próximo trabajito?

—Mira, Manuel. Empieza por llamar al abogado Adams. Dile que por fin pudimos reunir sus diez bultos que le prometimos con los papeles y todo. Que nos mande a los diez pares a recogerlos. ¿Entendiste o quieres que te lo repita?

—No, don Jorge. Que ya consiguieron sus diez bultos con los papeles y que mande a los pares a recogerlos. ¿El me entenderá?

—Sí, Manuel. El sabrá de qué estoy hablando. Este es el principio de tu nueva carrera profesional. Más vale que lo hagas bien.

—No se preocupe. Lo llamo pronto.

Manuel, pensativo, colgó el teléfono y regresó a la cocina.

—Carmen, caliéntame la sopa de nuevo. Tengo mucho trabajo y mucho que pensar. ¿Crees que uno puede pensar cuando le dan de comer esta porquería de comida fría? —gritó.

—Sí, Manuel. Ya te la caliento —dijo Carmen, limpiándose una lágrima.

Carmen supo entonces que no habría boda entre ella y Manuel. Entendió también que ésta sería su Navidad más triste.

Unos minutos después el teléfono volvió a sonar. Pensando que sería don Jorge otra vez, Manuel se levantó de inmediato de la mesa y contestó.

—¿Manuel? Qué tal. Habla Eric Gómez. Espero no molestarlo a esta hora.

—No, qué va. Es un placer, Eric; exactamente en estos momentos estaba yo pensando en usted y Cristina—sonrió Manuel.

—¿Ah, sí? Y ¿por qué?

—Por lo bien que la pasamos el sábado. Comentaba yo con Carmen que se ven ustedes como pichones a punto de ir al altar.

—Mire, Manuel. Lo llamo porque necesito su ayuda. ¿Le importa si vamos Ramón y yo a su casa?

—¿Cómo cree que me va a importar? Como dicen en mi pueblo, mi casa es su casa, Eric. Y lo mismo dice mi Carmencita que está aquí conmigo. Vengan y nos tomamos aquí unos tragos; tengo del mejor coñac.

—Gracias, pero no podemos tomar cuando estamos trabajando. Le agradezco.

Al colgar el teléfono, Manuel reflexionó unos minutos. Entró a su habitación y cerró la puerta con llave atrás de él. Salió de la habitación en unos minutos.

—Carmen, necesito cigarros. Si llegan los novios de tus amiguitas, que me esperen. No me tardo —le dijo.

Carmen no dijo nada, pero notó que antes de salir de la casa, Manuel se puso sus guantes, selló una carta y la guardó en su abrigo.

Veinte minutos más tarde, Eric y Ramón llegaron a casa de Manuel.

—Pasen, por favor, Manuel no tarda en llegar. ¿Les puedo ofrecer algo de tomar o de comer?

De inmediato notó la palidez del semblante de Eric.

—Rosa me platicó que Cristina desapareció...lo siento tanto...y...

—Buenas noches, amigos —dijo Manuel, abriendo la puerta de su casa—. Me disculpan, pero salí a comprar unos cigarros. ¿Ya les sirvió algo Carmen, o ha estado de holgazana esta mujer mía?

—Discúlpenos que se nos hizo tarde, Manuel. Tenemos mucho trabajo estos días.

—Sí, me imagino. Con eso de que la Navidad se acerca y hay tanto ladrón robando carteras o autos por las calles, ya me imagino cuánto trabajo tienen.

—Estamos aquí para preguntarle a usted y a Carmen si hablaron con Cristina o la vieron el domingo en la noche, ya tarde.

—¿Por qué la íbamos a ver el domingo ya tarde a Cristina, Eric? ¿Por qué no la cuida usted bien? Si lo hiciera, no tendría miedo de que otros hombres la vieran tarde en la noche —dijo Manuel, prendiendo un cigarrillo.

—Mire, Manuel —contestó Ramón—. No nos sentimos de humor como para aceptar malos chistes, ni insinuaciones tontas. Estamos aquí para saber si ustedes saben el paradero de Cristina, que desapareció de su casa.

—Yo he estado aquí todo el tiempo. ¿Y tú, Carmen, qué haces cuando dices que te vas a la tienda o al trabajo? Pregúntenle a ella, que quizá en vez de ir a limpiar oficinas, se va a secuestrar amigas.... ja, ja, ja —rió Manuel—. Miren, ya en serio, mis amigos. La vimos el sábado cuando salimos con ustedes y esa fue la única y última vez que yo la vi. Yo la conocí esa noche. Me río porque estas mujeres hacen cualquier cosa para deshacerse del novio. Yo por eso cuido de cerca a esta gorda.

Eric se mantuvo en silencio. La mención de que Cristina lo hubiese dejado por otro hombre le causó un gran malestar.

—Carmen —dijo Eric—, ¿usted no sabe algún detalle de Cristina, algo de San Cristóbal que le haya platicado que nos pudiera ayudar a encontrarla?

—No, Eric —susurró Carmen.

—Siento mucho haberlos molestado—. Su voz denotaba decepción y tristeza—. Buenas noches.

—Buenas noches. Quizá para la próxima podamos ayudarlos más —dijo Manuel al abrir la puerta.

Eric pasó a dejar a Ramón a la oficina para recoger su auto. Subió a la oficina a ver si había algún mensaje o alguna pista acerca de Cristina. Salió de allí sintiendo que su mundo se había reducido a un mundo de tristeza y soledad.

Llegó a su casa y estacionó el auto dentro del garaje. Abrió la puerta principal y, cuando la iba a cerrar, encontró una carta tirada en el piso.

Al recogerla leyó su nombre en el sobre. No reconoció la escritura. La abrió y la leyó nerviosamente:

—*Gómez: si quiere ver a Cristina y a su hija vivas, vaya inmediatamente a la clínica de San Cristóbal. Lo estamos vigilando. Si va acompañado, ellas morirán allá antes de que usted llegue. Sus abuelos morirán aquí mientras usted esté en el camino. Más vale que nadie sepa el contenido de esta nota.*

Guardó la carta y subió a su cuarto a hacer una maleta. Se aseguró de que su pistola y las municiones estuvieran en un lugar seguro en su maletín de mano. Guardó su pasaporte, los papeles que lo identificaban como policía, y dinero. La foto de Cristina la puso en el bolsillo de su camisa y se desvistió para ir a dormir. A esta hora de la noche ya no salían aviones, pero mañana temprano estaría en el avión rumbo a los brazos de Cristina.

Sacó de la camisa la foto de Cristina y lloró. Esa noche no durmió. Gran parte de la noche se le fue en recordar las horas felices que había pasado compartiendo su amor con Cristina y las promesas que le había hecho. Las cumpliría todas, una por una. Le traería a Loli, la llevaría a pasear en lancha, la llevaría a ver las flores cerca de las caballerizas, la haría la mujer más feliz del mundo. Sería su esposo, su mejor amigo, su amante.

Todavía no sabía qué ocurría ni por qué, pero sentía que Manuel tenía algo que ver con la desaparición de su Cristina.

Al amanecer, cuando bajó a tomar un café antes de irse al aeropuerto, los abuelos ya estaban en la cocina.

—Me tengo que ir unos días, abuelos. No sé cuándo regresaré.

—¿Adónde vas, Eric? —preguntó el abuelo sorprendido.

—No puedo hablar de este caso, abuelo. Es cosa de mi trabajo. Abuela, he estado pensando. Creo que tenía usted razón acerca de Manuel; debía yo haberle hecho caso cuando usted me lo advirtió. Debía yo haber puesto más atención.

—Todavía estás a tiempo, hijo. Mira, antes de irte quiero darte algo—. Tan rápido como podía caminar, la abuela fue a su cuarto y regresó con la foto de Loli y la medalla de graduación—. Esto te dará suerte. Ahora ven y dame un beso.

Eric abrazó y besó a sus abuelos y salió para ir a rescatar a Cristina y a Loli. Encendió la música en su auto para relajarse un poco. La primera canción que escuchó fue la misma que le cantara a Cristina al oído esa noche frente a la chimenea. Se limpió las lágrimas y puso más atención al camino.

CAPÍTULO 20

Mientras Manuel tomaba un baño casi a medio día, Carmen buscó con cuidado en la cartera de su novio. Encontró varios números de teléfono sin nombres. Los copió todos y los guardó dentro de sus zapatos. Con cuidado guardó la cartera en el mismo sitio donde la había encontrado, asegurándose de no mover nada.

Para evitar cambiar la decisión que había tomado durante la noche, y no permitir que el miedo que le tenía a Manuel la paralizara, se asomó solamente un minuto al baño.

—Ya me voy, Manuelito. Hoy tengo mucho trabajo. Te dejé tu desayuno listo y regresaré a tiempo para darte de cenar. Adiós, mi amor —le dijo.

—Adiós, Carmen. Espero que no vaya a estar frío mi desayuno. Ya sabes que no me gusta.

—No te preocupes. Te lo dejé cubierto y estará muy sabroso. Adiós.

Carmen salió de la casa y corrió a casa de Rosa. Tocó el timbre con desesperación. Una vez dentro del departamento, se apoyó contra la puerta, jadeando en una forma tan agitada que casi no le salían las palabras.

—Rosa.... —dijo, tratando de tomar aire —tenemos que ir rápido a buscar a Eric y a Ramón a su oficina. De inmediato.

—¿A buscarlos, a esta hora? ¿Por qué?

—No me preguntes. Tenemos que ir inmediatamente. Te explicaré allí.

—Pero Carmen, estoy cuidando a la niña; no la puedo dejar —se quejó Rosa, sin entender cuál era la prisa.

—Se trata de Cristina. Está en peligro. Por favor, Rosa, vamos rápido.

Rosa llamó a la señora a su trabajo para decirle que no se preocupara, que iba a salir con la niña a dar un paseo largo, y salió con Carmen en un taxi a la estación de policía.

—¿A qué debo el gusto? —preguntó Ramón asombrado al ver a Rosa y a Carmen en su oficina, sobre todo porque también llevaban a una niña con ellas.

—Ramón —preguntó Carmen—, ¿dónde está Eric?

—No sé; no ha venido a trabajar todavía. Debe andar siguiendo pistas para encontrar a Cristina, ¿por qué?

—¡Dios mío! ¡Seguramente ya le avisaron dónde está Cristina, y va a llegar allí a que lo maten!

Sentándose muy recto en su silla, tiró el lápiz que tenía en la mano sobre el escritorio.

—¿De qué habla, Carmen? —preguntó.

Con lágrimas en los ojos, Carmen les platicó lo que sabía.

—Ayer, antes de que ustedes llegaran, Manuel recibió una llamada de su nuevo jefe, don Jorge. El es de San Cristóbal y es un hombre muy raro. ¡Muy horrible! Manuel salió de prisa de la cocina y fue a contestar en su habitación. Yo le dije que colgaría el teléfono, pero no lo hice, porque quería saber de qué se trata su trabajo... —Se limpió la nariz con un pañuelo que le pasó Rosa y continuó—. Oí que don Jorge le dijo que hiciera algo para que Eric fuera a la clínica de San Cristóbal donde tienen a Cristina y a su niña. Parece que los quieren matar a todos.

—¿Dijo por qué? —preguntó Ramón con fuerza.

—Dijo algo de terminar con el problema, no dejar hilos colgando...

—¿Dijo algo más?

—Dijo que llamara a un abogado de aquí...un tal Adams... Mire, Ramón, copié unos números de teléfono de la cartera de Manuel. Pensé que a lo mejor uno de estos teléfonos es el de Adams. Si se da cuenta de lo que hice, me matará.

—No, Carmen. Nosotros la protegeremos. ¿Adams? ¿Para qué? Sí. Este es el número de teléfono del mismo Adams que visitamos Eric y yo.

—No sé, para pasarle un recado. Dijo que le dijera que por fin ya tienen sus diez bultos listos con papeles, que le enviaran para allá a los diez pares o parejas o algo así.

—¿Diez parejas? ¿Bultos con papeles? ¡Dios mío! Estaba hablando de diez criaturas para adopción y diez parejas para adoptarlos. ¡Manuel es el eslabón! ¿Pero qué tiene que ver Cristina en esto?

—No sé, Ramón.

—¿Alguna otra cosa, Carmen?

—Bueno....también oí que don Jorge le dijo a Manuel que se encargue de usted, Ramón... Que...encargarse de usted...es el trabajo de Manuel. Eso es todo lo que se dijeron.

—Gracias, Carmen. Muchas gracias. Es usted muy valiente. Permítanme, voy a llamar a Eric.

Marcó al número de teléfono del auto de Eric, pero no hubo contestación. Llamó a su casa.

—Hola, mi querida nana, ¿me comunica con Eric, por favor? Dígale que hoy no es domingo, que lo estoy esperando en la oficina.

—Eric salió de viaje, Ramón. Por favor no lo busques y no preguntes más, hijo.

—Gracias, nana. Le voy a dar el número de teléfono de Rosita. Es sólo por si se le ofrece algo, porque voy a salir de viaje. ¿Me entiende, abuelita?

—Sí, hijo. Gracias—. La abuela escribió el número de teléfono de Rosa y colgó el teléfono.

—Eric ya salió a buscar a Cristina. Seguramente no me avisó para no poner en peligro a sus abuelos. ¿Quién le habrá avisado a Eric?

—Después de que don Jorge llamó, y antes de que ustedes vinieran a preguntarnos acerca de Cristina, Manuel salió de su casa con una carta. A mí me dijo que iba por cigarros —dijo Carmen.

—Seguramente él fue a dejarle esa carta a casa de Eric. Y probablemente hizo lo mismo con Cristina esa noche que desapareció sin dejar rastro. Para no poner en peligro a Loli o a Eric, Cristina salió sin avisarle a él.

—¿Qué va a hacer, Ramón? —preguntó Rosa preocupada.

—Yo voy a ir a buscar a Eric y a ayudar en lo que se pueda, sin que él o nadie más sepa. Tú, Rosa, vas a regresar a tu casa con la niña y no vas a hablar de esto con nadie. Usted, Carmen, váyase a trabajar como si nada hubiera pasado. Yo voy a avisar aquí que Eric está enfermo y que yo ya salgo para Puerto Rico a visitar a mi familia para la Navidad—. Después de pensar un momento, continuó—. Rosita, quién me puede dar información acerca del trabajo de Cristina en la clínica de San Cristóbal? Necesito alguien que conozca a Cristina, alguien en quien ella hubiera confiado.

—El único que hubiera sabido algo de ella sería Juan Gabriel, el papá de Loli. Pero él murió

—algunos dicen que lo mataron. Además de él, yo creo que nadie. Pero espera un momento, Ramón, el padre Francisco le consiguió cómo salir de San Cristóbal y además le dio dinero para llegar aquí.

—Estoy seguro de que estos datos me servirán, Rosita. ¿De qué murió Juan Gabriel?

—Yo sólo oí que lo mataron la noche antes de que Cristina saliera de San Cristóbal, pero no conozco la causa. Algunos piensan que hubo alguna conexión entre la muerte de Juan Gabriel y la salida de Cristina, porque ella salió de San Cristóbal en medio de la noche sin que nadie supiera.

—Gracias por la información. Te lo agradezco mucho, Rosita. Espero que no te importe si te tuteo...Bueno, creo que mejor me voy. Tengo que tomar un avión que salga de aquí lo antes posible y solo hay dos vuelos al día.

—Un momento, Ramón. Mira—. Rosa sacó el rosario de la madre de Cristina—. La señora Lecea encontró este rosario de Cristina tirado en la casa. Seguro se le cayó al salir de prisa. Llévatelo para que te proteja. Cuídate mucho y regresa bien—. Rosa puso el rosario en las manos de Ramón, y sin quitar sus manos de las de él, lo besó en la boca con una ternura y una entrega que Ramón nunca antes había sentido.

—Gracias, Rosita. Te llamaré en cuanto regrese...y...bueno...te diré lo que acabo de sentir...lo que he pensado...tú sabes...

—Esperaré tu llamada, Ramón.

Salieron de la estación de policía. Rosa regresó a su casa y Carmen se encaminó rumbo a la oficina que le tocaba limpiar esa tarde. En el camino paró en una iglesia. Se arrodilló y rezó: "Dios mío. Espero que haya yo hecho lo correcto. Te pido que me protejas y que ayudes a Manuel. Yo lo amo. Perdónalo por sus actos, por favor."

En la noche Carmen regresó a casa de Manuel para preparar la cena como si nada hubiera pasado. Tenía que actuar como si hubiese sido un día como otro cualquiera. Entró a la casa usando la llave que Manuel le había dado, y notó de inmediato muchas botellas vacías en la cocina.

Se asomó a la sala donde la televisión estaba prendida, y vio a Manuel recostado en el sofá.

—Hola, Manuelito. Ya regresé y te voy a preparar la mejor cena de tu vida. ¿Qué te parece, mi amor?

—Mejor me dejas que yo te de a ti lo que más te gusta, Carmencita mía. Pero antes dime —dijo Manuel, levantándose del sofá—, ¿cómo es que Ramón y Eric sabían mi dirección y mi teléfono que nadie sabe excepto tú y don Jorge? Me ha costado muchos miles de dólares tener el lujo de que nadie, ni la policía, sepa dónde vivo. ¿Cómo fue que me llamaron y no tuvieron que pedir mi dirección?

Y antes de que pudiera contestar nada, Manuel la golpeó de tal manera que dos de sus dientes cayeron al suelo. La pateó en el estómago, en las caderas, y cuando se sintió satisfecho, le dijo:

—Eso te enseñará a no compartir mi dirección ni mi teléfono, mi amor. No tienes permiso de compartir con nadie nada de lo que pasa en esta casa. ¿Me oyes? Ahora vete a limpiar y prepárame esa cena especial de la que hablabas.

—Sí, Manuel.

En su habitación, Manuel llamó a la estación de policía.

—Quiero hablar con el detective Eric Gómez.

—Eric Gómez no está.

—¿Dónde está?

—No vino hoy a trabajar. ¿Quiere dejar recado?

—No. Quiero hablar entonces con Ramón Taylor.

—El se fue de vacaciones de Navidad hace unas horas. Regresa el 2 de enero. ¿Quiere dejarle recado?

—Se fue de vacaciones o está con Gómez?

—No, señor. Taylor se fue de vacaciones y no regresará hasta después de la Navidad. No sabría decirle cuándo regresará Gómez.

Manuel colgó el teléfono y sonrió. *Gómez no regresará, señorita. Mi plan me salió a pedir de boca. El jefazo va a estar muy orgulloso de mí. Ahora nomás me falta que Adams me conteste mi llamada y con eso doy por terminada mi primera tarea. Si así van a ser todas, me voy a hacer rico muy pronto y muy fácil.*

En seguida llamó a don Jorge.

"Jefe, aquí le llama Manuel. Misión cumplida. Su regalo le estará llegando hoy mismo. El problema de mi lado de la frontera no será problema. Por lo menos no será problema hasta el próximo mes. Es tan buen hijo que está visitando a su familia en no sé dónde. Creo que Puerto Rico, para celebrar la Navidad. Diviértase mucho con su regalito. Adiós."

—¡¡¡Caaaarmennnn!!!   —gritó   desde   su habitación—. ¿Ya está lista mi cena? ¿Cuál es la sorpresa que me tienes preparada para el postre? ¡Estoy de buen humor y listo para gozar, mi gordita!"

CAPÍTULO 21

Cristina no tuvo problema para pasar la aduana al llegar a su país de origen, porque llevaba su pasaporte y sus nuevos papeles de residencia. Se sintió muy agradecida con los señores Lecea por haberse tomado la molestia de tenerle todos sus papeles al día. Sabía que sin los papeles no hubiera podido regresar con esta rapidez y sin problemas. ¡Qué diferente había sido su partida entre las sombras! *La diferencia que hacen unos papeles,* pensó.

Una vez fuera del aeropuerto, miró a su alrededor y se dio cuenta de que no tenía un plan, no sabía qué hacer ni cómo rescatar a su Loli.

Llegar a casa de su madre pondría en peligro al resto de su familia. Tomó un taxi y, aunque sabía que le estaban cobrando demasiado por llevarla, sabía también que en un autobús tardaría horas en llegar a su pueblo. *La vida de Loli no tiene precio,* pensó, *y cada minuto que pasa pone a mi hija en un mayor peligro.* No observó que un auto la seguía de cerca desde la salida del aeropuerto.

Vio el campo a ambos lados de la carretera. La memoria que guardaba de los campos de su país era muy diferente. En su recuerdo había sombras: cajas tiradas alrededor de su pequeño escondite en el camión y un gran silencio. Lo único que le era familiar en estos momentos era el gran miedo que sentía. Recordaba haber sentido el mismo temor cuando salió de San Cristóbal. Ahora regresaba, y otra vez se sentía consumida por un gran miedo.

Sentía el sudor en su frente, pero su cuerpo temblaba como si tuviese mucho frío. Descansó su cabeza sobre el gastado plástico del asiento del taxi y cerró los ojos. La imagen de Eric la ayudó a relajarse.

La música del radio del taxi la transportó a aquella noche del baile. Recordó con detalle su vestido de seda azul, el traje negro de Eric, el bello salón de fiesta y la gran elegancia de las mesas. Sonrió al acordarse como se habían escapado de la fiesta para ir a la cabaña. La cabaña...ese pequeño paraíso donde por primera vez descubrieran su amor, donde cada hora les había traído emociones nuevas que ella no tenía idea que pudieran existir. Tocó con amor el anillo que Eric le diera y sintió un bálsamo de paz en su corazón.

¡Cuánto lo extrañaba! Podía sentir un dolor en su cuerpo por saberse tan lejos de él, y por saber que nunca más lo volvería a ver o a sentir. ¡Cuánto extrañaba sentir sus caricias y sus besos, sentir su respiración muy cerca de la suya, ver el brillo de sus ojos verdes y oír sus chistes, sus cuentos! Las lágrimas de Cristina se mezclaron con las gotas de sudor. Quería limpiarse la cara, pero sabía que si hacía cualquier intento de moverse, su llanto no terminaría nunca.

¿Qué estaría haciendo Eric en estos momentos? ¿La perdonaría algún día por haberlo abandonado de esta manera? ¿La perdonarían los abuelos? Recordó qué feliz se había sentido la mañana cuando ella y la nana habían cosido los vestidos para Loli y, unos días después, cuando juntas escogieron el vestido de novia.

¡El vestido de novia! ¿Qué había estado pensando cuando se imaginó que podría tener una vida normal y feliz con su amado? ¿Cómo pensó que no la descubrirían? ¿Qué podía hacer ahora? Se sintió tan sola, quizá más sola que antes. Por segunda ocasión había perdido una familia que la amaba.

—Conductor, cuando lleguemos a San Cristóbal, me lleva, por favor, a la iglesia de la Plaza Central.

—Cómo no, señorita, ya no estamos muy lejos. ¿Tiene usted familia en San Cristóbal? Porque no creo que vaya usted de turista a ese pueblito. No hay mucho que ver.

—Sí, tengo familia.

—¿Y de dónde venía cuando la recogí en el aeropuerto?

—De Estados Unidos.

—¿Le gusta allá? Dicen que todos viven allí como reyes. Yo tengo por allá unos sobrinos que le mandan dinero a mi hermana, su mamá, y dicen que viven muy bien y que ese dinero es el que les sobra cada mes.

—Uno tiene allí algunas comodidades que aquí no hay. Pero no todos viven como reyes. Se trabaja duro, y es poca la gente a quien le sobra el dinero como dice usted. Quizá a sus sobrinos les va muy bien. No sé.

—¿No quiere que la lleve a ver a su familia antes de ir a la iglesia, señorita?

—No, gracias.

—Ya llegamos. Bienvenida a San Cristóbal. Déjeme que la ayude con su maletín.

—No, gracias.

Cristina pagó, bajó del auto y entró rápidamente a la iglesia. Con cautela se escondió a un lado del confesionario para buscar al padre Francisco sin que los feligreses pudieran verla. Unos minutos más tarde lo vio acomodando unas veladoras cerca de la capillita de atrás. Se veía un poco más viejo y un poco más cansado que antes.

—Padre Francisco, no muestre sorpresa cuando voltee. Soy Cristina Ortiz.

El padre volteó con mucha naturalidad y sonrió.

—Hija mía, ¿qué haces aquí de regreso? Tu madre me dijo que recibió una nota tuya hace un par de días que decía que alguien se llevaría a Loli para dártela en Washington, y que tú estabas muy contenta por esta oportunidad. ¿Arreglaste el problema que tenías?

—No, padre. Pensé que se arreglaría si me iba de aquí y mantenía silencio. Pero no fue así. Mi Loli está en peligro; yo no escribí esa nota. Se llevaron a Loli. Mire padre; no puedo darle detalles. Tengo que irme de prisa, pero le quiero pedir un favor. En este maletín tengo mis papeles y mis ahorros. Si no regreso a buscarlo en unos días, digamos siete días, por favor, se lo lleva a mi mamá y le dice que el dinero es para ella. Le dice que el hombre que aparece en las fotos con mi prima Rosa y conmigo iba a ser mi esposo y se iba a convertir en el padre de Loli. Si no regreso, le dice, por favor, que la quiero mucho y que no se entristezca por mí.

El padre Francisco la bendijo y tomo el maletín sin decir otra palabra. El maletín quedó encerrado en la modesta oficina de la iglesia.

Sin saber qué hacer para salvar a su hija, Cristina se dirigió a la clínica, que estaba a unas cuadras de la iglesia. *Esto es lo que han de sentir aquellos que van rumbo a recibir el castigo de la pena de muerte,* pensó. *Por favor, virgencita, tú siempre me escuchas. No me abandones ahora. Haz que Loli esté bien. Dales mi vida pero sálvala a ella. Y por favor, hazle saber a Eric de alguna manera que nunca lo dejé de amar.*

Cristina tocó a la puerta de la clínica. La puerta se abrió, pero no vio a nadie. Adentro brillaba la luz de un solo foco colgado en el cuarto de la entrada. Parecía que la clínica estaba desierta. Escuchó el llanto de alguien adentro. No era el llanto de una persona solamente; eran varios pequeños llorando a lo lejos. No se sorprendió. Entró. Su corazón latía a toda velocidad. En ese momento el sol desapareció del horizonte.

CAPÍTULO 22

"Damas y caballeros, el capitán acaba de anunciar que estamos a punto de aterrizar. Por favor, abróchense los cinturones y apaguen los aparatos electrónicos que estén utilizando. Esperamos que hayan tenido un vuelo placentero y que vuelvan a elegir esta línea aérea en su próximo viaje."

—Señor, señor... ¿Se siente bien? —preguntó la aeromoza, tocando el brazo de Eric—. Ya vamos a aterrizar. Abróchese su cinturón, por favor.

—Gracias. Sí, todo está bien. Sólo estaba distraído.

Eric se dio cuenta de que las horas se le habían ido pensando en Cristina y recordando cada momento desde que la conociera en el hospital. No había ni siquiera planeado qué es lo que haría para rescatarla. Nunca trabajaba sin planear cuidadosamente; nunca trabajaba sin su socio Ramón. Y sobre todo, nunca trabajaba sin conocer el tamaño de la fuerza contra la que luchaba. ¿Sería un grupo grande? ¿Estarían armados? Y más importante, ¿por qué tenían a Cristina y a Loli?

La nota decía que lo estaban observando, y sabía que Manuel era el que los observaba en Washington. Alguien estaría esperándolo a su llegada al aeropuerto para seguir sus pasos y asegurarse de que no pudiera ayudar a Cristina. Tenía que pensar rápido y planear en cuestión de minutos.

Una vez que el avión aterrizó, tomó su maletín y su abrigo, y se paró con los otros pasajeros que caminaban lentamente hacia la salida del avión. Cuando había subido al avión al mismo tiempo que el piloto, había notado que los dos eran de la misma estatura y del mismo tamaño. Esto le ayudó a planear en cuestión de segundos. Al llegar a la cabina del piloto, entró a la cabina y cerró la puerta detrás de él.

Los pasajeros salieron del avión y pasaron por inmigración y aduana. La oficial de la aduana revisó los papeles. "Señor Eric Gómez, bienvenido", dijo, y sin que nadie notara, le hizo una señal al hombre parado junto a la salida de pasajeros. El hombre que esperaba la llegada de Eric notó la señal y corrió a su auto, sin perder de vista al hombre que le señalaron. Encendió el motor y esperó hasta que el señor Gómez se instalara en el taxi. No tenía idea de que era el piloto del avión el que se había hecho pasar por Eric. Acercándose al taxi sin que el taxista lo notara, lo siguió a una distancia cómoda.

Mientras esto sucedía, el hombre vestido de piloto, de lindos y profundos ojos verdes, le preguntaba a la oficial de aduana dónde podría alquilar una avioneta. Sin darse cuenta de que Eric no era el verdadero piloto, la oficial de aduana le enseñó dónde.

Le debo un gran favor al piloto, pensó Eric, agradeciendo la suerte de haber encontrado una persona tan amable y tan dispuesta a intercambiar ropa y pasaportes con un extraño. Ya pensaría después cómo pagárselo.

En esos mismos momentos, Ramón subía al avión en Washington, con la esperanza de encontrar con vida a su mejor amigo y al amor de éste. Hace apenas unos días no hubiera podido entender cómo Eric, que era el mejor oficial de la policía, con una mente brillante, fría y calculadora cuando se trataba de capturar al enemigo, podía haber corrido detrás de Cristina sin tener algún plan previsto. Ahora, después de despedirse de Rosa, podía empezar a comprender. Se acomodó en su asiento, abrió una revista y se quedó dormido casi de inmediato. Soñó que entraba en un gran parque muy tranquilo, de bello pasto verde. Caminaba en el parque y encontraba allí a Rosa, que lo esperaba. Abrazaba a Rosa, la besaba, y le decía: "Rosa, hemos llegado a casa. Éste es nuestro hogar." Abrió los ojos cuando la aeromoza le ofreció algo de beber. Sonrió y se sintió cerca de Rosa.

CAPÍTULO 23

Eric se subió a la avioneta y se dirigió al piloto de ésta.

—No vamos lejos. Necesito que me lleve a San Cristóbal o lo más cerca que pueda de ese pueblo. Necesito que sea una pista de aterrizar que sea poco transitada, o poco conocida. No quiero llamar la atención a nuestra llegada.

—Déjeme ver —dijo el piloto de la avioneta, estudiando un directorio de pistas de aterrizar—. Tenemos suerte. Hay una pista aquí que es usada poco. Seguro para jets privados o entregas especiales. Podemos aterrizar allí sin problema.

—Bien. Lléveme de prisa; no perdamos un minuto más.

—¿Puedo preguntarle de qué se trata? No quiero meterme en problemas de drogas o de contrabando y que me quiten mi licencia. Usted sabe. Me gano la vida de este trabajo y no quiero acabar en la cárcel.

Una vez que estaban en el aire, Eric dijo:

—No se preocupe, mi amigo. Mire, le voy a pagar el doble de su tarifa si no comenta esto con nadie. Estoy aquí porque mi novia y yo nos vamos a escapar del país sin que sus padres lo sepan. Nos vamos a llevar a nuestra hija. Ellos no quieren que nos casemos porque yo soy piloto como usted, y no vivo aquí, y los padres de ella creen que por ser piloto tengo muchas mujeres, y no nos dejan vivir en paz. El problema es que me las tengo que llevar así porque el papá de mi novia es de mucha plata y, si me la llevo en auto, me alcanza y me mata allí nomás. Así que, por favor, no vaya a decir nada porque lo matan a usted también por haberme llevado en su avioneta.

—No se preocupe. No le diré nada a nadie. Yo lo dejo allí, y todo se me olvida. Y dígame, ¿le gusta volar ese avión tan grande?

—Sí —contestó Eric—, aunque la verdad es que me gustan más los barcos de vela. Pero vuelo para ganarme la vida.

—Mire, patrón. Ya estamos cerca.

—Con cuidado, no vaya a estrellar su avión, que entonces deja a mi hija sin papá.

—Conozco muy bien esta área. Voy a dar primero una vuelta para asegurarme de que no hay nadie. Cuando lleguemos, voy a parar sólo por unos minutos. Le abriré la puerta y usted corre por si acaso está su suegro esperándolo. ¿Me oye?

—Estoy pensando que yo nunca he estado en esta pista y no sé cómo llegar a casa de mi novia desde aquí. ¿Tiene un mapa que me preste?

—Sólo tengo libros que enseñan las pistas de aterrizar sin las calles de la ciudad. Vea la página donde hablan de esta pista, y quizá tenga un mapa en relación con el centro del pueblo, pero no cada calle o cada hacienda —dijo el piloto, mostrándole su libro.

Eric encontró de inmediato el pequeñísimo mapa donde estaba marcada la plaza central. Cristina había mencionado la clínica que estaba cerca de la iglesia de la plaza. Estaba seguro de que no le sería difícil encontrarla.

—Muchas gracias, compañero. Aquí está su dinero y una propina más por su silencio.

—Ahora agárrese bien y prepárese para salir y correr duro. ¿Listo? Adiós, amigo.

Eric bajó y corrió a esconderse detrás de un solitario árbol, desde donde observó a la pequeña avioneta alejarse de la pista de aterrizar. A continuación estudió la pista de aterrizar. Se preguntó para qué la usarían. Drogas, seguramente. No volvió a pensar en ello.

Se quitó la chaqueta y el sombrero de piloto y corrió sin parar. Sabía que levantaría sospechas de cualquiera que lo viera en el medio de la carretera, vestido de piloto y sin transporte.

Llegó a la plaza central antes del anochecer. Sucio por el polvo del camino y agotado por la caminata, decidió entrar a descansar por unos minutos a una pequeña fonda. Vio que solamente la encargada se encontraba allí y, por lo tanto, entró.

—Disculpe, señora, no me siento bien. ¿Dónde está la clínica? Tuve un accidente en mi auto afuera del pueblo. Ya me están arreglando el auto, pero necesito que me vea un doctor.

—No está lejos. Es aquí al cruzar la plaza, a mano derecha. Es la casa pintada de verde. Es fácil reconocerla. Pero apúrese, que han estado cerrando muy temprano. ¿Necesita que lo acompañe mi hijo?

—No, gracias.

—Mire, señor. Si ya cerraron cuando usted llegue y no tiene dónde dormir por esta noche, puede regresar aquí y nosotros lo acomodaremos de alguna manera.

—Muchas gracias—. Eric quedó asombrado por la gentileza de esta desconocida. No estaba acostumbrado a que la gente ofreciera esta ayuda sin conocer a la persona—. Lo que sí le agradecería es si me vendiera una camisa.

—¿Cómo? Aquí no vendo camisas, señor. Lo siento. Sólo comida.

—Dijo que tiene un hijo. ¿Será de mi tamaño? No me importa que sea una camisa usada. Es que mi camisa se siente incómoda. Mire, incluso le regalo mi chaqueta del uniforme. ¿Qué le parece?

—Bueno. Déjeme que le traiga una camisa de mi esposo. Le quedará algo pequeña, pero le buscaré una que no le quede tan ajustada. Ya vengo. Es nomás aquí atrás de mi fonda.

Eric salió vestido de allí con una camisa que podía confundirse con la vestimenta de los habitantes del pueblo. Su pelo obscuro tampoco sobresalía. Podría pasar como cualquiera del pueblo.

Al llegar a la esquina vio la casa verde. Le dio la vuelta para observarla. Por la calle de atrás encontró la forma de acercarse a una de las ventanas sin ser visto. Aseguró la pistola que llevaba en la cintura, debajo del pantalón. Empezaba a obscurecer. *Qué bueno,* pensó. Nadie lo podría ver en el escondite que había encontrado entre la clínica y la siguiente casa.

Notó que la casa vecina parecía estar abandonada; abrió con cuidado una ventana y entró en silencio para encontrar algún sitio seguro desde donde pudiera observar la clínica sin ser visto.

De inmediato se dio cuenta de que se oía el llanto lejano de algunas criaturas. Se acerca la hora de la merienda para estos bebés, pensó.

Mientras todo esto sucedía con Eric, el taxi del aeropuerto que llevaba al verdadero piloto con el pasaporte de Eric Gómez también estaba llegando a San Cristóbal. Cuando este paró, la camioneta que lo había seguido desde el aeropuerto también paró a una distancia prudente.

El hombre enviado por don Jorge vio al taxista bajarse a comprar un par de sodas en la pequeñísima tienda a la entrada de San Cristóbal. Observó al taxista y al pasajero tomar las sodas y vio cuando el taxista regresaba a pagar y devolver las botellas. Finalmente, vio como el taxi daba la vuelta como si estuvieran regresando a la ciudad. Qué raro, pensó.

Sin saber qué hacer, recordó sus órdenes tan claras como el agua: perdía de vista a este pasajero, y también perdería la vida. Encendió el motor de su camioneta, y se puso en marcha, siguiendo al taxi de regreso a la ciudad. Se rascó varias veces la cabeza sin entender lo que ocurría. ¿Cómo le explicaría a don Jorge que el pasajero llegó al aeropuerto, alquiló el taxi, llegó a San Cristóbal, se tomó una soda y regresó al aeropuerto de nuevo? No se lo creerían, pero eso fue lo que sucedió. Ni modo. Quizá Gómez olvidó algo o se arrepintió de haber venido. Esa era la verdad y ¿qué podía hacer?

A veces don Jorge le daba tareas muy raras, y él las hacía sin preguntar. Esta sería solamente una vez más.

Desde la casa vecina, Eric miró hacia la clínica. No veía nada especial o diferente dentro de la clínica: dos camas, algunas mesitas alumbradas por un foco en cada habitación. A lo lejos escuchó la música típica que tocaba algún radio; oyó la risa de alguien y también el ruido de platos en alguna casa vecina. Entonces volvió a oír el llanto de una criatura y notó que se oía cerca. Decidió investigar de dónde venía este llanto.

Revisó cada cuarto de la pequeña casa y no encontró nada. Sin embargo, estaba seguro de que el llanto venía de esta misma casa, como del piso de abajo. Pero estaba seguro de que al entrar en la casa, había notado que era de un solo piso. Algo no estaba en orden aquí.

Apoyándose en sus manos y sus rodillas, decidió revisar con cuidado el suelo de la casa, tocando cada pedazo de madera. Al llegar al último rincón, notó que una tabla estaba menos ajustada que las demás. Eric metió su pluma de escribir entre esta tabla y la pared y logró aflojarla más, hasta que la tabla dio de sí y salió de su sitio, sacando con ella algunas tablas más que formaban una entrada al sótano. Se escuchaba ahora más fuerte el llanto.

Sacó su pequeña linterna de bolsillo y, sosteniéndose como pudo, brincó al piso de abajo. Al caer, golpeó fuertemente su tobillo. Se paró rápidamente, apoyándose en el suelo, y caminó brincando sobre un pie hasta el sitio de donde salía el llanto.

Cuál no sería su sorpresa al encontrar sobre el suelo cajas de cartón cubiertas con periódicos, en donde yacían once criaturas: diez pequeños, probablemente de pocos meses de edad y, al final del sótano, una cuna con una niña de más edad, durmiendo apaciblemente.

Asegurándose de que nadie lo observaba, alumbró la cara de esta última. ¡Dios mío! ¡Había encontrado a Loli! La tomó en sus brazos, y sintió un vuelco en su corazón al sentir el olor de flores, idéntico al de Cristina.

"Loli, mi Loli, ya estoy aquí por ustedes", lloró Eric, abrazando a la pequeña. Loli abrió sus ojos de largas pestañas y, asombrada por la pequeña luz de la linterna, le sonrió a Eric como si lo reconociera, y le tiró de la nariz.

—Loli —susurró Eric en su oído—, ¿dónde está tu mamá? —Pero Loli no contestó—. Vámonos, Loli, vamos a encontrar a tu mamá y regresaré por tus amiguitos lo antes posible.

Con Loli abrazada fuertemente en sus brazos, Eric subió a la casa abandonada usando una vieja escalera que encontró tirada en el sótano. La tapó con su camisa y le dijo:

—Loli, vas a estar aquí conmigo. Pero tienes que estar muy calladita mientras encuentro a tu mamá. ¿Me entiendes?

Loli no contestó; ya dormía en los brazos de Eric con toda tranquilidad. Eric la acomodó lo mejor que pudo en un rincón donde estuviera segura, y salió para ver con más detalle la clínica.

—¿Cuánto me cobraría por llevarme a San Cristóbal? —preguntó Ramón al salir del aeropuerto.

—Le doy muy buen precio por llevarlo, jefe. Suba a mi taxi. Le doy precio especial.

—Bueno, pues. Pero voy de prisa, así que se apura, por favor.

—Claro que sí. Oiga, jefe, si no le importa que le pregunte, ¿qué hay en San Cristóbal que de repente todo el mundo quiere ir allá?

—¿Por qué? ¿Quién más ha ido allá?

—Ayer llevé a una señorita muy bonita que me dijo que iba a ver a su familia. Pero me llamó la atención porque yo pensé que alguien que va a ver a la familia iría muy contenta, y esta señorita iba llorando. Y cuando llegamos allí no quiso que la dejara en casa de la familia, sino en la iglesia. ¿No le parece raro?

—No. A veces uno quiere ir primero a rezar y a agradecerle a Dios el haber llegado sano y salvo después de un viaje largo. ¿No le parece? Bueno, eso es, si uno es creyente. Yo, por ejemplo, soy muy devoto, y eso es lo que voy a hacer apenas llegue a San Cristóbal. Por favor, ¿me deja en la misma iglesia donde dejó a esa señorita?

—Claro que sí. Ojalá que siga llegando mucha gente creyente a dar gracias a la iglesia de San Cristóbal. Y que me toque llevarlos a mí. Entonces sí que voy a ir yo también a dar las gracias.

Al llegar Ramón a la iglesia, ésta estaba vacía. Sin embargo, no le fue difícil encontrar al padre Francisco que se encontraba en su casa a un lado.

—Padre Francisco, mi nombre es Ramón. Esta es una historia muy larga, pero se la voy a hacer lo más breve posible. Mi amigo está aquí en el pueblo, no se dónde, buscando a Cristina, que está buscando a su hija Loli. Necesito llegar a la clínica cuanto antes. Sé que usted es la única persona en la que Cristina confía, así que le voy a pedir que me permita a mí confiar en usted, y que no vaya a decirle a nadie acerca de mi visita. Hágase de cuenta que estamos en el confesionario.

—¿Y cómo sé yo que usted me está diciendo la verdad y no que está buscando a Cristina para hacerle algún mal?

—No sé cómo se lo pueda demostrar, padre.

—Mire, le voy a mostrar una foto y usted me dice quiénes son.

El padre sacó de la maleta de Cristina la foto de la que ella le hablara un día antes.

—Son Cristina, Eric y Rosita, la prima de Cristina, que algún día va a ser mi esposa.

Al ver la mirada de Ramón al decir estas últimas palabras, el cura se dio cuenta de que en efecto estaba diciendo la verdad.

—Mira, hijo. Cristina no me dijo adónde iba o qué planeaba hacer. A Eric no lo he visto, no lo conozco. Pero yo creo que Cristina fue a la clínica. Más no te puedo decir.

—Sólo enséñeme cómo llegar a la clínica, padre.

—¿A esta hora de la noche? ¿No prefieres descansar e ir mañana a la luz del día?

—No se preocupe, padre. Usted sólo enséñeme dónde queda y quizá le caigo más noche para dormir aquí. ¿Qué le parece?

—Entonces dime, ¿cómo los puedo ayudar?

—Voy a necesitar que me consiga a la persona con más autoridad en la policía de la capital y que le diga que tiene usted aquí a dos policías de Estados Unidos que necesitan su ayuda. Llámelo, por favor, ahora mismo y pídale que esté aquí cuanto antes, que venga acompañado y armado. Si no vengo yo aquí antes, usted los manda directo a la clínica. Allá, nos ayudarán o recogerán nuestros cadáveres. Cualquiera que sea, se lo vamos a agradecer.

—Parece que no te podré convencer para que te quedes aquí esta noche. Ten cuidado, por favor.

El cura le explicó a Ramón cómo llegar a la clínica. Le volvió a rogar que tuviera cuidado y se despidió de él con un fuerte apretón de manos.

Ramón prendió un cigarrillo. Lo apagó inmediatamente. Tengo que dejar de fumar, pensó. Dio varias vueltas en la calle de la clínica, y finalmente decidió acercarse por un costado, entre la clínica y la casa vecina.

Caminó con cuidado y en silencio. Cuando estaba por asomarse a una ventana, sintió una pistola a un costado de la cabeza.

—Si se mueve, lo mato —le dijo una voz en un susurro—. Dése la vuelta con las manos en alto.

Ramón siguió las órdenes, y cuando Eric vio a quién tenía delante de sí, no supo si pegarle o abrazarlo. Lo abrazó, y después le pegó cariñosamente en el hombro.

—¿Qué haces aquí, socio? ¿Sabes el susto que me diste?

—Más susto vas a tener cuando te enteres en qué anda metida Cristina y qué tipo de rufianes hay aquí.

—¿De qué hablas? ¿En qué esta metida? Alguien le robó a la niña y las tienen aquí secuestradas.

—No, compadre. Está aquí porque de alguna manera está relacionada con la banda que manda ilegalmente niños para la adopción. Entre ellos, por cierto, el tal abogado Adams que visitamos hace poco.

—¿Estás loco? ¿Cómo crees que Cristina está metida en algo así? ¿Qué tomaste? No te atrevas a decir algo así de mi novia, mi futura esposa, o de verdad te voy a matar.

Cada uno con sus propios sentimientos cayó en un silencio absoluto: uno deseando que sus palabras no fueran ciertas; el otro con la seguridad de que su amigo estaba completamente equivocado.

Eric le enseñó a Ramón a la pequeña Loli, que continuaba durmiendo en el rincón donde la dejara protegida. Le enseñó también dónde se encontraban las otras criaturas, y decidieron dejarlas allí por el momento para dedicarse a encontrar a Cristina. Buscaron detenidamente por todo el sótano una vez más, pero no la encontraron. Subieron a donde yacía

Loli, la revisaron otra vez para asegurarse de que estaba bien, y regresaron a observar la clínica desde un lugar ideal, donde podían ver y oír sin ser descubiertos.

De repente, una puerta se abrió en una pequeña habitación de la clínica. Dos hombres grandes entraron. Uno de los hombres arrastraba su pierna con cierta dificultad.

—Te dije, Luis. Todo está bien. Gómez se regresó al aeropuerto. No sé por qué, pero no está en San Cristóbal. No importa por qué. Manuel se encargará de volverlo a mandar para acá. Cristina y la hija están dormidas por las pastillas que les di, así que no van a poder molestarnos. Las diez criaturas están listas para ser enviadas en cuanto empiecen a llegar las parejas. ¿Qué más quieres? —dijo uno de los hombres.

—Quiero que despiertes a Cristina y la traigas aquí. Quiero que me diga exactamente qué le ha dicho a Gómez, a la familia de éste, o a otros. Quiero saber cada detalle.

—Bien. La traeré de abajo.

El primer hombre se agachó con dificultad y, desde afuera, Eric y Ramón pudieron ver que movía una alfombra que cubría una entrada en el suelo. Igual que en la casa vecina, desde afuera de la clínica no podía verse que hubiera un piso más abajo.

Escucharon pasos de alguien bajando las escaleras despacio; unos momentos después escucharon pasos subiendo aún más lentamente, haciendo un gran esfuerzo al arrastrar una pierna.

Eric y Ramón esperaron nerviosamente. Ante sus ojos, de repente, apareció Cristina, a quien el hombre sacaba del sótano. Otro sótano oculto. A esto era a lo que Cristina se refería cuando decía que las cosas no son lo que parecen: que a veces se ve una cosa desde afuera y es otra cosa por adentro.

Cristina estaba sucia y su pelo estaba desordenado. Pero aun así lucía muy bella.

—Despiértala, Jorge.

El hombre vació una cubeta de agua sobre Cristina. Esta abrió los ojos y, al darse cuenta dónde estaba, se enfureció.

—¡Déjenme salir! ¡Déjenme llevarme a mi Loli! ¿Dónde está, dónde la tienen?

—Primero nos tienes que decir qué saben tus amigos en los Estados Unidos, Cristina.

—Nadie sabe nada. ¿Qué les podía yo decir, que el negocio de ustedes es engañar a las madres y decirles que las criaturas nacieron muertas por la mentira del agua envenenada, para así poderlas vender en adopción? ¿O más bien que la gente de este pueblo que está enterada no hace nada para denunciarlos porque temen por la seguridad de sus familias? ¿Quién me lo iba a creer?

—Pero sí se lo contaste a Juan Gabriel, ¿verdad? Siempre he querido saber. ¿Cómo lo descubrieron?

Cristina guardó silencio. Eric vio como uno de los señores sacó una pistola y la acercó a la cara de Cristina. Brincó de su escondite, pero al ver Ramón que Cristina estaba a punto de decir algo, lo detuvo a tiempo. Le hizo una seña para mantenerlo en silencio. Se volvieron a esconder fuera de la ventana para poder oír.

—Juan Gabriel y yo descubrimos juntos el sótano un día que estábamos preparando este cuarto para los pacientes nuevos. Allí los oímos a ustedes hablando del plan de decirles a las mujeres que sus bebés habían muerto inmediatamente después del nacimiento debido a las aguas contaminadas que ellas habían tomado; los oímos cuando hablaron con el periodista acerca del cuento del agua, y vimos como le pagaron. También oímos como planearon que ustedes iban a ayudar a las mujeres pagándoles el velorio y el terrenito en el cementerio para entregarles las cajitas ya cerradas. ¿Por qué mataron a Juan Gabriel si él no hizo nada?

—¿Por qué? —gritó el hombre que la había subido del sótano—. Sólo porque tu amigo tuvo la mala idea de llamar por teléfono a la policía donde tenemos a nuestro contacto...Pobre estúpido. ¿Creyó que después de que le hemos invertido tanto tiempo y esfuerzo a este negocito, íbamos a dejar que ustedes nos lo echaran a perder? ¿Sabes, mujer, cuánto dinero puede haber en esto de las adopciones?

—Cállate, Jorge —dijo el primer hombre—. Ya hablaste suficiente. Y dime Cristina, ¿quién te ayudó a salir de San Cristóbal?

—Nadie. Yo lo arreglé sola. Don Luis, por favor, le suplico que deje a mi Loli regresar con su abuela. Ella no sabe nada. Nadie de mi familia sabe nada. Se lo juro. Yo no le dije a nadie para protegerlos.

—Quizá eso sea cierto, preciosa —le dijo, acariciando su cara—, pero ahora que tienes de noviecito a ese policía Gómez, nos pones aún en más peligro.

—Él tampoco sabe nada, don Luis. Por favor, deje a mi Loli. Ella no tiene la culpa de nada de esto. Le aseguro que nadie más sabe de sus planes. Por favor, déjenos ir.

—Mira, Cristina, para que veas que tanto mi hermano como yo somos de buen corazón, te voy a hacer una proposición. Sabemos que tu novio estuvo aquí, pero por alguna razón se regresó. Tú lo llamas y le dices que venga aquí y, cuando llegue, tú sales libre y él toma tu lugar. Aprovecha esta oportunidad, que es la última que tendrás para salvarte.

—Lo siento, no puedo hacer eso. Tendrá que matarme a mí—. Una lágrima corrió por la cara de Eric al oír a Cristina decirle a estos hombres que prefería morir antes de traicionarlo a él. Estaba a punto de salir del escondite para ir con Cristina, pero Ramón lo detuvo una vez más.

—Luis, ¿estás loco? ¿Cómo la vamos a dejar libre?

—Cállate, Jorge. Déjala pensar. Cristina, ésta será la última oportunidad que te doy para salvar tu vida. Te la doy a cambio de la de tu novio. Tráelo aquí y te perdono a ti.

—Tendrá que matarme entonces.

—Está bien. Está a punto de amanecer. Jorge, cierra todas las ventanas con llave, baja las cortinas y ven conmigo; le vamos a dar una sorpresita a nuestra amiga. Espero que no te moleste demasiado el calor. Lástima, estás tan bonita...

Eric y Ramón no lograron oír nada más. Las ventanas fueron cerradas completamente. Eric corrió en silencio al frente de la casa, tratando de encontrar alguna otra puerta para entrar. Trató de subir a la azotea para buscar otra entrada y, al hacerlo, hizo caer una lata en el momento en que los hombres salían por la puerta delantera.

Al oír el ruido a esta hora de la madrugada, don Jorge se dio cuenta de que alguien se encontraba allí, por lo que le gritó a su hermano a toda voz:

—De prisa, Luis, termina con la gasolina y prende el cerillo; cierra con llave antes de salir. Apresúrate. Hay alguien por aquí. Vámonos.

A toda prisa cerraron la puerta y corrieron al auto. Antes de que pudieran escapar, el padre Francisco se acercó a ellos y se colocó al frente del auto.

—Luis, Jorge, esperen, por favor. Estos caballeros aquí necesitan hablar con ustedes.

Un grupo de policías se acercó rápidamente y rodeó el auto de los hermanos.

Mientras tanto, Eric trataba desesperadamente de abrir la puerta de la casa. Cristina podía oír el llanto de Loli afuera y la voz de Eric llamándola desde el frente de la casa. Los gritos desesperados de Cristina se ahogaban entre el fuego y el humo, y no podía abrir ninguna de las dos puertas. Su pesadilla se había convertido en realidad.

Eric corrió de prisa a la ventana trasera y la rompió usando un palo que encontró. Brincó sobre los pedazos de vidrio, corrió por Cristina y la sacó de la casa a tiempo. El humo y las llamas cubrieron la casa en unos minutos.

Ramón dejó a Loli en los brazos de Cristina y corrió detrás de Eric para sacar a las criaturas de la casa abandonada de al lado.

Los vecinos salieron rápidamente para ayudar a Cristina, y en unos minutos Eric y Ramón, con sus caras cubiertas de ceniza y olor a humo, salieron de la casa vecina cargados de bebés y depositaron a las criaturas en los brazos de los vecinos.

En seguida abrazaron a Cristina y a Loli, formando un pequeño círculo de amor. Dormitando todavía y sin conocer a esta gente que la abrazaba, Loli no entendió lo que pasaba. Eric y Cristina lloraban y se besaban; sabían que habían estado muy cerca de perderse para siempre. Ramón lloraba de la alegría de haberlos recuperado, y de la vergüenza de haber dudado de la integridad de Cristina.

Los vecinos los cubrieron con mantas y les trajeron agua para beber.

Unas horas después, la policía se fue con el informe detallado que Cristina les dio. Sin soltar la mano de Eric durante el largo interrogatorio, Cristina logró deshacerse del secreto que le había costado la vida al padre de Loli y casi le había robado a su hija y a su gran amor.

Una vez que la policía se fue, Eric la llevó a un cuarto donde pudieran hablar a solas.

La abrazó con suavidad y la besó con gran pasión, sintiendo que volvía a nacer al tenerla tan cerca otra vez. Cristina lo besó con la misma pasión, y lloró y acercó su cuerpo al de Eric pidiéndole, sin palabras, que nunca más se separaran. Eric le acarició el cabello y la cara. Limpió las lágrimas de su amada y secó las suyas.

—Cristina, quiero que entiendas que no hay nada en el mundo que debas guardar en secreto. Conmigo siempre estarás segura. Yo te cuidaré a ti y a Loli y las haré muy felices. Nunca me vuelvas a dejar; no quiero y no puedo vivir sin ti. Sin ti…

Cristina besó los labios de Eric. No había razón para hablar de cómo podría ser la vida si estuviesen separados.

—Ven, Eric; vamos a preparar el regreso a casa. Quisiera volver a nuestra cabaña lo antes posible; quiero que me cantes al oído muchas veces más.

—¿Les puedo ofrecer algo más de comer, hijos?

—No, gracias, ya comimos suficiente. Padre Francisco, no le he agradecido todavía por haber llamado a la policía —dijo Ramón.

—Debía haberlos llamado aquí hace mucho tiempo. Yo sabía que el negocio se haría en Washington, por eso llamé a la policía de allá. No hice más porque tenía miedo de que tomaran represalias contra la familia de Cristina si pensaban que era ella la que les había dado la información. Pero ahora la policía se encargará de Luis, de Jorge, y de los demás que estuvieron involucrados.

—¿Qué pasará con las criaturas? —preguntó Cristina.

—Serán devueltas a sus familias originales. Haremos una gran fiesta en el pueblo para celebrar el nacimiento de estas criaturas; te lo aseguro, hija. Don Luis, en su forma de organizar todo con detalle para su negocio de adopción, hizo un registro de cada bebé, así que no será difícil saber a qué familia pertenece cada uno. Gracias a Dios que este terrible problema terminó.

—Gracias por protegernos, padre Francisco —dijo la madre de Cristina, que había llegado a la casa del padre—. Y gracias a usted, Eric, por salvar a mi hija y a mi nieta.

—No hay qué agradecer, señora Ortiz. Quiero aprovechar esta oportunidad para pedirle la mano de Cristina.

—¿Sólo la mano, compadre? —dijo Ramón, y todos rieron con él.

—¿Papá? —preguntó Loli, señalando con su pequeño dedito a Eric.

—Todavía no, mi pequeña, pero muy pronto lo será. Muy pronto —dijo Cristina, poniendo sus brazos alrededor del cuello de Eric para darle un beso de amor.

CAPÍTULO 24

Esa noche Eric y Ramón se quedaron como huéspedes en casa del padre Francisco.

Cristina regresó a casa de su mamá, de donde saliera hacía lo que ahora le pareciera como toda una eternidad. Regresaba hecha una mujer, una mujer enamorada.

Esta vez, en lugar de hablarle a la fotografía de su hija, acostó a Loli a su lado y en voz baja le platicó cómo había conocido a Eric y por qué lo amaba tanto. No le importó que Loli se quedara dormida desde el principio de la plática.

Le contó acerca de la nana y el tata; de los niños a los que había cuidado, de Rosa y de Carmen, de la cabaña en las montañas y de los caballos y del río y de la lancha de vela en la que no fueron a pasear. Cristina notó que la veladora brillaba debajo de la imagen de la virgen. Afuera, la lluvia por fin paró a medianoche, cambiando el arrullo del agua por el de los grillos; sólo un ladrido perdido parecía robarle la calma al adormecido pueblo de San Cristóbal.

Horas más tarde, cuando el sol estaba a punto de salir, Cristina se quedó profundamente dormida. Esta vez soñó que oía música y campanas y, a lo lejos, en un camino con flores a ambos lados, Eric la esperaba con los brazos abiertos. Ella se sentía bella y amada, y caminaba hacia Eric. Al llegar a sus brazos, una gran luz alumbró el camino hacia adelante. Ella sabía que esa luz estaba alumbrando un futuro de amor.

Cuando se despertó era más de mediodía. Le llamó la atención que nadie la hubiera despertado para preparar el desayuno, o el viaje de regreso. Notó que en su casa reinaba un silencio absoluto. Loli no se encontraba a su lado; su madre y sus hermanos no se encontraban allí tampoco.

Se lavó y se vistió con toda rapidez y salió a casa del cura a buscar a Eric. Su corazón palpitaba de prisa, temiendo que algo le hubiera pasado a la familia.

Tocó a la puerta, esperando que Eric le abriera, pero fue el ayudante del cura el que abrió. Al ver a Cristina, le pidió que pasara a esperar a la salita. Cristina lo obedeció con una gran decepción. Le hizo muchas preguntas, pero el asistente sólo le aseguró que todos estaban bien.

Allí esperó por mucho tiempo, mientras que el ayudante del cura trataba de distraerla ofreciéndole repetidamente café y pan dulce. Por fin, una hora después, su madre entró en la salita, vestida con su mejor vestido.

—Mamá, ¿dónde ha estado? ¿Y dónde están Eric y Loli? ¿Adónde va usted vestida así?

—Deja de preguntar tanto, Cristina, y ven aquí a arreglarte para tu boda.

Cristina siguió a su mamá sin entender lo que estaba ocurriendo. Pero al entrar en la habitación del padre Francisco, vio sobre la cama el precioso vestido de novia que escogiera con nana María. Caminó lentamente para acariciarlo. Dio la vuelta, y allí mismo, parados en la puerta de la habitación, se encontraban la nana María y el tata José. Corrió a abrazarlos y a preguntar cómo y cuándo habían llegado. Reía con ellos, lloraba con ellos, y en medio de este alboroto abrazaba a su madre y a los abuelos.

—Más tarde contestaremos todas tus preguntas, m'ija. Ahora ve a arreglarte mientras nosotros nos encargamos de lo demás. Ah, y toma estas flores para tu pelo. Serás la novia más hermosa.

En poco tiempo Cristina se había bañado y arreglado; su cabello brillaba, y su madre la ayudaba a abrochar el vestido de novia que la nana María cosiera a toda prisa desde el día que Cristina lo seleccionó.

Cristina lucía como una reina. Su belleza hubiera querido ser plasmada en un cuadro por cualquier artista en cualquier lugar del mundo. Su caminar era el de un ángel que se sostiene con las alas del amor.

Acompañada por su madre de la casa del padre Francisco a la entrada de la iglesia, notó que las campanas empezaron a sonar.

Las puertas de la iglesia se abrieron, y Eric se encontraba esperándola a la entrada de la iglesia para llevarla al altar. Detrás de él, preciosas flores adornaban el camino. Caminó muy lentamente del brazo de su amado, alto, guapo, gentil, y que cojeaba de una pierna. Vio a su mamá con Loli; la pequeña lucía un vestido blanco casi tan bello como el de ella. Era el modelo que ella y nana habían seleccionado juntas. Vio a nana y a tata que lloraban y sonreían al mismo tiempo. Vio a Ramón, y cuál no sería su sorpresa al ver a su prima Rosa también en la iglesia.

Al llegar al altar, Ramón y Rosa pusieron en las manos de Cristina y de Eric el rosario de la madre de Cristina: aquel rosario que Cristina perdiera al salir de Washington. Eric puso también su medalla en las manos de la novia. Cristina les sonrió a sus amigos y

Ahora, disfrute de 4 *Novelas de Encanto* ¡absolutamente GRATIS!...

...como una introducción al Club de Encanto. No hay compromiso alguno. No hay obligación alguna de comprar nada más. Solamente le pedimos que nos pague $1.50 para ayudar a cubrir los costos de manejo y envío postal.

Luego... ¡Ahorre el 25% del precio de portada!

Las socias del Club de Encanto ahorrán el 25% del precio de portada de $5.99. Cada dos meses, recibirá en su domicilio 4 Novelas de Encanto nuevas, tan pronto estén disponibles. Pagará solamente $17.95 por 4 novelas —¡un ahorro de más de $6.00!— (más una pequeña cantidad para cubrir los costos de manejo y envío).

¡Sin riesgo! Como socia preferida del club, tendrá 10 días de inspección GRATUITA de las novelas. Si no queda completamente satisfecha con algún envío, lo podrá devolver durante los 10 días de haberlo recibido y nosotros lo acreditaremos a su cuenta... SIN problemas ni preguntas al respecto.

¡Sin compromiso! Podrá cancelar la suscripción en cualquier momento sin perjuicio alguno. NO hay ninguna cantidad mínima de libros a comprar.

¡Su satisfacción está completamente garantizada!

Now, Enjoy 4 *Encanto Romances* Absolutely Free ... as an introduction to these fabulous novels.

There is no obligation to purchase anything else. We only ask that you pay $1.50 to help defray some of the postage and handling costs. There are no strings attached.

Later...$AVE 25% Off the Publisher's Price!

Encanto Members save 25% off the publisher's price of $5.99. Every other month, you'll receive 4 brand-new Encanto Romances, as soon as they are available. You will pay only $17.95 for all 4 (plus a small shipping and handling charge). That's a savings of over $6.00!

Risk-free! These novels will be sent to you on a 10 day Free-trial basis. If you are not completely satisfied with any shipment, you may return it within 10 days for full credit. No questions asked.

No obligation! Encanto Members may cancel their subscription at any time without a penalty. There is no minimum number of books to buy.

Your Satisfaction Is Completely Guaranteed!

Envíe HOY MISMO este Certificado para reclamar las 4 Novelas de Encanto –¡GRATIS!

Send In This
FREE BOOK Certificate
Today to Receive Your
4 FREE Encanto Romances!

Club de ENCANTO Romances
Zebra Home Subscription Service, Inc.
120 Brighton Road
P.O. Box 5214
Clifton, NJ 07015-5214

miró a Eric a los ojos. No necesitó decir nada. Lo dijo todo con su mirada.

Los novios se arrodillaron delante del altar, y una luz al frente de ellos les anunció que los esperaba un futuro lleno de amor y de promesas cumplidas.

CAPÍTULO 25

—Nana, nana —gritó Loli, corriendo con pequeños pasitos para abrazar a su nueva abuela de regreso del parque, mientras trataba de quitarse el grueso abrigo.

—Venga aquí, mi osito. ¿Te gustó la nieve tan blanca? ¿Traes mucho frío, Lolita? —preguntó la nana—. Venga aquí, mi niña, que le preparé una sopita de fideos. Vamos a lavarnos las manos y te contaré un cuento mientras comemos.

—Gracias por su ayuda, nana —dijo Cristina, dándole también un abrazo a nana María. Desde su regreso a casa de los abuelos, con Loli en sus brazos y Eric a un lado, Cristina había recuperado una paz interna completa. No recordaba cuándo se había sentido más feliz en su vida.

Los hermanos Jorge y Luis, así como sus ayudantes, habían quedado en manos de la policía federal. Adams y Manuel habían sido detenidos por la policía en Washington. Carmen había logrado dejar a Manuel y había regresado a vivir a la República Dominicana. Cristina y Rosa extrañaban mucho el buen humor de su amiga.

Ramón y Rosa vivían enamorados y estaban haciendo planes para su propia boda.

Cristina se quitó su abrigo y se dirigió a la cocina para ayudar a la nana a preparar la merienda.

—No, mi hija. Ve a tu cuarto. Eric te dejó una nota en la cama.

Qué raro que Eric me deje una nota, pensó Cristina. *¿Que habrá pasado?* Corrió a la habitación. Sobre la cama encontró una rosa roja y un sobre. Lo abrió rápidamente y leyó:

"Mi amor: Despídete de la familia, pues no los verás esta noche. No necesitas traer nada, yo tengo todo lo necesario. Abrígate bien. Estaré esperándote afuera de la casa a las 5 de la tarde.

Eres mi vida entera. Con amor. Tu marido, Eric"

Cristina sonrió y acercó la nota a su corazón. Vio el reloj: diez minutos antes de las cinco. Corrió a peinarse y a ponerse unas gotas de perfume. Bajó por su abrigo y subió a su habitación para volver a leer la nota.

Rió con una pequeña y traviesa risa. Siguiendo las instrucciones de Eric, se arregló para darle una sorpresa, se puso el abrigo largo y botas para la nieve, y bajó rápidamente a despedirse de Loli y de los abuelos. Loli estaba demasiado ocupada jugando con los abuelos.

Cristina salió y se apresuró a subir al auto donde Eric ya la esperaba. Eric la tomó en sus brazos y la besó con gran pasión.

—¿Adónde vamos, corazón? —preguntó Cristina emocionada y divertida.

—Hoy hace un año que entraste en mi habitación en el hospital y llenaste mi vida con tu olor a flores. Vamos a celebrar.

Viajaron sentados muy cerca, escuchando la música romántica del radio, con sus manos entrelazadas.

Una hora después se había obscurecido y la luna brillaba, como si lo hiciera en honor de esta pareja de enamorados.

Cristina había deseado regresar a la cabaña muchas veces, pero habían estado tan ocupados que no le había dicho a Eric nada al respecto. Y él lo había adivinado como adivinaba cada uno de sus deseos. Regresaban a celebrar en el mismo sitio donde empezara su amor.

Llegaron a la cabaña y entraron de prisa. Se quitaron las botas y las dejaron a la entrada.

—Ponte cómoda, mi reina, mientras yo prendo el fuego en la chimenea.

Cristina preparó algo de beber y se acercó a Eric.

—¿Me ayudas con mi abrigo, Eric? —dijo.

—Claro, mi amor.

Cristina se volteó de espaldas a Eric. Desabrochó los botones del abrigo para que Eric se lo quitara. Así lo hizo Eric. Cristina llevaba bajo el abrigo el bello vestido azul del baile de la policía.

El sabía lo que vería debajo de ese vestido y se sintió excitado de inmediato. Sin prisa alguna, puso música en el tocacintas y se acercó a su amada.

Haciendo a un lado el cabello de Cristina, Eric deshizo los lazos que sostenían el vestido sobre sus hombros. El vestido cayó al suelo y el bello cuerpo de su mujer quedó al desnudo frente a sus ojos. La belleza de Cristina lo deslumbraba cada día más.

Cristina desabrochó con ternura la camisa de su amado; desabrochó también el pantalón. Como un año antes, sus bocas se encontraron con la misma sed de amor y de pasión, y sus cuerpos se acercaron con intimidad para bailar la danza de la vida.

CRISTINA'S SECRET

Rebeca Aguilar

Prologue

Cristina's shadow faded into the darkness of her house when the votive candle expired beneath the image of the Virgin. She dried her mother's tears and hugged her little brothers, marveling at how much they had grown. Finally, with utmost gentleness, she kissed her darling Loli, who at three months looked for all the world like a tiny angel. Opening wide her huge eyes, Loli stared up at her, unaware that this would be the last time in a long while that she would see her mother.

She had to run away. She and her loved ones were in grave danger. Her silence would buy them life. She had to flee her village and leave those closest to her, or they would kill her just as they had murdered Juan Gabriel.

The rain finally stopped towards midnight, the sound of the water giving way to the chirping of crickets; only occasional barking in the distance disturbed the calm of the sleeping town of San Cristóbal.

The night enfolded Cristina; her dark-colored shawl over her, she picked up the old plastic bag containing all the things she had carefully prepared for her trip and checked it over: a dozen tortillas and a jar of beans, a change of clothing, a pair of shoes, the address of her cousin Rosa in the city of Washington, two hundred dollars that Father Francisco had collected among the parishioners, a photograph of Loli, a snapshot of her and Juan Gabriel in the town square, and her mother's rosary.

She raced, agile as a frightened gazelle, between the dense, prickly bushes, not allowing the sharp thorns underfoot to slow her progress. The pain and grief in her heart was so much more intense.

Cristina had no trouble making out the old truck that was waiting at the spot agreed upon near the entrance to the town. A hand reached out to help her in, and she crouched in a corner among the boxes of cargo, bidding her past life a silent goodbye.

Hours later and many kilometers along the way, night gave way to bright, hot morning. Crossing the first border gave her a chance to spend a few minutes among the palm trees where Cristina breathed the sweet, familiar scent of the broad fields, the aroma of mango and papaya. With a movement of their heads, the truckers indicated where she could freshen up. As she walked by them, they appraised her young beauty, taking note of her sensual lips, appreciating the luscious curves of her body, crowned by perfect breasts that seemed to radiate passion.

Clutching her shawl tightly in her small hands, Cristina wrapped it around her and jumped back up into the truck. There, hidden in the corner among the cartons, she prayed to her dear Virgin to keep her safe until she reached her destination. She missed her family with all her heart and tried to imagine what the distant place would be like that was to be her new home. In that moment of fear and doubt, Cristina felt, for the first time, that she was all alone in the world.

One

The many-colored leaves danced gaily to the rhythm of drums and trumpets. The brilliant green, yellow, red, and purple foliage of the trees, famous in Washington for their autumn beauty, glistened with uncommon brilliance to celebrate this day with *Abuela*. The forecast promised a glorious day, but Granny Mariá was cold. Despite her many years in the city, she had never gotten used to that "polar bear weather," as she called it. However, truth be told, she didn't mind the chill this morning, and her old legs weren't bothering her. Mariá was happy. Seated in the first row, in front of all those people so very serious in fresh uniforms and newly shined shoes, Mariá looked proud and radiant in her best clothes, her white hair gathered in a neat bun.

It seemed like only yesterday, she reminisced affectionately, that little Eric came to live with us. We really did a good job, Grandpa Pepe and I! Seeing him now, so tall, so straight in his dark-blue uniform that showed off his powerful physique, she could understand why the women found him so attractive. It was not just the warm smile, showing off his white and perfect teeth, or his personality that drew people to him at parties as well as on his job. My grandson, Mariá thought, besides being handsome, is all man. Looking him over closely, she observed the high cheekbones, angular features, and the light-tan complexion inherited from his dad. The deep-set, green eyes and searching look were his mother's, who had raised him. The black, disheveled hair tumbling mischievously over his brow were his grandfather Pepe's. Such hair! In all their forty years together, Granny Mariá had never tired of stroking her husband's lustrous hair. She was sure that some lucky woman would someday get equal pleasure from caressing her beloved grandson's silken locks. And as far as she was concerned, the sooner the woman appeared who was going to make him happy, the better. After all, Eric, at twenty-seven, had always had at least a couple of girlfriends pursuing him, and had gone steady with more than one. Besides, Mariá was yearning for a baby in the house to take care of and coddle.

At the same time, she understood that he was every inch a police officer, one who loved his work. And now that he was graduating with honors as a detective, even more so. No doubt, plans for marriage and a family of his own—plans made for him by Mariá—would remain on hold . . . who could say until when? In any case, she thought, as long as nothing happens to him on the job, I will have to wait until when the woman who will make us all happy arrives on the scene. Except for the long speeches she could barely hear, Granny loved the ceremony, especially when Eric was called up to the platform to receive a medal. But as soon as that was over she had to rush home to prepare the tamales for the party that evening.

Accompanied by the rousing music of a mariachi group on the patio, the Gómez family threw the doors open to their many friends. Compared to the mansions of the suburbs, it was a modest home, but a neat and inviting one, where guests were received with warmth and affection. Mariá liked nothing better than entertaining visitors.

The figure of Eric in khaki trousers and white shirt, sleeves rolled up as usual, dominated the gathering. More than just a detective, to Mariá he seemed like a movie star, like her favorite Jorge Negrete, the great Mexican singer she sighed over as a girl. Or like the current idol, Alejandro Fernández. Or. . . . Unable to choose between them, she just smiled to herself. She watched Eric surrounded by beautiful women. As he danced with one after another, Mariá observed how he flattered and flirted openly with each of them. Yet, at the same time, none was given any really special or serious attention. What a shame, Mariá thought, that the woman who is going to capture my grandson's heart is not here tonight.

It was nearly morning when Eric said goodbye to the last of the guests. Spent by the long day's activity and the night's festivities, he went off to sleep. Laying in bed, he looked back on the day, remembering the expressions of immense satisfaction that had lit up his grandparents' faces. He recalled the toasts and quips of the friends he had grown up with. Of them, he was the only one who graduated with honors from the Police Academy. Some of them left the institution without finishing; others set out on different paths. He also thought of the women who had come to congratulate him, and it was then that he realized how lonely he really was. Not one had what he was seeking. His flesh felt no vibrations on coming into contact with their flesh; their kisses seemed flavorless to him.

He knew that his grandmother was anxious to see him married and raising a family of his own. But he understood that loneliness was preferable to the emptiness of a relationship without love. In any case, tomorrow he would begin a new life and he was ready for whatever that would bring. Everything he had dreamed of as a boy was now reality, he thought, as he looked with pride at the medal that now hung beside his bed, and with that image in his mind he fell into a deep sleep.

Two

Cristina carefully tucked the elegant lace coverlet around the sleeping infant's tiny body and then sat down, as she did each night, to tell the little brother, waiting anxiously in the adjoining bed, a story. A few minutes later, he too was asleep. She tenderly kissed the foreheads of the two children whose nanny she had been since her arrival in the United States some months before.

And as she also did every night before retiring for the night in the little room she shared with the cook, she kissed Loli's photograph as she sought to imagine her daughter's first steps and first words. Her brother had written, telling her that Loli had grown a lot and kept asking for her mother. Wiping away a tear that coursed down her cheek, she put the photograph away with care in a special place. She then took out the photograph of herself and Juan Gabriel and relived the dreams they had shared since they were children, of getting a good education so they could live a better life than their parents, then marrying and having lots of children whom they would watch grow up on the farm they were going to have in San Cristóbal.

The two of them did manage to get through school. Loli was born, but Juan Gabriel was destined never to see her grow up. Now, at twenty-two, Cristina was living a life without hope and without love. Loneliness was undermining her spirit but by working hard and keeping busy, she had little time for concern about herself. And, now, instead of dwelling on her memories, she decided to go downstairs to do the ironing, and as soon as she finished, to go back up and write her family. On Friday, when she received her wages, she would be able to send her dear mother some much-needed money. She never could have imagined before how radically her life would change forever in just a few days.

The days passed uneventfully for Cristina. Thanks to her cousin Rosa, she had gotten a job in Washington, D.C. working for the Leceas, a family that was also arranging for her residence papers. It was not the same as being with her own people, but Mr. and Mrs. Lecea treated her kindly and with respect. And she was grateful to them for that. Working there enabled her to make progress in learning English, she was getting to know her way about the city, and had made friends with people she attended mass with each week.

Nights were a different matter. She was tortured by a repetitive nightmare every time she went to sleep. She would see the clinic at San Cristóbal clearly and hear slow, faraway steps as though somebody dragging an artificial leg were approaching. Cristina saw a big man stabbing Juan Gabriel there in the clinic. She tried to run away but the man caught her and tore out her insides. Then she would wake up suddenly, panting as she clutched her pillow for protection, wishing for day to dawn quickly.

Sundays at the church on Sixteenth Street, together with her cousin Rosa and a new friend Carmen, were peaceful and pleasant and she enjoyed the conversations and stories they shared. However, the best part of her new life, without a doubt, were the hours spent on the weekend as a volunteer at General Hospital.

Even though her English was limited, they took her on because of her nursing experience at the clinic in her country. Here, Cristina helped out by washing and feeding patients or reading to them. It made her feel good to be useful and appreciated. More than anything, it kept her busy.

Her social life was very limited. Rosa and Carmen insisted every week that she accompany them to the Latino discotheque on Columbia Road and every week she found a new excuse to refuse without offending them.

As they stood outside the church after mass, Carmen said, "Yesterday we let you off going to the disco with us, but you're not getting out of the Christmas party we'll be throwing at Manuel's house."

"But Christmas is still way off."

"Yes, Cristina, and we're going to make this a Christmas party to beat all Christmas parties. So, we have to start making plans now. What do you say?"

Before Cristina could find an excuse, Rosa interrupted, insisting, "Look, Cristina, enough is enough. You've been here a good long while, now, and all you do is work. Manuel has some real handsome friends who are not only terrific on the dance floor but make very good money. I don't exactly know what they do but you should see the cars they run around in."

"Never mind what they run around in, you should see the palaces they live in," Carmen cut in. "I already told Manuel that I wanted something like that for when we got married."

"Oh, are you planning the wedding already?" said Cristina, taking advantage of the opportunity to change the subject.

"Actually, it's me who's planning. Manuel says we'll get married as soon as he gets his business going. But I don't even know what his business is because he tells me it's nothing for ladies to be sticking their nose in. So, girls, as long as he takes me out, doesn't forget a little present now and then, I keep my nose out of it."

"But, Carmen, tell her what Manuel said about quitting your job," Rosa urged.

"Oh, my dear, I nearly left out the best part. Manuel told me that as soon as his new business gets going, he is going to be making so much money that he wants me to stop cleaning offices and take care of the house. That was when I asked him 'What house?' and he said, 'The little place I'm going to get for you and the kids that I want for us to have.' "

"So, what did you say?" Cristina was curious to know.

Carmen let out a loud, frank burst of laughter. Then, putting her hands on her hips and executing a slow, sexy grind, said with her typical Caribbean inflection, " 'Now look here, boy,' " I told him, " 'forget the little place bit, I want a big place. And as far as kids go, why do we have to wait for your future business, let's start practicing to make them right now.' And now, girls, you'll have to imagine the rest for yourselves." And she cut loose another hearty, infectious laugh that was echoed by her two friends. Carmen loved to make them laugh. "By the way, girls," she added, "yesterday I heard Manuel say something about doing business in San Cristóbal. Do you want me to find out what it's all about?"

"Don't worry about it," answered Rosa, "it seems like everybody and his brother now has a relative who wants to do business in San Cristóbal. The San Cristóbal coffee plantations have finally gotten famous because the Yankees here now consider it stylish to carry a mug of coffee around with them wherever they go . . ."

Without another thought of her friend's plans for the future or the Christmas party, Cristina picked up the bag in which she carried her volunteer's uniform and hurried off to catch the bus to the hospital.

* * *

Her first job that afternoon was to distribute meals to the patients. The last tray was for a patient whose name she recognized; she had heard it mentioned in a news report on the radio. The story was about a police officer who had been badly wounded a few days before while saving the lives of several other officers. Cristina remembered the interview with the officers who had been saved by this man. They explained that when they were about to take control of a robbery scene, this policeman by the name of Eric Gómez was the only one who anticipated what was going to happen. The thieves had been lying in wait for them and just as the police were about to go in, the thieves opened fire. It was then that Eric made his move, going in ahead of his comrades and taking the first bullets himself. They had said that if he survived, he would be awarded a medal and given a promotion.

"That's good!" Cristina thought. "I don't think many Latinos hold high positions in the police department here."

She knocked softly at the door and entered the room, which was dark except for a small, dim bedside lamp. Eric's head, his eyes, and part of his face swathed in bandages, was resting against a thick pillow that kept him sitting almost upright. He was covered by a sheet that left only his chest and arms exposed.

"Is that you, *Abuela?*" he asked, half-asleep because of the drugs he had been given to ease his pain, as he stretched his arm out, reaching for his grandmother's hand.

"No," Cristina answered. She set the tray down carefully at one side of the bed, noticing that he was holding out his open hand, as though seeking human contact. Cristina timidly placed her hand on his. "I'm Cristina," she said. "I'm a volunteer here in the hospital. I brought your food. Would you like to eat something?" The patient, sound asleep, did not answer.

Having some free time before making her rounds to remove the trays, she decided to stay a while to keep the man company. She knew his name, that he was a policeman, that he was badly wounded, and that he had been greatly praised on the radio. She noted the long fingers of this unknown person that clasped her hand gently but firmly, causing her body to react with a chill and then a sudden unfamiliar rush of warmth to her heart. The bandage that covered a good part of his face did not hide the straight, handsome nose. Her eyes wandered to the hair that strayed mischievously over his forehead, her glance then resting on the lips of this man who lay sleeping so peacefully. His arms resting on the sheet looked so masculine and powerful.

Not understanding what had aroused those sensations in her, Cristina suddenly felt an irresistible urge to touch him. With her free hand she ran the tip of her finger over the stranger's arm. She could see that he was sleeping deeply, and so she ventured to slide two fingers over Eric's lips, from one side of his mouth to the other. Carefully, her heart pounding, she first touched the upper lip, then moving it down to the lower lip that was a bit fleshier, but just as perfect. Just as she was about to withdraw her fingers she felt his lips kissing them.

She quickly withdrew her hands, pressing them close to her sides. It must be my imagination, she thought, as she heard Eric's drowsy voice saying, "Actually, I was hoping that it wasn't you, *Abuela*. Would you mind telling me who you are again?"

Thinking that her face was so flushed that Eric could see it through the bandages, she answered almost in a whisper. "My name is Cristina and I brought you your tray. Would you like to eat now? I didn't mean to wake you. Do you want me to leave and let you rest?"

"Absolutely not. I would appreciate it if you could stay and talk to me, or read to me, or tell me what's going

on in the world. I'm tired of this place and being so out
of touch," he said.

The low tone in Eric's voice resonated in Cristina and
excited her. She wasn't sure, however, whether he meant
out of touch with the world, the police department, or
women, but decided not to ask.

"I have a few minutes off, do you want me to read this
book to you that's on the table?"

"Yes," replied Eric quickly, "but before you do, I want
you to tell me what kind of perfume you use. You smell
like flowers."

Blushing again, Cristina picked up the book and without answering, began to read. While she tried to keep
her mind on the story, Eric was trying to imagine what
the woman could be like who had filled his room with
an aroma of flowers, he sought to match a face to the
voice that was for all the world like a sweet melody. With
a sensation he'd never felt before, he wanted those fingers to be touching his lips again, stroking his arm. He
strained his senses in an effort to learn something more
about this woman beyond her voice and name. His train
of thought was abruptly interrupted, however, by Cristina
saying, as she closed the book, "Okay, I think that's
enough for today. I must collect the trays now, and a little
rest will do you good. I hope you feel better."

"Wait," Eric said quickly. "Before you leave, take my
hand again and promise you'll come back again soon."

"All right," Cristina said, placing her hand in his, "I'll
be back." Then she took her hand away and walked to
the door. Her hand on the doorknob, she heard his voice
again.

"Cristina? My name is Eric. I would like to get to know
you better."

"I know your name, Eric," she said, and was gone.

Cristina couldn't fall asleep that night, but it was no
nightmare that kept her up. This time, she kept herself

awake because she wanted to relive the sensations over
and over again that she had felt when she touched Eric.
She wanted to see the mouth, those hands, that hair in
her mind's eye once more, to hear that voice again. She
took off her nightgown and stood before the bathroom
mirror eyeing her body closely, asking herself whether
Eric would find it to his liking. Would he think she was
beautiful? And if he were to touch her, would he feel the
same sensations as she did on seeing him, hearing him,
touching him? She shut her eyes, trying to imagine what
she would feel if Eric were to caress her hips, her legs,
her abdomen, her neck, her face, her breasts. She felt
the blood pulsating in her body, yearning to be with Eric
again as soon as possible.

Three

The first three days of the week seemed an eternity to her. The hours she spent taking care of the children and the house did not pass as rapidly as they had before she knew Eric. She was glad she had agreed to put in extra nights at the hospital. Very early on Thursday, she washed her uniform carefully, making sure she ironed it as if she had to pass inspection by the head nurse.

During the day, she noticed that any little thing would make her smile or sing, and that the colors around her seemed more intense. The world was throbbing within her, in unison with the new sensation in which every pore of her body held an image of Eric. *What's happening to me?* she asked herself, in an effort to control her emotion. *Seeing Eric this night could mean nothing more than a professional visit to a patient who needed the care I could provide.*

But, no sooner had she put the children to bed than she ran to take a bath using her best soap to shampoo her long, silken hair. After drying herself, she sprinkled her body with violet-scented talcum powder. She was making a special effort to look her best even though Eric wouldn't be able to see her. Her friends had commented that her gray and white uniform made her look like a nun, so she put on her black-lace panties and a transparent brassiere of the same color to make herself feel more seductive. Studying herself in the mirror, she decided that the clothing she had on under her uniform would make

her feel as feminine as she could wish to be for him. She
didn't wear makeup as a rule, and only put a touch of
color on her lips. And she left the house thinking that
today, for the first time in a long while, she had not
dreamed the same nightmare nor dwelt on the secret that
hung so darkly over her head . . .

"Nurse! *Enfermera!*" Eric called out, with a shout that
rang through the entire hallway. "When are they going
take these damn bandages off?"

As if it were the grandmother herself who had complained, the nurse explained once again to María that
Eric's bandages could not be removed until the doctor
ordered. Speaking very slowly and loudly—as though that
would make it easier for Eric's grandmother to understand English—she said, *"And that is ma-ña-na."*

"Take it easy, sonny," Mariá said after the nurse left.
"You heard the lady. They will take your bandages off
ma-ña-na," She mimicked the nurse in an effort to make
him laugh. "And tell me, Eric, what's eating you to put
you into such a bad mood the last few days? Did they put
something in your medicine or serve you raw meat?"

No reaction. Not even a smile from Eric. María then
set about fixing the bed as though she were in her own
home. *"Abuela,* please leave my bed alone. It doesn't need
any straightening." Just then, there was a timid knock on
the door.

"Kom een, *entre,"* said Mariá, thinking it was the same
grouchy nurse.

"May I straighten the bed?" Cristina poked her head
into the room.

That voice! The voice he dreamt of the last few nights
was back with him once more. "Yes, please. This bed
needs a good freshening up. Please come in, Cristina."

María watched as Cristina entered and saw how the
auras that emanated from those two young people lit up
the room. Cristina greeted the grandmother in a modest,

respectful manner. Mariá recognized in her the luminous glow of a woman in love. This girl desired Eric. But the desiring was of a different nature than what she had seen in the eyes of other companions of his. This girl who had just come in the door had the face of a Latina angel and the expression of a deeply passionate woman.

She watched as Cristina arranged the sheets—which needed no arranging—and then proceeded to check the bandages over her grandson's eyes. On observing the care with which she smoothed back Eric's hair, Granny knew in her heart that her daily prayers to Saint Anthony had been heard.

"Tell me something, *abuela,*" Eric asked, "do you and Cristina look alike?"

"Are you crazy, boy?" Granny's whole body shook with laughter as she considered the exquisite beauty of the young woman who had dropped into their lives.

"It's just that when Cristina came here a few days ago, I thought it was you. She takes care of me just as well as you do . . ."

With this, Mariá understood Eric to be signaling that they would like to be alone. She put on her coat and in a very natural tone said, "Grandpa will be arriving any minute to pick me up, so I'd better wait for him outside. Bye, bye, Cristina, it was nice meeting you." With that, she picked up her purse and left. In the lobby, she sat down and began to think. She would have to talk to Grandpa seriously that very night about making plans for Eric's new room. They would have to order a double bed. And how were they going to accommodate all the people who would come to celebrate the great wedding? She took a pencil from her purse and began to make a guest list.

Four

"I thought you weren't coming back, Cristina," Eric said, his voice husky and almost a whisper as he reached out for her hand. "I thought you were a dream I had, someone I imagined."

"I am here, Eric. It's no dream. And, I'll be here again tomorrow," Cristina said, trying to hold in check the emotion her voice was betraying. Reaching out for his hand, she held it tenderly in her two hands.

"I would like to invite you to go out with me," Eric said, happily.

"To go out? When?"

"Right now. If you hand me my bathrobe, I'll take you to a place where we can be alone with the stars. The only thing I have to ask of you is that you drive."

"I don't have a car, Eric."

"We don't need one. You'll drive my wheelchair," Eric answered, sitting up quickly on the side of his bed.

Seated in the wheelchair in his bathrobe, Cristina could see that Eric was tall and strong, and just as she had thought, very handsome. The same as a few days ago, she felt an almost irresistible urge to touch him, but decided that she would have to be more careful this time. She had become terribly embarrassed when she did so, mistakenly thinking he was asleep. Besides, she had no idea what he might be thinking of her, if he even thought of her. . . .

"It's our first trip together, Cristina. Know what I'm thinking?" he asked, as though he could read her mind.

"What are you thinking, Eric?"

"I think we will be taking lots of trips together. I feel it in my heart."

Without saying any more, they left the room, to take the elevator that led to the lounge on the top floor of the hospital where big windows brought them close to the star-studded sky.

"What do see from here?" Eric asked.

"You can see the stars shining up in the sky and down below the lights of the city. Off in the distance, I can see a monument and a lot of very big buildings in the downtown section. I have no idea what that monument is."

"You don't come from here, do you, Cristina?"

"No, I'm from Central America. What about you?"

"I was born in San Antonio, Texas but grew up here in Washington, D.C. with my grandparents. My parents have died. I have no brothers or sisters, and I graduated from the Police Academy. I'm single, have no children, and am more than ready to get married if you'll have me," Eric said. They both laughed gaily and Eric added, "Seriously, Cristina. I've been thinking about you since the day you appeared in my life."

"Have you? What were you thinking?" Cristina asked shyly.

"I could keep you here all night long telling you my fantasies. You are always on my mind. But I would rather you told me about yourself."

"I work as a nursemaid for a family during the week and on the weekends I'm here in the hospital. I have a little daughter, but she doesn't live with me."

"And are you married?" asked Eric, as though in fear of the answer.

"No, my little Loli's father died before we married . . ."

The lights blinked several times in warning that visiting

hours were over. Eric and Cristina returned to his room. Eric wanted Cristina to be with him every day, and she was glad to stop talking about herself. In the room, she pushed the wheelchair up against the bed and held his arm to guide him. In so doing, their bodies brushed together briefly.

Eric felt for Cristina's hand and taking it into both of his, said, "I don't know what's going on, Cristina. It seems to me as though you have always been part of my life . . . as if I knew that you were going to be here. I feel like a kid falling in love for the first time. I never before felt as I do when you come into this room. I can't explain it. All I do know is that I don't want what I am now feeling ever to stop." And he kissed her hands with great tenderness.

"They will remove the bandages tomorrow," Eric went on. "If the operation was successful, I'll be able to see your face. I already know from your voice that you are beautiful."

"From my voice? Can you really tell what I look like from hearing my voice? I don't believe you," Cristina said.

Instead of answering, Eric drew her to him, taking Cristina's face in his hands. This time, it was Eric who studied every detail of her lovely features with his fingertips, causing their hearts to race at the same excited pace and their blood to rush madly.

Starting at the forehead, he caressed Cristina's eyelids with utmost care. The line of her nose ended in a short, delicate upward curve; the ears, the soft cheeks and, finally, her lips. He wanted to imagine and memorize every detail. Feeling those parted lips he so desired with all his passion he bent over and kissed her in a protracted lover's kiss. Then, putting his arm around her slender waist, kissed her again. Cristina returned the kiss passionately, her emotions catching fire from his.

That night, Cristina didn't know how she got to the

bus stop or when she paid her fare. The taste of Eric upon her lips penetrated all her senses, making her feel as though she were floating. All at once, Cristina became aware that a man in a black hat was staring at her. When she got off at her stop, he got off the bus also. She hurried home as fast as she could and ran into her house, slamming the door after her. Once inside she began to worry. If they located her in this city, would that endanger Eric? What would happen between them if he were to find out about what happened in San Cristóbal, particularly since he was a police officer? In any case, she said to herself, nothing could spoil this perfect night for her and she would worry about San Cristóbal another time. Right now, she was feeling so enamored, it was as if she and Eric had invented love. Recalling her sensations as she caressed his lustrous, disheveled hair, she took out Loli's photograph and sent her a blessing, and with that she was able to fall asleep.

That night, Cristina dreamed that Eric went to the San Cristóbal clinic for her where she was with Loli. She ran happily to open the door to him but before she could get there, flames enveloped the building, separating them forever.

Five

At no time did the possibility of losing his eyesight ever enter his mind. His faith in God always helped him maintain an attitude of absolute conviction and, this time, too, he would make a full recovery. However, in those minutes before the doctor removed the bandages, Eric considered for the first time how his life would change if he had been blinded. He realized that he would miss many things and that remaking his life would not be easy. Most difficult of all, to be sure, would be not seeing Cristina. It was so quiet that the sounds of the various apparatus in the neighboring rooms were clearly audible. The doctor arrived and gave the nurse brief instructions. The curtains were drawn to keep the bright light from striking Eric's eyes. His grandparents and the nurse looked on without a word as the bandages were removed and discarded. Eric slowly opened his eyes, seeing only vague shadows around him, and shut them at once.

"You won't be able to see at first," the doctor told him, "but don't worry, in a few hours your vision will improve." He was bitterly disappointed, however, on not being able to make out those shadows. In his effort to control the fear that gripped him at the thought of never being able to see Cristina, he tried to focus his eyes in various directions, but they refused to respond.

In an ill-humored manner not at all like him, Eric

called for a sleeping pill and slept the afternoon away until evening, when he was awakened by a beloved voice at his bedside. *Cristina!*

Despite the fear of opening his eyes and being unable to see her, he tried once more. The figure before him was more beautiful than any dream he could possibly have had. He blinked several times to focus better. Before his eyes, the pair of dimples in Cristina's cheeks on either side of a luscious smile, lustrous hair cascading over her shoulders, a tiny, charming dark mole at the corner of her mouth, and a sensual body that gave off a fragrance of flowers. Eric knew at once that the kingdom of happiness was his.

As for Cristina, never had she seen eyes of a sea-green color like those of her beloved.

Eric held out his arms as if to symbolize the welcome his entire body was extending to her. He drew her to him, close to his heart, and kissed her mouth again and again until, finally, he said, "Cristina, had I not seen you, I could never have been able to imagine that such beauty existed. I thank God for giving me back my vision. You are the most beautiful woman in the world."

An hour later, Cristina left Eric's room to let him rest, although she would have preferred to stay many more hours with him.

María, waiting outside the room, approached her determinedly and said, "Cristina, I would like to talk to you for a few minutes."

"Of course, *Doña* María. What is it about?"

"Come. Let's take a little walk. I've been thinking . . ." the grandmother said, taking Cristina by the arm, drawing her away from Eric's room. "Eric is going to be discharged tomorrow and according to the doctor, he will need a few days' rest to get his strength back. Grandpa and I are old people and can't attend to him at home properly while he is recuperating. Do you think you could help us out?"

"But, of course, *Doña* María," Cristina said in a voice tinged with emotion. "What will you be needing?"

"Tell me, are you working?"

"Yes, I take care of two little children and live with the family."

"Do you think it's at all possible that they might allow you to come to our house for a few hours a day? Since you are a nurse and Eric is comfortable with you, I think he would feel better if you were around to help him or keep him company until he is up and about. You know what I mean; he gets bored with us and we can't be going upstairs and down all day long . . . so, that's it . . . and it would be a relief for me to know that we could count on you for whatever time you could give us."

"Naturally, *Doña* María, I'd be delighted. I'll ask permission tomorrow and I'm sure there won't be any problem. I'll come and help you in the afternoons when the lady of the house comes home early and a few hours more on weekends . . . at least, until Eric feels stronger."

"Thank you, Cristina. I am very grateful for your understanding."

"You are quite welcome."

Cristina bade the old woman goodbye gaily, not noticing the broad smile on her lovely old face. It never crossed her mind that actually, María had absolutely no problem with taking care of Eric, but this was a way of making sure that the young people would have a chance to get to know each other better. This, aside from the fact that she knew her grandson would improve more quickly with Cristina by his side. Before going home, María went silently into Eric's room to say goodbye. Eric lay back with his eyes shut, re-experiencing the allure of Cristina's stunning beauty. When he felt María's presence he opened his eyes and stretched out his hand to his grandmother, beckoning her to sit down.

"*Abuela,* I've been thinking," he said, "of how grateful I am to have gotten my sight back, but particularly so that I could see how beautiful Cristina is. What do you think of her?"

"The important thing, my boy, is what you think of her."

"What a strange thing. . . . I just met Cristina, but when she is near me, I feel different, I feel whole. I don't know how to explain it to you but I have never felt anything like it! Grandmother, believe me . . . I was thinking . . . I'm going to be leaving the hospital tomorrow and soon I'll be going back to my work and she to her work. Do you think that Cristina will want to see me again when I'm out of the hospital?"

"Why wouldn't she want to? I don't think you have anything to worry about on that score, Eric. I'm sure you'll have many opportunities to get to know each other and maybe even to fall in love. Just have faith and give her a chance to get to know you. Now, get some rest. We'll be by tomorrow to pick you up and take you home early."

On walking into his house the next day, Eric was immediately struck at how clean and orderly everything looked. His grandmother had set out flowers to greet him. There was also a huge cake and enough food for the entire police force. Eric smiled with pleasure to see all the preparations of welcome, and hugged his grandmother lovingly to thank her.

There were many letters and cards from friends and admirers waiting next to his bed. However, past flames he had spent hours with, just having a good time, were of no interest to Eric anymore. He pushed the mail aside, undressed, and lay down to rest.

The effort of leaving the hospital and coming home had left him drained of energy. He felt depressed at the thought that it would be quite a long while before he regained enough strength to go back to work and, particularly, that it might take time before he saw Cristina again.

Yes, Cristina was the woman he had so often dreamed of. Was it really Cristina whom Eric was seeing, or a fantasy created by his imagination while he lay critically ill in the hospital? And with this thought in mind he fell asleep.

When he opened his eyes again it was at the soft knock on the door that announced Cristina's arrival. I must be dreaming, he said to himself, and closed his eyes quickly. But a few seconds later he heard the familiar little knocks again, and her voice. "Eric, may I come in?"

Eric sat bolt upright in bed. "Yes, but of course, Cristina. Please do. What a surprise!"

"As you can see, the hospital service has been extended to the home and I came to bring you your supper. Only this time it is a good meal fixed by your grandmother."

"Put it down anywhere, Cristina, and let me look at you. I'm still not sure whether I'm dreaming or not. Come here close to me."

Cristina put the tray down on the little bedside table and shyly approached her beloved. Eric gave silent thanks for the miracle of having Cristina in his life and the miracle of being able to see, hear, and enjoy her presence. He noted that Cristina always smelled of flowers and that out of her volunteer nurse's uniform her body was even more seductive. Tenderly he drew Cristina's face to his and gave her a long, tranquil, love-filled kiss.

"How are you feeling, Eric?"

"Terrific, now that you're here. How were you able to get away from work so early?"

"I asked for time off to come and help your grandparents."

"How about that! I thought that maybe you came to visit me but you just came to help the old folks. It doesn't matter. I take whatever you choose to give me even if I'm not the reason for your visit. I will have to do something to divert your attention from the grandparents to me. What can I do to make myself the center of your attention?"

"Talk to me about yourself. I want to hear about when you were a boy, about your work, about . . . your . . . girlfriends."

"Would you like to begin with the girlfriends?"

"No. Rather with your childhood . . . while you're having your supper. Your grandmother told that you didn't want to eat at midday and that you have to get your strength back."

"Very well, Señorita nurse. To tell you the truth, I'm very hungry."

Cristina sat down next to him and while she watched him eat, patted the disheveled hair that had fallen over his forehead.

"Tell me, Eric, did your father have green eyes like yours?"

"No, my mom did, but I hardly remember her. I was very little when she died."

"What happened to her?"

"She left work late one afternoon and while she was driving to pick me up at the home of a woman who was taking care of me, she had a car accident and died."

"Poor thing, losing your mother so early."

"But my grandmother became my mother. The one who suffered the most was my dad. He and my mom had been sweethearts since their schooldays and after he did his military service, they married, deeply in love. When she died, he began to drink and died a couple of years later. I think he died because he didn't want to live without her anymore."

"And you went to live with your grandparents, right after."

"No. A brother of my mother's who lived in Texas, in Dallas, brought me to his house. I was there for nearly a year, but it was a family where everybody went his own way, and I started getting into trouble."

"What kind of trouble? What did you do?"

"Skipped school, went playing pool, smoking, drinking. I ended up having problems on and off with youth gangs for one thing, and the police for another."

"Gangs? What happened?"

"Nothing really happened, but eventually my uncle's wife just didn't want to deal with any more of my problems, and they gave me a choice of military school, jail, or my grandparents here in Washington. Naturally, I chose Washington, thinking that with my grandparents I would be able to go on being a punk since I was their only grandson."

"And how did that turn out?"

"Well, at first, it seemed to me that my grandparents were worse than military school and jail put together. They made me go to school every day, to clean my room, didn't let me smoke or drink, and had a lot of rules."

"And if you didn't toe the line?"

"Believe me, it was a better idea to violate the law of the land than to cross *Abuela* María," laughed Eric. "But now that I think about it, I realize that it was the only way of breaking the wild colt that was inside me, no doubt because of the loss of my parents."

"My poor darling Eric," said Cristina, hugging him tight to her as though protecting him from his past.

"Don't feel bad for me, Cristina. It was a great stroke of luck to have ended up at my grandparents' house. Whatever I am today, I owe to them. My grandparents have been my parents and a fine example for me. They just had one child, my father, and since they came here to the United States, they did nothing but work hard all their lives."

"Where did they come from?"

"From a little village in northern Mexico. They left because it was destroyed after the 1910 revolution, and so they came here to try their luck. They were very young newlyweds when they arrived. Like so many others, now, they came with dreams of a better life. Too bad I gave them so many headaches."

"And what made you go into the police?"

"I don't know. Maybe it had something to do with what I saw in the streets while I was a punk. Besides, my best friend Ramón and I decided when we were kids to be cops and to be partners, and that's where it stands to this day."

"Do Ramón and you work together in the same office and the same patrol car like they show on television?"

"More or less like on television," laughed Eric.

"And how did you get to know Ramón?"

"He's from Puerto Rico and was living here with distant relatives. I met him at a school party and afterwards I invited him to the house, and my grandparents adopted him like another grandson. He spent more time at our house than with his relatives. I always liked to have him around because he was always making me laugh, is a lot of fun, and has been like a brother to me. And so as you can see, Cristina, I started off on the wrong foot, but then I found a new family and was able to go into the career I had dreamed about since I was a kid. I used to think that just being a policeman was all I needed to be happy."

"How nice that you could do it, and now you can be happy."

"Yes and no. When I finished and graduated, I realized that I still needed something else to be really happy."

"And what was that?" asked Cristina, coyly.

"I needed to meet a woman who would be my wife."

"And, now . . . are you happy?"

Instead of answering Cristina's question, Eric hugged her.

"Cristina, I don't know why, but I'm afraid that now that you have come into my life, you're going to disappear. I don't want to leave off feeling what I feel, now."

"Don't worry. I'm not going to disappear and you didn't dream me. I'm real. But now I have to go. I don't want to abuse the time off they allowed me from work."

"Will you be back soon?"

"As soon as I can. And the next time I come, I'll take you for a walk in the little park I saw near your house. But meanwhile, I'm going to take the supper dishes down so that your grandparents won't have to come up. Do you need anything else?"

"No, all I need is you. Please come back soon."

Eric kissed Cristina again—calmly, very slowly, almost as though he were afraid of hurting her, wishing the kiss would never end. It was as if in these long, calm kisses they were beginning to share the deepest essences of their beings.

Like the day before, Cristina had to force herself to break away from Eric's arms. She went down to the kitchen and quickly said goodbye to Mariá. She would have preferred not to have to talk to anybody in order to retain, without interruption, the sweet savor of Eric's kisses.

On the way home, Cristina wondered why Eric was afraid of losing her. Could he have realized that there was something that might cause her to flee from him?

Could he be realizing that there was a part of her life that she was unable to share with him?

That night, she tried to imagine what Eric must have been like as a boy mixed up in problems with the law, and she smiled. Now, he was the law himself, the most famous police officer in the city. And he was in love with her!

How deeply Cristina wished there was someone to whom she could convey her happiness at feeling that she was in love, sharing how it was to feel that she had been floating in the air since the day she met Eric in the hospital.

She considered her own life, which had been so different from Eric's. She grew up with a mother and father, and they had been the center of her life until Loli came. But because of circumstances in her life she had to leave her daughter. And, now, life had brought her close to Eric. She had met him only a few days before, and was already feeling as close to him as if she had known him for years. If only she could believe that one day they might be happy without fear or anxiety. If only. . . .

At her next opportunity to take off from work, Cristina returned to visit her beloved. Grooming herself with the greatest care, she looked even more svelte than usual in a black skirt that she had picked out especially for this date. She decided to put on a white blouse reserved for special occasions and this time left the two buttons at the top, nearest the neck, unfastened. The final touch, a belt that made her slender waistline accentuate the sensual curve of her hips. She left the house singing.

When she arrived to see Eric, she was surprised to find him sitting in an armchair. The patient was fully dressed and looked hail and hearty.

"What a pleasure to see you like this, Eric!"

"I've been ready and waiting since six this morning to go for a walk at six o'clock in the park."

"Six o'clock what day?"

"Actually, I hadn't decided yet what I would do, sitting here without moving if you didn't arrive today," Eric said as he embraced her, both of them laughing.

"Let's go, then. The sunset is about to begin and it's a beautiful afternoon."

They walked to the park where they found a bench hidden away from most of the world. Eric put his arm around Cristina's shoulder and felt that he was the world's happiest man.

"You are so beautiful, Cristina. I want to take you in my arms and show you all the emotions I've carried inside me every time I think of you. In my fantasies you are all mine . . . and you and I . . . enough, I think I'm talking too much. . . . Better that you should tell me about you."

Cristina cast her eyes down. "About me? What would you like to know?"

"I don't know. Tell me what you like and what you don't like."

"I have simple tastes. I enjoy romantic music, dancing, I like animals, especially horses, the mountains and the sea, a beautiful sunrise and an afternoon like this. . . ."

"And what do you dislike?"

"Being away from my daughter and the rest of my family. I don't like feeling lonely."

"I don't want you to feel lonely, Cristina. Look into my eyes and promise me that if you feel lonely at any hour of the day or night that you will come to me. From this day on you will never be alone. Tell me about your little girl."

"They say that my Loli looks very much like me. The same eyes, the same mouth. She is the center of my life. If I could only have her with me. . . . That's my dream, that some day my Loli will be with me, that I will find a good daddy for her and that we will be a family, complete and happy."

Eric said nothing but thought, *I will see to it that you have her with you and I will help you give her a good father.* He bent his lips to her ear and said in a very low tone: "I am a police officer, and people consider me very brave. However, I like the way you take care of me and worry about me. You are very special, Cristina. One day, all your wishes are going to come true. And, as for me, there is no reason for you to be concerned. I am all right and will be back at work next Monday."

"I will try to come and visit you before you go back to work. I want to be sure that you feel perfectly well before you do."

They walked back to Eric's house, holding hands again. Watching from the kitchen window, María saw that the fire of a lasting love had begun to glow between the two young people, and she smiled with pleasure.

This is my favorite weather, thought Eric, as he waited for Cristina outside his house a few days later. The heat and humidity had subsided, but the cold had not yet struck. Eric, who usually didn't pay much attention to the natural beauty around him, now admired the greenery of the trees, and the flowers that bordered the entrance, the fruit of Grandpa José's weekend labors.

He held in his hand an invitation to a supper in his honor that he had just received and was considering how to ask Cristina to the dance and the trip to the mountains. Yes, the cabin in the woods would be a perfect plan, for she herself had told him how much she loved the mountains and the water. *I do hope she says yes,* he thought. *I couldn't bear going to a party or taking a vacation apart from her.* If Cristina accepted, it would be a glorious week.

Seeing Cristina nearing the corner, he hurried to meet her. Each time he saw her, she looked lovelier. The color of her skin made the dimples stand out on either side of that perfect, sensual smile of hers. Her breasts were prominent beneath the tight sweater his beloved had chosen to wear to supper with him. Eric savored every detail of Cristina's presence.

As they embraced, their arms warmly wrapped around one another no words were necessary to complete the welcome. In their closeness, they were at home.

"Are you hungry, Cristina? I'd like to introduce you to a little place close by that makes very good pasta," Eric said, taking her by the hand to guide her.

"Yes, sure, let's go. I'm sorry for being late, but at the last minute I wasn't sure whether I would be able to come."

"Why?"

"They called from the hospital to say that they needed me, but they were finally able to find another volunteer. I promised I would go on the weekend."

"It seems that everybody needs your attention. And I am willing to do without you this weekend if you promise to give me the following one and a few days after. Look, here we are. Do you like this outside table?"

"Yes. What were you saying about the following weekend?"

"Remember you told me that you liked the mountains and the water?"

"Yes."

"Okay, then get ready for a surprise that will begin after the dance that the police are arranging in celebration of my surviving the shooting. Look, here's our invitation. Would you like to go to the dance with me? It's going to be very elegant and a lot of fun. I want everybody to meet you."

"They're going to celebrate your not getting killed?"

"Well, I think they're going to give me some kind of award."

"Is it possible that you are being too modest, my dear Eric?"

"The important thing for me is to know if you accept my invitation, and if you can take a few days' vacation to visit my little paradise with me. It's not actually mine, but I have a surprise waiting for you in a place that is a paradise."

"I haven't taken a vacation since I started to work, so I don't think there should be any problem. I'll talk to Señora Lecea and let you know right away."

"Then, you accept?"

"Yes. It should be very nice to be escorted by the leading man of the occasion."

"You'll see. We're going to have a wonderful time. There will be music, a fine dinner, and you'll get to know lots of my friends."

Cristina smiled, and kissed Eric in a way that made him force himself not to ask her, beg her, that they spend the night together, that she allow him to make her his, as he had been doing in every thought since he met her. "I am going to make you a very happy woman, Cristina. I have never broken a promise, and I won't break this one."

Six

"Have a look, woman," said Rosa, "we got a few things together for you that you'll be needing for this week." She set a little suitcase down on Cristina's bed and opened it. First, she took out a pair of stunning black velvet slippers with high heels. "These will be perfect with the long dress your boss gave you for the dance. We made sure they're your size so you won't have any trouble dancing in them."

"And, take a peek at this coat that goes with the slippers," Rosa went on. "It will fit you just perfectly and keep you warm on the trip."

"As if her hero isn't going to be able to keep her warm on his own. . . ." giggled Carmen.

"Knock it off, Carmen," complained Rosa in a serious tone. "We want this trip to be perfect. Carmen brought you this sweater to wear during the days on the mountain after the dance. It looks like angora. Here, feel it."

Cristina enjoyed her friends, appreciated their sharing their clothes with her, but more than anything, their happiness for her. This happiness of her own, so recent, was so great and so different from what she had ever lived before. Only in the fairy tales she read to the children could anything like this ever happen. Like the princess in the story, Eric was going to take her to the dance they were holding to honor him for his bravery. After the dance, they had several days in store in a beautiful cabin for two on a mountain slope that his friends were letting him use to celebrate their love.

"Thank you. Thanks, so much," said Cristina, very moved, as she embraced her friends. "And what about you? What are going to do on the weekend?" she asked in the hope that they, too, had some heady pleasures awaiting them.

"I don't have any plans," murmured Rosa, dejectedly.

"I'm going along with Manuel to the airport to pick up his new partner," said Carmen. "Hopefully, I'll be able to talk him into us taking a trip to some nice little beach in Puerto Rico," adding, as she showed her dark, bronze-colored arms, "look how my natural color is beginning to fade out in the cold here." As usual, Carmen was able to make them laugh and feel happy.

That night, Cristina ran through one more time what she had prepared for the week with Señora Lecea. She took advantage of the opportunity to thank her again for the holiday and the dress. Unpacking and repacking the suitcase for the third time, she made sure she hadn't forgotten anything and, finally, it was time for her to get dressed.

The bell rang at nine o'clock sharp. Eric came in, presenting her with a beautiful bouquet of roses. He was speechless in the presence of Cristina's radiance, and she was thrilled by the glow of passion in the young man's eyes. She arranged the roses in a vase, peeping over her shoulder to revel in his ardor. Sky-blue silk highlighted the tawny color of her skin. Held up by two delicate straps over her bare shoulders, the dress floated airily over Cristina's slim figure, accenting its femininity. In front, the neckline covered her bosom, but not all the way. The swelling curve hinted at perfect breasts. The back was open. The hemline floated, descending smoothly to the ground, draping loosely over her flat abdomen and soft hips. Her hair was caught up in a ponytail, tied with a

blue ribbon the color of her dress. The simplicity of her
hairdo added an extra touch of beauty and elegance.
Gold hoop earrings hung from her shell-like ears.

Cristina also noted that Eric looked particularly manly
and handsome in his black tuxedo. The white shirt was
perfection, the cuffs projecting barely an inch from the
sleeves of the well-cut jacket. Dressed so elegantly, he
seemed even taller. Eric approached Cristina to tenderly
kiss her, and she trembled with pleasure as she felt his
fresh, newly shaven skin close to hers.

Eric carefully helped her with her coat and once outside, protected her from the wind as they walked along.
They got into the car and in the darkness of the night,
Eric kissed her passionately. A sweet melody he had
picked out just for that moment began to play the moment Eric started the car. "I selected this song because
it expresses how I feel about you," Eric told her, "because
I want you to know what I feel, Cristina. I want to be able
to tell you the truth, always. What I dream, what I desire.
And I want you to do the same. I want to be your lover
and your friend. I want you to be mine, I want to give
you love and pleasure. I want to give you the stars. I want
you to love as you never loved before. I want us to be
one, now and always."

Having said this, he placed a little gold ring with a tiny
emerald at its center on Cristina's finger. Later, this emerald would remind Cristina of the happiest days of her
life when she saw those green eyes, the color of the sea,
so close to hers.

They arrived at the dinner dance being given in Eric's
honor. Cristina, more than anyone else, was the center
of attention. The officers and their wives and even the
Chief of Police himself were all delighted with Cristina's
beauty and *joie de vivre*. Her charm and sweetness were a
magnet for everyone around her. The luxurious formal
banquet was a new experience for Cristina, but anyone

would have thought that she attended such events all the time. One elegantly uniformed waiter served the guests on one side while a second one removed the empty dishes on the other. She was surprised by the many pieces of silverware, but by discreetly observing her neighbors she quickly figured out when to use which one.

After supper had been served, Eric was called to the podium to receive his award. In his acceptance speech, he spoke with emotion, saying, "I am deeply grateful for this wonderful show of appreciation. Would that we never had to face danger in carrying out our duty as policemen. . . . However," and here his green eyes seemed to deepen in color, "had I not landed in the hospital, I would never have gotten to know Cristina, the love of my life. For that reason, I asked my queen to be here with me to receive this distinction."

The guests laughed and applauded enthusiastically, demanding that Cristina accompany Eric to receive the prize. Hand in hand, they did so, while a dozen flashbulbs were set off as the photographers captured the rare moment of triumph and love. When the orchestra began to play, Eric whispered in her ear, "I know how much you like to dance, my love, but wouldn't you rather we danced without so many people around?"

Looking up at him coquettishly, Cristina replied, "Only if you promise you'll sing the songs for me in my ear. . . ."

The guests did not know when or how the lovers left the ballroom. Driving towards the mountains, they went off to celebrate their love; their private fiesta about to begin. . . .

There were few cars on the road bound for the mountains in Maryland at that hour of night. The stars and the moon shone for the couple, intensifying the beauty of the snow that fell like tiny bits of cotton.

Since coming to Washington, Cristina had seen snow only a few times, but never had it seemed so beautiful to her. And she had never felt as if the moon was shining just for her. Sitting very close to Eric, her head on his shoulder, she gave silent thanks for her happiness.

"Tell me about you," Eric asked.

"What would you like to know?"

"About where you come from. About your family. About your life before we met. Why did you come to the United States? I want to imagine that there isn't a single part of our lives that we haven't shared."

"There isn't much to tell," Cristina said cautiously. The less Eric knew, the less danger there would be of getting him involved in her secret. "I was born and grew up in San Cristóbal. I come from a poor family, but even though we were poor we never went hungry. My mom always made sure we had fresh vegetables in the garden for us to eat, and all kinds of pretty flowers growing outside the house to bring a little beauty into our lives. My brothers and I went to school for a few hours a day and worked the rest on *Don* Luis's coffee plantation, which is the biggest in the region. I had known Loli's father since I was a little girl, and always thought that we would be married. But he died the very week that my little girl was born. One day, my dad and some others came down with cholera, and since there were no doctors or medicines, or clinics within reach, he and eighteen other peasants died a short time later. That convinced the owner and mayor that a clinic should be opened in our village. I decided to study nursing, so I could help prevent others from suffering the same loss we did."

"I remember the fiesta for the opening of the clinic," Cristina went on. "We all dressed up in our best clothes. The old people and the young, the babies, the priest, and the nuns from the convent near San Cristóbal. Even the soldiers came to celebrate. Each family prepared a special dish for the celebration and we danced all night to the band they brought from the city. And the next morning we held a lovely mass before the actual opening."

"Is it a big clinic?" asked Eric.

"No, it's small. But we all helped paint it and fix it up with the necessary things so that the people would not have to walk for hours to the hospital in the nearest city. Everybody was really looking forward to finally having our very own clinic."

"Did you like working there very much?" Eric asked.

"Yes, in the beginning, a lot. But, sometimes things aren't what they seem to be on the surface. Things appear to be going one way when actually they're off in a different direction. Look, Eric, a shooting star!" she said, excitedly pointing at the sky, "quick, make a wish and it will come true."

"I wish you to be mine, my love," he immediately said.

"Shhh." Cristina put two fingers over Eric's lips. "You shouldn't say what you want out loud. Just think it, and it will come true," she added, changing the subject.

Eric kissed Cristina's fingers and said, "Remember how you ran your fingertips over my lips when you came into my room at the hospital that day for the first time? And do you remember . . ."

Before he could finish the question, Cristina was tracing the curve of Eric's lips, and his ears, chin, and neck with the tip of her delicate forefinger. Drawing closer to him, she bit his ear gently, brushing it afterwards with the tip of her tongue. Eric began to breathe heavily. "Your wish is going to come true, Eric," she said in a whisper.

"Here we are, at last, thank God!" said Eric, shutting off the motor quickly. "I was at the point of looking for a place in the middle of the highway where I could stop to kiss you. . . ."

He hurriedly took the suitcases out of the trunk of the car and they both ran to the little cabin.

"I'll start the fireplace. Fix us a drink, darling, I brought lots of music . . . Manzanero, Solis, Fernández, trios. Which would you like?" he shouted to her in the kitchen as he selected the music and lit the fire.

"I would like you," she said softly, standing behind him. Eric put another log on the fire and turned to see his beloved, her coat off, standing before him, close like a goddess.

Taking her by the hand, he drew her closer to the fireplace to feel its warmth. And without saying a word, he invited her to dance as he sang to her softly in her ear.

He was growing drunk on Cristina's perfume and the anticipation of this night. On feeling her so close, on touching her naked back, he became excited in a way he never had been before. He drew away for a few seconds to take off his jacket and throw it over a chair, then drew Cristina into his arms again, wishing that their lives could be a never-ending dance. Dancing with their bodies joined, Eric felt Cristina's breasts pressed against his chest. He could feel the hardening of her nipples, and he knew she was excited too. As their bodies brushed together, Christina felt Eric's hard member under his trousers, setting off an exquisitely pleasurable sensation between her legs. Their hearts racing together, they looked deeply into each other's eyes, and their mouths joined in long kisses. Hungry kisses. Kisses of passion. Without a word, Cristina undid her hair and let it slide sensually over her shoulders. Carefully, Eric moved it aside, just enough to find the straps that held up her dress. He ran his hand excitedly over her shoulder while he undid the first strap. Then he kissed the other shoulder as he undid the second strap. The dress slipped to the floor, leaving his beloved's body exposed to his eyes. Her young breasts were perfectly shaped. Light brown, round, with dark, erect nipples that told him of her passion. She was wearing a charming garter belt over short panties, the same blue color as her dress. Cristina took off one shoe, then the other, and before she could take the stockings off her long, elegant legs, Eric said softly, "Let me, my darling." Getting down on one knee, he bent over to carefully remove Cristina's stockings as he repeatedly kissed her tender, smooth body.

Savoring every instant of pleasure, Cristina slowly undid the buttons of Eric's shirt. Still dancing very close to him and moving her hips to the rhythm of the music as Eric stroked them, she carefully removed his shirt. She unbuttoned his trousers, lowering the zipper slowly and laughing silently to herself to see the desperation with which Eric sought to get out of them. He put on a condom that he had in his pocket, and Cristina felt reassured at this demonstration of his sense of responsibility.

Unhurriedly, their bodies drew close, delighting in their nakedness. Their senses were at the point of explosion. They knew it. They felt it. Trembling with passion, panting, they kissed as they danced one more dance.

Seven

"Manuel," Carmen said with a slight edge of anger in her voice, "this is the third time you've repeated the same thing to me. I already promised I will treat your partner with respect, I won't make cracks and I won't ask questions. I'll put on my robe to have breakfast. Or, better yet, I'll have breakfast all dressed. What more do you want? Oh, yes! And I won't interrupt when you're talking. Check?"

"Check," Manuel replied curtly. He was nervous and in no mood for discussion with Carmen. In fact, he was in no mood for anything. Receiving *Don* Jorge in his house was no ordinary matter. He had no idea how to treat him, or what his tastes were. He knew that he shouldn't ask too many questions. His orders were to go to the airport to meet *Don* Jorge. To put him up in his house and wait for further, more detailed instructions about a new job that they had in mind for him. According to the contact, this job would bring in more dough than he would be able to count in one sitting.

Finally, he was going to do something worthwhile. He had been waiting for months for an opportunity, while picking up small jobs here and there that made it possible to get by, more or less . . . that is to say, more or less the way Carmen liked, he thought. But, so be it; Carmen, his *mulata* bombshell, drove him out of his mind, and he had gotten her used to such a life.

"But explain one thing to me, Manuel. If this partner of yours is as rich as you say, why does he have to come to your house instead of going to a hotel like any self-respecting tourist?" Carmen wanted to know, as they were pulling into Dulles Airport.

"Stop asking me questions, Carmen, my patience with you is running out. He is staying in my house because I say so, period! I want you to make something special for him for dinner tonight and a nice breakfast tomorrow. And make sure to serve him very good coffee because he is used to the best. He comes from a region of famous coffee plantations."

"How are you going to recognize him, if you've never seen him?"

"I know he is a very tall, very large man," he answered, making a motion with his arms to indicate a huge waistline, "and I also know that he has a bum leg that makes a funny sound when he walks. You can be sure there aren't going to be a lot of people that fit that description coming on that same flight, wouldn't you say, Carmen?" he answered in such a way that indicated that he had, in fact, lost his patience.

On the way back from the airport, barely half a dozen words were spoken. Carmen felt uncomfortable with a guest who kept an unlit cigar in his mouth at all times and smelled like he'd sopped up a good half-dozen drinks on the plane.

There was scarcely any conversation at supper, either, and at the first opportunity, Carmen excused herself, saying she was tired, and went to bed, as Manuel had instructed. *Even without his instructions,* Carmen thought as she left, *I wouldn't have the slightest desire to spend time in their company. Rich as this Don Jorge might be, I don't think very many women would be willing to keep his bed warm.* And with this thought in mind, she threw them a coy smile as she said goodnight to them. From her room she could hear them conversing in low tones for hours. Undoubtedly, something important was being discussed.

Very early the next morning, *Don* Jorge found an elaborate breakfast waiting for him. But he wanted nothing but the coffee. Trying not to show her annoyance, Carmen sat down to read the paper. Suddenly, she exclaimed at the top of her lungs, "Will you just take a look a this! Cinderella and her prince, the cop, accepting a prize at the dance."

"What are you talking about, Carmen?" asked Manuel, annoyed at her.

"Look, Manuel, it's my friend Cristina from church. Here she is in this photo in the newspaper with the famous cop. By the way, *Don* Jorge, I believe you and my friend both come from the same place."

Her last remark caught the visitor's attention. Visibly tense, *Don* Jorge snatched the newspaper from her hand to look at the photograph. He tore it out, and putting it in his pocket, asked, "The same place? Do you know where I come from?"

"Well, I think I heard Manuel once mentioned that you were from San Cristóbal." She immediately realized that she should have kept her mouth shut. Manuel had asked her—no, ordered her—to say absolutely nothing to this man. Now, she had put her foot in it, for sure, she figured.

Looking at her watch, she got up quickly from the table, saying, "My goodness! Look at the time. I'll be late for mass. I have to go." And she quickly left the house before Manuel could say anything to her.

"Manuel," said the man, when Carmen had gone, "take a good look at the photograph and give it back to me. Then, I want you to find this girl Cristina and make sure she gets back to San Cristóbal and fast. We'll take care of her there. That will be your first job with me. If she doesn't go back, it will also be your last."

Why was Don Jorge so interested in this friend of Carmen's? Manuel wondered. Seeing the rage in his expression, he decided that there would be time enough to learn the details. For the time being, Cristina would go back to San Cristóbal. Manuel and Carmen's future, as he had planned it, was now in that woman's hands. He looked closely at the photograph and a plan began to take shape in his mind. And in this way, Cristina became a part of the everyday life of this stranger named Manuel.

Eight

On the banks of the big lake of calm blue waters of various shades, each new day dawned as a surprise for Cristina and Eric. Each day brought a new emotion, and a new delight: spontaneous laughter, a stolen kiss, a fresh caress. Holding hands, racing over the little pathways in the woods, Cristina and Eric enjoyed the early morning, bundled up in heavy overcoats to resist the chill and the wind. Whether outdoors, exploring the mountain crowned with tall pine trees, or playing like a couple of kids in the snow that fell upon them from time to time, the perfect tranquility of the place was complemented by the echo of their laughter, sounding joyfully in the great outdoors. And the lovers could be heard singing at the top of their lungs along with the birds.

The few people they met on their morning strolls or while grocery shopping for dinner could not help being touched by the message of love that emanated from the young pair, and often wanted to chat with them, but Cristina and Eric preferred to enjoy their oneness without intrusion by the outside world. The little world they had created for themselves was even more beautiful than the one around them. And most beautiful of all, without a doubt, were the evenings, the most perfect part of the day for them. Resting on the couch in the cabin far away from everything, the curtains open on both sides of the room, Cristina and Eric enjoyed every detail of their surroundings, from the honking of the wild geese over the lake to the crackling of the logs in the fireplace, to the intense orange display of the sun as it took leave of the lovers just before hiding behind the mountain to paint its last rays over the silver and gold surface of the water. And so, moments of infinite bliss and beauty brought Eric and Cristina together, enhancing and enriching their love each day.

As Cristina was preparing their supper late one evening, she asked, "If you could make a wish you wanted to come true, what would you wish for?"

"I would ask to wake up tomorrow to a call from my Captain telling me to stay here for the rest of my life," Eric said setting aside a slice of the bread he was cutting and inviting Cristina to sit on his lap. She happily complied, and as she sat down her robe opened, exposing a breast. Eric caressed it tenderly. Looking into her eyes, he passed his hand over Cristina's smooth, perfumed body. Slowly he bent over her, lowering his lips to kiss the exposed flesh. He undid the knot in the belt on Cristina's bathrobe, producing in her an immediate reaction of intense excitement. "I never tire of admiring your body, Cristina. I want you to be my wife and to have my children. I have never felt such happiness and will never let you out of my life," Eric said, kissing his beloved as though for the first time.

Cristina's reaction to Eric's kisses was instantaneous and natural. Every part of her body desired him with the same intensity. All she wanted at such moments, all she needed, was to feel loved by him, to be carried off by the whirlwind of his passion that was impossible for him to control. She had never known a passion like Eric's. And never did she imagine that she could have felt such passion for a man.

Placing her small hands on either side of Eric's face,

she kissed him, responding with the flame that Eric ignited in her. Right there, like a cry of welcome to the new evening, they reinvented love once more.

Nine

Carmen picked up the telephone. It was Manuel. "Hello, Carmen, why haven't you come to my house all day?"

"I figured you would be busy with *Don* Jorge," answered Carmen in a natural tone, trying to disguise her fear that she had talked too much at breakfast.

"I always have time for you, my beautiful *gordita,*" he said, with more affection than usual. "Listen, *Don* Jorge went out to deal with some business and will be coming back late tonight to sleep. How about my coming over to pick you up right now?"

"Right now? I have to put something on first, Manuel."

"You don't have to, my dark beauty. The less you have on the better I like you. I'll stop by, and you just get ready for a good time. I put a few brews in the fridge to chill."

Carmen quickly put on some makeup, put on her best red blouse and skirt with a slit on the side that Manuel had always admired. She checked her nail polish, the same color as the blouse, and for the moment tried to put the anxiety that had plagued her all day out of her mind. Maybe she was wrong and hadn't put her foot in her mouth as she had thought. No matter; if he didn't say anything, she wouldn't mention it, either, she decided. Manuel wanted her back with him that night and she knew very well what to do to drive him wild.

She went downstairs eagerly. Manuel was waiting for

her at the door of the building where she lived except for the nights she spent with him. Soon they were back at his house.

"As usual, Carmen, you're the greatest," Manuel said, in bed, lighting a cigarette. "I'm not about to ask you where you learned that because I don't want to know, just so long as you practice exclusively on me."

"You can ask me anything you want, my tiger. I'm here at your service, darling."

"Come closer, right up against me, and tell me about your girlfriends, my darling."

"My girlfriends? What do you want me to tell you about?" she asked, resting her head against Manuel's chest as she passed an ashtray to him from the table.

"Well, for example, who is that Cristina in the photo in the newspaper? Where do you know her from? What does she do?"

"And what makes you so interested in Cristina, darling? Now, you've made me jealous. Better get close to me again," Carmen said coquettishly.

"Hang on, Carmen. It's that I'm planning a Christmas party and I want you to invite your girlfriends here, too. I just want to know how many will be coming so I can order the food, do the invitations, and all."

"My goodness! Invitations and everything?" Carmen asked, sitting up on the edge of the bed, impressed. "And I'll be able to invite all the girlfriends I want?"

"Everything has to be just right, so I must know how many will be coming and who they are. Come here and tell me about your friend while I give you a little massage, just the way you like it." And he sat up and placed Carmen in front of him, and began rubbing her neck and back.

"Mmmm! That's delicious. . . . Well, there isn't much

I can tell you. Cristina is here alone. She works as a nurse-maid in Silver Spring, she's quiet, but a very good person. As you could see in the picture, she is very beautiful. She has a little daughter who stayed in San Cristóbal. She's with her mother and her brothers."

"A daughter. She looks so young in the picture. . . ."

"Yes. She has this little girl who, of course, is what Cristina loves the most. The father died, I don't know of what. I only know that they were planning to get married when he died and she came to the U.S. We see each other on Sundays at church, where we met."

"And how come she got her picture in the paper?"

"Because her new boyfriend got an award, and now the lovebirds are on vacation in the mountains. As a matter of fact, they're coming back tonight. Listen, instead of you asking me all these questions, why don't we all go out one night?"

"Great idea, sweetheart. We'll step out together and then decide whether to invite them to the Christmas party or not. Meanwhile come over here, I'm feeling cold again. How about your getting rid of this chill for me?" said Manuel pushing the sheet to one side.

Ten

"Come, Cristina, sit close to me. I want us to make plans before we go back," Eric said as he started the car for the trip back to the city.

"What plans would you like us to make? You have to go back to your job and me to my job."

"What do you mean, 'What plans?' my love. Don't get any ideas in your head that I'm going to let you get away from me, or that our lives can return to their old routine, right? You've become an important part of me and I hope that you feel the same. What is it that you feel, Cristina?"

"You know I love you, Eric, as I have never loved anybody else. You have made me live in a short time and feel more than I have ever felt in my whole life," Cristina told him, her eyes cast down.

"Then, what's wrong? If you're sad about leaving this beautiful place, I promise to take you to lots of other wonderful ones."

"No. It isn't that, Eric. We love each other, but we haven't known each other very long. You don't know much about me and I don't know much about you. I don't want to rush things."

"Look, my little darling," he replied, taking her hand. "I know everything I want to know about you. As for you knowing about me, you will understand me better and find out where I come from this very day, because I want to take you home to have dinner with my grandparents.

I assure you that after just one meal with them you will know more about me than you ever would have wanted to know. Why don't we start from there?"

"Sounds good to me," Cristina said in a calmer tone of voice. She knew that sooner or later she would have to find the way to protect her beloved or lose him forever.

"And, then, after that," he went on joyfully, "I want you to be my wife."

"As easy as that, Cat Eyes?" laughed Cristina.

"My darling, life is easy and beautiful when you are at my side. You have changed my life, Cristina. Before, I would feel alone even in good company. Then, suddenly, you arrived and I realized at once that I had been always waiting for you. When we're together I feel complete and happy, and I hope you feel as happy with me."

Their fingers intertwined throughout the rest of the trip, as they talked of the pain in their hearts at having to separate in order to return to their usual routines. Her refuge, that small paradise, had been left behind in the mountains, Cristina thought, back in the city everything would change.

"Come in! Come in and welcome to our home, Señorita Cristina," called out Grandpa Pepe as he opened the door to her. "María is in the kitchen finishing up with the supper, but she won't be long."

"Grandpa, let's make a deal," Eric interrupted, "if you call her just Cristina, she'll call you Grandpa Pepe, or do you want her to call you Señor Gómez?"

"Of course not," laughed Pepe. "Everybody calls me Grandpa Pepe and I wouldn't like to start out on such formal terms with her. Well, well, Cristina, let me take your coat, and you make yourself as comfortable as if you were in your very own house. What can I offer you to drink?"

"Did anybody here mention dinner?" asked Mariá, stretching out her arms to welcome Cristina with a hug.

Cristina returned the sweet embrace, and at once she felt the same warmth as in the embraces of her own mother. She immediately sensed that she had come home in her adopted country. "Please sit down, both of you, and tell us how it went in the mountains. You do seem very rested and happy. Now, you'll be able to see how much Cristina and I look alike. Right, my son?" Mariá laughed.

"You don't look alike on the outside, Granny, but like I said before, Cristina takes just as good care of me as you do. You should see what a great cook she is, and she doesn't let me go out in the cold unless I'm all bundled up. Tell me, don't you think Cristina has got to be the most beautiful woman in the world?"

"Look at what you've done, you bad boy! You've gone and made the poor child blush." And taking Cristina by the hand, she led her into the dining room, whispering into her ear as they went. "This is the first time Eric has ever said that about any woman. I'm sure it comes straight from his heart. Welcome to our family, my daughter, you are going to be very happy."

Smiling, the two new friends sat down at the table, as the men held their chairs for them. The special effort María had made was clear to see. The table looked lovely and the food was delicious. A typical dark blue Guatemalan tablecloth covered the table and the festive blue, yellow, and red dishes were certainly from Mexico. The wine was Chilean, and flowers Eric and Cristina had brought gave off a sweet fragrance from the center of the table. With lively conversation accompanying each course, they all enjoyed the dinner from beginning to end.

"Cristina, I have a surprise for you, a special dessert in your honor," Mariá said as they removed the dinner plates together. "Since Eric told me you were Central

American, I made a three-milk cake for you. I hope you like it."

"Oh, I'm sure I'll love it. I do hope inviting me to dinner hasn't been a great bother for you both."

"Not at all. Listen, my dear, my goddaughter's sister-in-law is Guatemalan, my neighbor is from El Salvador, and they taught me to make this cake specially for tonight. As for bother, I'd like you to know, or rather, to feel, that you are in your own home here. I know that you were alone in this city but now you are no longer. Now you have us," Mariá said from the depths of her heart. And she went on. "I hope you won't mind my sticking my nose in, but I want you to know that Eric really loves you. I know it because I have never seen him like this. You are the one we were waiting for to make this family complete. Please come and visit us often. You now have a grandmother here in Washington."

"Thank you so much, *Abuela* María," replied Cristina in such a faint voice that she could hardly be heard, as she wiped away a tear.

"Come here, my little girl, and let us dry those tears," Mariá said, taking a handkerchief from her pocket, "and, another time when the men aren't here, I want you to tell me about your little daughter. Eric told me that she lives with your mother and your brothers. I would like to sew some clothes for her, so I want you to help me choose what to make and, if you would like, we could do it together."

"I would be delighted. I'll come to see you soon, and it will be a great pleasure for me. Can I help you prepare the coffee?"

"Sure. Put on some water to boil and we'll go back to the table so you can try the cake."

"I'm so full, I'm not sure I'll be able to eat much more," Cristina said, carrying plates of dessert to the table, following Mariá.

"How can you be full?" Mariá asked, and turning to her grandson, added, "Eric, this child is so thin and yet she doesn't want to eat any more. You'll have to make sure she eats well, do you hear?"

"I think she's perfect, *Abuela,* and I don't want to change anything about her," Eric said, as he kissed Cristina on the cheek, realizing that his grandmother and his sweetheart had hit if off perfectly. "As a matter of fact," he went on, "I have already asked her to marry me, but Cristina insists that we wait. Now, it's up to you and Grandpa to help me get on the right side of her, so that she'll accept me. I just can't wait for her to be my wife."

"I really don't know how much help we can be to you, Eric," Pepe said good-humoredly. "It's obvious that Cristina is an intelligent woman, and if she wants to wait it's because you haven't convinced her. You'll have to make yourself worthy of her, like I've been doing for the last forty-five years to convince María not to leave me."

The pleasant evening drew to a close. The grandparents said goodbye to Cristina with hearty embraces waved to her from the door as they watched the couple walk to the car together, enveloped in that special aura that people call love.

"What did you think of my grandparents, darling," Eric asked, though he already knew the answer.

"I think they're wonderful. I felt at home from the first moment, as if I'd known them always. Particularly Mariá, who was like something magical."

"I'm sure they feel the same. I don't know whether my grandmother believes in that kind of magic or not. But on the other hand, I'm sure she thinks you came into my life because of her prayers to Saint Anthony. She, more than anyone else, wants to see me married and with a family for her to love and care for."

"Sounds like a perfect plan to me," Cristina said simply.

When they got to Cristina's house, in spite of the late hour, the couple still found it hard to part. They knew that the night would be long and cold if they had to pass it alone.

"I don't know what it is that I will miss most tonight, Cristina, whether your kisses and caresses, or your warm body close to mine. You can be sure I won't be able to sleep thinking of the days in paradise we had together. But I repeat my promise that we will have many more."

"I am going to miss your green eyes, Eric, your voice, and your skin brushing against me," countered Cristina.

"I would like to blot out the world beyond this car and undo the buttons of your blouse so I can kiss you a thousand and one times. I would like to see your face as I am giving you pleasure. I would like to feel your lips taking pleasure inside mine."

"How? Like this?" Cristina asked sensually, pressing her lips against Eric's mouth and kissing him passionately.

The hour they spent in the car sharing sweet, lingering kisses passed like only minutes to them. Finally, realizing that very soon the two of them would have to break off and return to their daily routines, Cristina pulled away, thanking him for the most beautiful days of her life.

"I love you, Eric. I love you more than it is possible for me to say. I want you to remember that always." And she left the car to return to real life. That night, Cristina shut her eyes and tried to imagine Eric beside her. She ran her hand over the pillow as though she were smoothing his hair, smiling as she remembered the delicious moments and the laughter they had shared during the week. She picked up Loli's photograph and said to it, "Loli, I found the best father in the world for you. But I don't know whether we can ever be a family the way he wants. If you knew him, you would love him as much as I do."

Before going to sleep, she thanked the Virgin for having sent Eric and his grandparents to become part of her life. "Thank you, dear Virgin. I have never been as happy as I was this week."

Meanwhile, Eric, in his bed, was trying to fall asleep, but the absence of Cristina's closeness and warmth would not let him. On one side of the bed he found the newspaper that his grandparents had saved for him that carried the photograph of the dinner dance, and he was surprised once again at the perfect beauty of his sweetheart. He studied every detail of Cristina's face very closely, and felt a physical ache at not being able to have her close to him. *I love you, Cristina,* he whispered to himself. He noted the blue silk dress that Cristina had worn that night and recalled their first night together before the fireplace. Excitement mounted in his body at the mere memory of the moments of passion he had shared with Cristina. *I can't live apart from my sweet darling. I don't want to wait . . . I need you by my side like I need the very air I breathe.* That night, Eric dreamed that he was running through a long hallway trying to find Cristina, but behind each door he opened there was nothing. His desperate shouts echoed in the hallway as Eric sought his beloved, but was unable to find her in the dream. Cristina had disappeared.

Eleven

"Hello, Luis, can you hear me?" Jorge shouted into the phone. "This is a bad connection, talk louder. Yes, I'm still in Washington at Manuel's house. I already talked to the lawyer Adams, and I have a meeting tomorrow with some others. It looks like there are quite a few couples waiting for the deal. It's moving nicely. You take care of your part. By the way, how many 'packages' we will have to send? And are the immigration papers ready? Good. Listen, Luis, it turns out that Cristina Ortiz ended up in this city. By coincidence I happened to see her picture in the paper. I've been asking around and it seems she hasn't opened her mouth. People know where she's from and that she has relatives in San Cristóbal, but that's all. When I'm back in San Cristóbal I'll wind up this one little outstanding matter. You got nothing to worry about. She didn't see me and doesn't know I'm here. . . . No, Manuel has no idea how we know her, only that if she doesn't show up in San Cristóbal he'll be out of a job. Okay, tell the mayor I'm bringing him his cigars . . . a present. So long brother, I'll be back in a few days. I'll let you know so you can send the driver to pick me up. So long." Jorge hung up the phone.

"Okay, Manuel, tell that Carmen of yours to fix me something delicious for breakfast. I've really got an appetite now. And tell her to make it fast because I can't be late for my appointments today," shouted *Don* Jorge from his room in Manuel's house.

"You heard the message, now, my dark beauty. So, get up and shake a leg. Get your clothes on and prepare *Don* Jorge a nice breakfast," Manuel ordered Carmen as she began shaking herself awake. "Seems like he woke up in a good mood and I don't want it to change. That man has our future in his hands, so get with it!" he added, pulling off the blanket and giving her a playful bite on the hip.

"Okay, okay, okay! A person can't sleep around here! But I tell you one thing, Manuel, if he leaves the whole breakfast on the table again without even tasting it, I'll see to it that he eats it, whether he wants to or not. Do you understand?"

"Carmen, don't forget that you have to talk to your girlfriend about going out with us. Got it, *gordita*?"

"All right. All right! This is the first time I've ever seen you so interested in a Christmas party. I'll give her a call the first chance I get. I hope her boss won't mind my calling her at work." And off she went to the shower, growling to herself, "Men! Nothing but headaches! They're always after something."

Meanwhile, Cristina was out very early that morning, enjoying the beauty of the garden as if it were the first time she had seen it. The trees with red leaves, a kind that didn't exist in her country, especially caught her eye they seemed to have been painted by people in love. Surrounding the trees, marking them off from the rest of the lawn, she admired the rows of yellow and ochre flowers proclaiming an autumn at the peak of its splendor. It seemed to her as though the entire garden was welcoming her.

She sang out loud as she removed the infant from its cradle and as she gave her big brother his breakfast. Cristina's happiness was so contagious that it made the children laugh and beg her to keep on singing. "I'll sing all you want," she told them, "and then we'll go for a walk. It's a very beautiful day."

"First tell us a story, Cristina," the little boy begged, as he wiped his mouth on his pajama sleeve.

"All right. I'll tell you a lovely one. But give me that little mouth so I can clean it off with the napkin. Just like this! All right, now. This is the story of a girl who fell in love with a prince. His name was Eric, and the girl once went to a dance with him . . ."

"I know which story that is," the little boy shouted excitedly. "It's the story of Cinderella."

"No, my dear," Cristina smiled, "it's like Cinderella but different. It's the story of a woman named Cristina, like me, who went to her weekend job and without expecting anything out of the ordinary, met a prince who was sick in the hospital."

"And did he die?" the little boy asked in a sad voice.

"No, my dear. He got well right away. This prince had eyes green as emeralds, and he was so brave that they gave him a prize and a dance in his honor. The prince took Cristina to the dance, and there she became a princess."

"Did he take her there in a pumpkin?"

"No, in a car. But it was the most beautiful dance of all the fairy tales. With elegant people in beautiful clothes, and music, and lots and lots of food, and waiters in uniform."

"In soldier uniforms?"

"No, dear, you're making me laugh. In waiter's black and white uniforms."

"And what happened?"

"The prince and Cristina had supper, were given the award, and later went to a cabin that was a beautiful place where they danced, and laughed, and dreamed very pretty dreams together."

"And did they get married and live happily ever after?"

"I don't know yet, sweetie," Cristina said thoughtfully.

"I don't know how the story ends. But when I do know, I'll finish telling it to you. All right? Now let me take away the dishes so we can go for a walk and pick some flowers on the way. Your mama will love them when she comes home from work. Now, let's hurry and get going."

Far away from Cristina's peaceful life, Eric was back at work at the police department meeting with the new group he had been assigned to.

Ramón, his partner, said, "Look at this, Eric. While you were away, we picked up some important new information. We think they are going to make, or have already made, contact here in the city. We don't know who the lawyer is who gets the couples but we have an idea he's here in Washington. The couples place ads in the paper because they are desperate to adopt a child; they're so desperate they don't stop to consider whether the adoption is legal or not. The lawyer or lawyers contact these couples and arrange the adoption at a fee that can run into many thousands of dollars. These couples have to raise the money any way they can, and don't hesitate to get themselves deep into debt as long as they can have that child. We still don't know where the babies come from, but we are sure they don't get here legally, with the proper adoption signed by the parents. Okay, national hero, this will keep you out of mischief for a while. Incidentally, how did the vacation go?"

"I'm still not back, partner. My head hasn't left the mountains there with Cristina."

"Yes, I did notice an odd expression on your face when you walked in this morning, but I figured you had a headache."

"Very funny. Close but no cigar. Lovesick, man. It hit me hard."

"So, what are you going to do about it, buddy? We

can't have you all fogged out here in a dream of love. But you'll get over it."

"Not this time. I love Cristina like I never loved anybody before."

"Whoops, the word for that is 'romantic!' What did you in, man? And just when I was about to invite you out to a bash with a couple of real beauties."

"Thanks, pal, but no. You can count me out for good as far as that goes. I'm all for Cristina and nobody else. And the sooner she accepts me, the better. Look, before I buckle down to work on this case, now, I want to hear her voice and make sure she's okay."

"Make sure what? Really, buddy, you've got it bad. Don't get her too used to it."

"Just the opposite. I want her accustomed to needing me, the way I need her. See you in a little bit. I'm going to give her a call."

His heart beating fast, Eric went to the phone. "Good morning, could I please have a word with Cristina?"

"Hello," answered Cristina.

"How are you, my love?"

"I'm fine, thanks, Eric. And you?"

"Not fine, Cristina."

"What's the matter with you?" she asked in a worried tone.

"Everything hurts and bothers me. Particularly my eyes."

"What's wrong with your eyes, darling?"

"They need to see you. They can't get used to your not being there."

Cristina laughed gaily. "You frightened me, Eric. I don't want you ever to get sick or to feel bad. I want you to be happy."

"If that's the case, you will have to see me tonight. Otherwise, I can assure that I will be suffering, I might even have a fever. There's nobody near me now, Cristina.

Can I tell you, down to the last detail, how much I missed you last night when I couldn't sleep?"

Feeling her cheeks turning red and not wanting the cook to be imagining things, Cristina said, "Eric, I can't talk right now. I'm getting ready to go out with the children."

"With the children and not me? How can that be? What must I do to convince you?"

Excited by the mere sound of his voice and realizing that she was missing him just as intensely, she sighed, and said, "All right. Come by for me at eight o'clock when I'm through with my work."

"Where would you like to go?"

"Wherever you want. Wherever we can be together and talk."

"Sounds fine to me. I'll take you to supper at a good Mexican restaurant in Bethesda that has an excellent trio. How does that sound?"

"Sounds beautiful."

"Or would you prefer Italian and I'll sing opera for you?"

"No, darling. I think I prefer trios and better still if you'll sing along with them."

"Perfect. I'll be by for you at eight. And," he added tenderly, "Cristina, I love you. I can't sleep apart from you. I need you in my arms, to breathe in your fragrance. I need to touch your body, feel your breathing close to me. Do you understand how I feel?"

"See you at eight, Eric. I love you, too," whispered Cristina, trying to keep the cook from overhearing. She hung up the receiver slowly, feeling a sweet warmth flood her heart.

Twelve

"Flowers again, Eric? Thank you. They're lovely," Cristina said, as she opened the door to him.

"It's only what you deserve. Come close and kiss me, my love."

"No, Eric, not here in the house. Let's get going," she said, taking him by the hand. She called out a goodnight to the family and they left.

"You're going to enjoy this restaurant, Cristina. They know me there; I go there a lot. We'll celebrate."

"Celebrate what?"

"Our love." Taking her in his arms, Eric kissed her on the lips in a way that made Cristina understand how much he had missed her during the hours when he did not have her close to him. Only a few hours had passed since the last time she was in his arms, yet it seemed to him that his body was in pain when she was not near.

"Come right in, sir," said the maître d' as they entered the restaurant. "This way, Señorita. We've been expecting you and saved you a good table. Make yourselves comfortable and a waiter will be right with you."

"How was work today, Cristina?" Eric asked as he helped her off with her coat.

"Good. The children behaved beautifully. I took them around for hours. The park seemed lovelier than ever."

"Everything looks better and more beautiful to me, too. I even enjoyed the food in the station's cafeteria, can you imagine? It must have something to do with my feelings for you."

"And how did things go with you at work, Eric?"

"Good. We're beginning a new investigation, and I'm being given a lot of responsibility. It's going to be a tough case and might not turn out well, but I prefer that to being bored on the job. My grandma told me to ask you if you would like to visit her this Saturday. I think she mentioned sewing something for Loli. She also said that if you had a recent photo of your daughter to bring it along. That would make it easier for her to decide what to make for you."

"Yes, please tell her I would be very happy to. I have to find out what time I'll have to be at the hospital, but I'll stop by to see her before I go."

"And do you think you could get off work at the hospital next Sunday? I have to go to the stables where they train the police horses. I thought we could eat somewhere in the country and go riding. How does that sound to you?"

"I'd love it. When we were little, my brothers and I would help take care of *Don* Luis's horses—he's the richest man in our village. Sometimes he'd let me take one of the horses and ride way up into the mountains."

"How nice. Then we have a date to spend next Sunday in the country."

"Do you remember my friend Carmen, the one who lent me the angora sweater to take on our trip?" asked Cristina.

"Not very well. Why?"

"She called me today and asked if I wanted to go out with her and her boyfriend Manuel. I told her that next week I'd see. Carmen has invited me out with her many times, but I never accepted because I don't really like the kind of people she goes around with. But this time it's different."

"Why different?"

"Because this time I can go with you and I don't care who else is along."

"Have I told you yet that I love you, Cristina?" Eric asked, kissing her sweetly on the cheek. "I'll go with you wherever you say. If you want us to go out with them, we'll go, of course. Where do they want to go?"

"I don't know, but I'm sure it won't be anything formal. They say that Carmen's boyfriend has money, but I don't know anything else about him."

"Okay, then. I'd love to meet your friends. Who is your other friend here?"

"My cousin Rosa. She arranged for me to come to Washington and found me my job."

"Then, of course, I must meet Rosa and thank her for bringing you here. I owe here a lifelong favor. Tell me more about Loli, darling."

"She's a little angel. She's walking already and talks, and they say that she is a wonderful little girl. That she tries to help her grandmother in the house. I would have loved to see her take her first steps and hear her first words," Cristina said sadly.

"Does she look like you?"

"Yes. People say we're exactly alike."

"You miss her a lot, don't you, Cristina?" Eric asked, squeezing her hand lovingly.

"Oh, so much! Never a night goes by that I don't wish I had her in my arms and was putting her to sleep, enjoying the sight of those long eyelashes and her beautiful smile that seems to always be there until she finally falls fast asleep. Especially now that Christmas is coming and everybody is preparing to celebrate with their family, I miss her even more."

"And do you miss your daughter's father?"

"I loved Juan Gabriel when were children and he was always my friend. But, I think that more than anything it was the habit of our being together that made us decide to marry one day."

"You didn't love him?"

"The way I love you? No. I loved him in a different way. I never loved anybody the way I love you, Eric, and I don't think I will ever love that way again."

"You are not going to have to love anybody else like that, Cristina. I am going to make you so happy so that you will never stop loving me. I also promise you that one day we are going to bring Loli here. I give you my word on that. I will stop at nothing to have her with us for good," he promised, kissing her hand tenderly.

Thirteen

That Saturday morning, Eric stopped by to pick up Cristina and take her to visit his grandmother. The house looked as neat and shining as on the night they had all had dinner together. Mariá clearly took pride in her housekeeping. Everything was where it belonged, giving an overall impression of comfort and good taste. Cristina thought that if she were to have a house one day, it would look very much like this one, which radiated human warmth. There was neither too much nor too little there.

"Come in, *mi hija,* I was waiting for you," Mariá said as she opened the door for them. Since I don't sleep much, I've been waiting to see you since early this morning. What time do you start work at the hospital?"

"At three-thirty, Granny María."

"Oh, that's fine! Look here, then, Eric. You and Grandpa leave us alone with our sewing. The two of you had better keep yourselves busy for a good long time. Cristina and I will get to work now. We'll have a bite to eat later, and after that you can drive her to the hospital."

"Look here *Abuela,* that's a pretty long while that you're stealing her from me, wouldn't you say?" Eric said, winking an eye at Cristina.

"No, I would not, sonny. After the hospital you can invite her anywhere you please. So, be on your way, we have a lot to do," ordered Mariá, shooing him away with both hands.

"Did you bring the photo, Cristina?"

"Yes. Here it is, *Abuela*. My brother sent it to me not long ago. Just look at her!"

"My, my, you have a gorgeous daughter! And she's the image of her mother."

"That's what everyone says."

"Look, I have some very pretty dress patterns for little girls. Let's go through them and pick one you like best. Besides, I bought some bright, colorful materials that will be easy to work with."

"Goodness, how much did you spend?"

"Now, don't you worry your head about that, my child. It's all in the next room where the light is good and we can see everything better, including the photo. That's where I keep my sewing machine."

Mariá installed herself at the machine, setting up Loli's photograph in front of it. Cristina spread the patterns out on the carpet, excitedly imagining her Loli wearing the adorable little dresses.

"I don't know which to pick, María. I like all of them for my Loli."

"That's the way it is, Cristina. One wants everything for one's children to be beautiful and good. That's why I want you for my Eric's wife. Because you are very lovely outside and inside your heart, too," she said to Cristina, seated at Mariá's feet, as she lovingly stroked her lustrous hair. "Tell me, my child," she continued, "What is it that worries you so much? Even though you are so happy being with Eric, I can tell that there is something weighing on your mind."

"I worry about being separated from my daughter. I worry because my mom is getting old and I am not there for her, to help her. You understand how it is. I worry about keeping my job so I can help my family."

"Are you sure that's all? I would like to be able to help you, my child. I can see that you carry a heavy weight on your shoulders. Eric doesn't see it because he is blinded by love and by your beauty. Or maybe because he is very young and sees what he wants to see. But I feel in my heart that you are bearing a cross. Is there anything I can do to help?"

"Oh, thank you, *Abuela,* but no one can help me. If I were to talk to you about it, the problem would get worse. As long as I keep quiet, nothing will happen. It's better like that, believe me."

"Very well, my daughter. I just want you to know that I am here to help you whenever you say the word. I knew that when Eric fell in love, things would move along swiftly. Never, though, did I imagine that Grandpa and I would go crazy about the bride so soon. You have already become a member of the Gómez family."

Cristina got to her feet and hugged the grandmother tightly to her. She would have liked to share what she knew with her, about what really went on at the clinic in her village, but the risk was too great. Perhaps she might even stop loving her, were she to know more.

Granny returned the embrace just as intensely and said, "All right, now, enough of this sentimental stuff! Let's get down to work. Look, how about this little yellow-and-white dress? Do you see the ruffles on the sleeves? If we do it in this other style, it will be a darling dress and good for a hot climate. What do you think of this other blue one? It will be just the thing for going to church. And there is other one here that I like very much. Look at this illustration of the little red dress with bears and little dolls. Think she'd like it?"

"I'm sure she'd love any one of the three."

"None of that, my dear lady. If we put a wiggle on we can make them all. Look, you can help me cut, following the patterns. I'm too old now for clambering around on the floor. I'll sew it up here on the machine. We'll finish them up in no time, you'll see. And Eric can ship them off on Monday."

"That won't be necessary, María. I can mail them myself. There's a post office near the hospital where I work. You are all doing too much for me as it is."

Happily, the two women set about their dressmaking, raising their voices together to sing along with the familiar tunes playing on the Latino radio station, and laughing with the pure enjoyment of their togetherness.

"But, my goodness, just look!" Mariá exclaimed, pointing at the wall clock, "it's two o'clock already. Let's have something to eat, you must be starving. And Eric will be coming around any minute now to drive you to the hospital."

"Just a second, *Abuela*. We've almost finished the last little dress. You are an unbelievable seamstress. You turned them out so fast, and they're so pretty! The dresses I've gotten for Loli before were not nearly as nice and were very expensive. Thank you so much!" Cristina said, holding up the little yellow dress for them to admire.

"I'm so glad that you like them, my dear. Come, let's go to the kitchen and fix ourselves a bite. What would you like?"

"Whatever you usually have would be fine."

"Well, now, I have chicken left over from yesterday's supper. Also, I have beans and some vegetables. How about something like that?"

"Sounds great. Just don't serve me too much. Eric and I are having supper with my cousin later, and I don't want to arrive on a full stomach."

"But, my goodness, dearie, you won't be eating again until late, and how are you going to be full if you eat now at two in the afternoon? Oh, you youngsters! You'd think you were born without stomachs," said the grandmother, laughing, as she removed dishes from the refrigerator.

As Cristina set the kitchen table, Mariá quickly prepared the simple meal.

After they finished eating, Cristina said, "Mariá, how would you like me to make some tortillas for you, real quick?"

"Don't tell me you know how to make tortillas!"

"Of course I do! We eat nothing but tortillas made from scratch in San Cristóbal. Just show me where the dough is and I'll have them ready for you in no time. And they'll be delicious!"

"Mmmmm . . . ! Is that tortillas I smell cooking in the kitchen?" Eric called out from the front door. "I'm back, and from the look of things, just in time. Mmmmmm! *Abuela*, won't you let me have some *frijoles*? I haven't eaten yet."

"Ask Cristina if she'll give you some," his grandmother answered as Eric walked in, "she's fixing lunch. Why do you look so surprised? Did you think she's just a pretty face, and can't do anything? Or what?"

"No, of course not. It's that every day I find out something new about Cristina that makes me happy. And the only thing missing that would make me absolutely happy forever is homemade tortillas.

"What do say, darling? Won't you fix me a taco of frijoles? I'll eat quick, and then we'll be on our way. Have you both eaten?"

"Yes, Eric. And look, I want you to see the dresses *Abuela* made for Loli."

"What do you mean '*Abuela* made?' " the grandmother interrupted. "*We* made, is more like it. We both sewed them. Next time, if you want, we'll make something for your mom. You decide what you would like to send her."

"Thanks, Mariá. I had a lovely day visiting with you. I enjoyed it so much and I'll be back again very soon. Here's your taco, Eric. Eat up, I don't want to be late getting to the hospital."

"See that, *Abuela*? And you keep saying what a sweet little thing Cristina is. Just listen to the way she bosses me around!"

"Get a move on, boy! Drive her to her work so she can take care of other patients the same way she took care of you in the hospital."

"No, no, no! None of that! Right, darling? You couldn't take care of anybody else the way you did me, right?" laughed Eric, as he put his arms around her and hugged her tight.

"Bye, bye, Granny, and thanks again, so much, for everything," Cristina said seriously as she planted a kiss on her cheek.

"*Adios,* old dear," Eric said, kissing her on the other cheek.

"*Adios,* children, and God bless you," answered Granny with a big, bright smile, "and may you always be this happy. Oh, and just a minute, Cristina, you're forgetting Loli's photo. I'll get it for you."

"No, Granny, it's for you . . . a present. I'll ask my brother to send me another one."

"Did you enjoy being with my grandmother, Cristina?" Eric asked in the car.

"Very much, my love. When I'm with her, I feel as though she's my real grandmother."

"Do you have one?"

"My grandparents were living in my house when I was very little, but now I have hardly any memories of them. Soon after they moved in, my aunt, Rosa's mother, took sick and they went to her house in the capital to help out with the children. My aunt died very young and my grandmother raised Rosa. When my grandmother died, Rosa came to the United States, and now she has been living here for quite a few years and is always sending back money to help support her brothers."

They pulled up to the hospital. "Well, here we are,

sweetheart. I'll come by for you later, and we'll pick up Rosa and go have dinner."

"Sounds lovely. Rosa was very happy that we invited her."

"And are you happy, too?" Eric asked, as he lowered his lips flirtatiously towards hers.

"Of course. I always enjoy eating out," Cristina laughed. Taking Eric's face between her hands, she leaned over to kiss his lips as she whispered, "I'm happy I found you, Eric. I'm happy you found me, and that you love me as much as I love you." She kissed him on the lips quickly, and left the car, saying, "I'll run along. Like your grandmother says, there are a lot of other patients who need me, just as you did."

As she ran off to the hospital entrance, she heard him call out, "That's impossible, Cristina! Nobody needs you like I do."

That evening over dinner, the two cousins enjoyed Eric's good humor. Rosa was delighted to see the couple so happy, and so much in love, and wondered whether she would ever be as lucky some day.

"Tell me, Rosa," Eric said, "did you ever live in San Cristóbal?"

"No. I visited Cristina's family many times, but never lived there. I enjoyed country life very much, but never liked the way they were treated."

"Who was treated?"

"The peasants. The way they were treated by the mayor and that *Don* Luis and his family. Lots of people in the city had no money but nobody ever treated us like that."

Eric's curiosity was piqued. "What do you mean?"

"She's referring to the low wages and long hours," Cristina cut in, trying to change the subject, "but that's how it is with peasants everywhere."

"Well, the last time I went to San Cristóbal before I left for the *Yunaites,* it seemed to me that the people looked sickly, because of the tainted water, I think."

"What tainted water?" asked Eric.

"Nothing, really, darling. It was a rumor started by a reporter, wasn't it, Rosa?"

"Well, maybe it was a rumor, but my cousins were telling me that many San Cristóbal women were losing their babies, that they were born dead. I think it was on account of the water."

"Nothing was ever proved, Eric. And this conversation of ours is turning very serious. Did we come here to enjoy ourselves or to get depressed? Would you order me another lemonade, Eric, please? And tell me something. The next time we invite Rosa out, do you think we could invite your partner from the precinct, also?"

"My sidekick, Ramón. Sure, that's a good idea. But I warn you Rosa, he's a womanizer. I don't want him letting you down. He's nothing like me."

Rosa and Cristina laughed at Eric's bravado.

Eric took pleasure in making Cristina laugh and even more pleasure in fulfilling her every desire. He dropped the conversation about San Cristóbal and asked no further questions. He ordered another lemonade for Cristina and beers for himself and Rosa. He never thought about that conversation again, until sometime later, when he thought he had lost the love of his life.

Fourteen

At daybreak on Sunday, as Cristina gathered her things for the outing to the stables, she was reminded of how years ago she used to ride through the countryside on one of *Don* Luis's beautiful horses. It seemed to her as if, in the same way that she could control the gait of the horse with the reins in hand, she could control the world as well. She had no idea how she might change the life of her family, but she did know that she wanted something better for them. Especially when she saw *Don* Luis's house, the food that was served at the table, his daughters' clothes, and the library filled with books that she was never allowed to touch. When she talked to her parents, they told her that it was not a good thing to want the belongings of others. But when she chatted with Juan Gabriel, he would tell her that things were going to change. But he never did say when, or how.

Now, although there weren't as many books in Eric's house, she was certain that she could ask to read them. The food was as good as in *Don* Luis's house and, most important of all, she thought, was that she had never seen signs in *Don* Luis's opulent house of the love she felt in Eric's.

She realized that Juan Gabriel's prediction had come true. Thank you, dear Virgin, she thought, for giving me in Eric the love I always dreamed of since I was a little girl!

She arranged a basket of special treats for the picnic, making sure to include the biscuits she had baked that very morning for Eric. Even though she didn't have much money to spend on clothes, she managed to piece together a few things that seemed similar to outfits she had seen worn by women on horseback in magazine illustrations: a white blouse with full sleeves buttoned at the wrist, a brown and white vest, and close-fitting black trousers.

Her lover arrived punctually, as always, to pick her up, looking very handsome in a blue shirt, jeans, and cowboy boots. Taking the basket in one hand, he curled the other arm around her waist, and kissed her tenderly.

In less than an hour they were at the stables of the unit that trained the horses of the police department.

"Just look at them, Cristina. Aren't they beautiful?"

"Gorgeous! Are you sure it's okay to ride them?"

"Of course I'm sure, darling. I've exercised them many times. I want to show you some beautiful places I discovered around here. There are some very special views in this area."

The sun was shining despite the chill that could be felt in the fields where the lovers rode. Eric drank in Cristina's beauty, her long hair flowing in the breeze. He was also delighted by the ease with which she handled her big, jet-black mount. "You do it so well, Cristina!" he called out from beside her.

"I do what so well, darling?" she said, coyly.

"Everything. But you handle that horse as though you do it every day of your life."

"Let's see if you can catch me, cowboy," she challenged.

"If I do, what's the reward?"

"You'll have to catch up with me so I can tell you face to face," she replied, openly flirting. And before Eric could react, Cristina was off, galloping to a good head start.

"Let's go, donkey," said Eric to his horse, "my pleasure

depends on your speed!" and he spurred the animal to gallop over the broad, open fields.

When the horses seemed to tire from the cross-country race, the lovers stopped to enjoy the landscape around them.

"Just look, Cristina, there in the distance is the valley that fills with wildflowers in the springtime. We'll have to come again so you can see how beautiful it is, all blazing with color. And, how do you like the Potomac River right there below, at our very feet?"

"It's a dream. Everything's so silent. You can't see a soul in this whole valley, and from here it looks as though the water isn't even moving. It's really divine."

"Come on, my love, let's have our lunch under this big tree."

They dismounted. Eric spread a blanket on the ground as a tablecloth, while Cristina began emptying the picnic basket she had prepared with such anticipation. She took off her shoes, and Eric eased off his boots, and the lovers leaned back against the tree trunk to bask in the beauty of the quiet countryside.

"I wasn't able to get wine, so I brought you some juice," he said. Laughing, he raised his glass, and announced, "I would like to make a toast, and I want this vastness to be my witness: To the most beautiful woman there is, this woman, who is soon to be my wife. And so, I want to put into her hands a possession of mine which, although not much, is something of great value to me."

With these words, he handed Cristina the medal he was given at his graduation, and went on to say: "Take this, medal, Cristina, as proof of my love. I want you to have it, and when you see it, which I hope will be every day, I hope you will think of me. You have brought me good luck, and this medal will bring you luck in everything you do. Please keep it with you always. Later on, soon, when we are husband and wife, it will be in your room and bring luck to us and our children."

Cristina gazed at the medal lovingly, understanding the enormous significance it represented for him. "Thank you, Eric. Your medal will be with me forever. Very close to me."

Pushing the dishes aside, Eric took Cristina in his arms, kissing her again and again. He kissed her on the mouth, the cheeks, the eyelids, the ears, the neck. She returned his kisses with equal passion. "Cristina, I love you," he said as he slowly undid the buttons of her vest, helping her take it off. Next, he opened the three top buttons of her shirt, and gently stroked her breasts. Without further words, Eric finished unbuttoning Cristina's blouse while she did the same with his shirt. Unhurriedly, Eric covered her shoulders and breasts with kisses. So softly, almost inaudibly, he whispered in her ear, "Won't you show me how much you love me, my little queen? Remind me, so that I will be able to sleep in peace tonight."

"Yes, my sweetheart, I will, and I want you to show me how much you love me. Come to me, take me," Cristina said, putting her arms around Eric's neck to draw him close to her. Eric unzipped Cristina's trousers and then took off his own. With love and delight he devoured the sight of her beautiful, naked body. They locked in another prolonged kiss and together reached the heights destined only for those able to give totally of themselves. . . .

"What do you mean, Carmen, we're not going to see Cristina today? Did I tell you to make an appointment with her or didn't I? A whole week has gone by," shouted Manuel as he hurled a half-full beer bottle at the wall.

Carmen cringed. "Take it easy, Manuel. We'll see her next weekend. They already had plans for this weekend. What could I do?"

"What do you mean, what could you do, woman? You could have convinced her, you could have insisted. What do you mean, you couldn't think of anything? What are you, stupid or what? I can't rely on you for anything!" he yelled, his rage mounting.

"Listen. You've had enough to drink. I don't know what's with you, but I don't like it," she said, frightened. "I'm going home. Give me a call when you calm down. I don't like you this way."

"You don't like me this way? Don't make me laugh! Let's see if you like me better this other way," he shouted, leaping up from the couch and bearing down on Carmen to strike her. He did it so fast that Carmen was unable to defend herself. "Tell me if you like me better like this." And he hit her in the face and the belly.

"No, Manuel! Stop, please!" begged Carmen, weeping. "Yes, I like you. I'll get Cristina to go out with us real soon. Please leave me alone!" she sobbed.

When he finally left her alone, she went to the bathroom and locked herself in. She cried bitterly, and decided, as she had done many times before, never to see him again.

She cleaned up her face as best she could. Her makeup had run together with her tears and blood, leaving black smears under her eyes. *I hope this doesn't leave permanent marks on my face,* she said to herself, *I can't keep explaining to them at work that I fell down. They're not going to believe me anymore. This time is the end, Manuel. I never want to see you again. This is it.*

When she emerged from the bathroom, Manuel, as always, had calmed down and was especially affectionate.

"Come over to me, close, my gorgeous *gordita.* Let me see that face I love so much. Come on, now, aren't you gonna give us a little kiss?" he said, seizing her tightly by the chin.

She tried pulling her face away but couldn't. "Come

on, chubby one, I asked if you were gonna give us a little kiss. Don't tell me I ain't your big man anymore! Now, look at this, I've got a nice little present here to make you happy. I just wanted to see your little friend so we could have a nice party together, is all. I'm only doing it for you. Come on! Look at me and tell me if you don't want a nice party."

Slowly, Carmen raised her eyes to look Manuel in the face. "Yes," she said quietly.

"Yes, what?"

"Yes, I want to have a nice party."

"And you understand that we have to be sure who all we are going to invite so that it will be a nice party, isn't that right?"

"Yes."

"Then, why do you act like a wildcat towards me, telling me that you don't like me anymore? Don't you realize how it hurts me to hear you say you don't like me?"

"Yes."

"I want you to like me very much, Carmen, the way I like you."

"Do you like me very much?" Carmen asked, her voice indicating that she was almost ready to forgive him again.

"Do I like you? But, my dark lovely, take off what you've got on and I'll show how much I like you. Where do you want us to start?"

"Anyplace you want, daddy boy," Carmen said, pleased to be liked again, no matter what the price.

"That's fine, my dark one, I forgive you this time. But I want you to make that appointment with your friend Cristina tomorrow, without fail. Do you understand me? And now let's go to bed so I can give you the little present you're really gonna enjoy. . . ."

Fifteen

"Silence, if you please, and be seated. The meeting will now start, it's getting late. Holding meetings on Mondays was a bad idea. Please come to order or I will have no choice but to call the police." Everybody laughed at the Police Captain's joke and settled back in their cold, metal chairs.

"We are going to open up a case once more that we had considered closed. Roughly one year ago, we received a telephone call from a man who notified us of a business being organized to send children illegally to this city for adoption here. Do you remember that? We did not hear from that person again. He refused to give his name so we only knew that it was a long distance call placed in Central America. Since we didn't hear from him again, we thought it might have been just a nuisance call and we didn't pursue it. However, we have now received another message. The caller did not want to leave his name this time, either, but I do not believe it was the same person. He said that the business was about to be launched again, and that if we did not put a stop to it many people would suffer. But again, no identification."

"Why are we getting mixed up in this when we are not authorized to participate in international cases?" one officer asked.

"Because the children are to arrive here, in the United States."

"Anywhere, or just in Washington?"

"We don't know."

"Who is the contact here in the city?"

"The informant told us that it is a lawyer by the name of Adams but, we weren't able to get anything on him."

"Are there any others?"

"We don't know."

"How many children have they sent?"

"We think it's something that is just getting started."

"How much will the adopting couples be paying?"

"We estimate in the area of tens of thousands of dollars, but have no exact figures."

On hearing Central America mentioned, Eric, of course, began taking a close interest.

"Okay, any questions?" asked the Captain.

"What's the point of our asking questions? Do you have any answers?" needled a voice in the rear, provoking general laughter.

"Eric Gómez will head up the investigation. Get organized around him. If there are no more comments, we can consider the meeting closed."

"Hey, pal, where do you want to get started?" Eric asked his buddy Ramón as they were leaving the room.

"At breakfast, I guess. Let's go, man."

The pair went off to the coffee shop across the street from their office.

"I think we ought to pay that lawyer Adams a visit, and the sooner the better. We should be able to pick up some leads in his office. Before anything, let's pick up search warrants."

"Bring us scrambled eggs and two cups of extra-strong coffee, sweetheart," Ramón told the waitress," I have a mean hangover."

"What, again?" Eric asked.

"Since when did you sign on as my guardian? Oh, I

know. Ever since Cristina dropped out of the sky to convert you into an angel. I forgot."

"Speaking of Cristina, she asked me to introduce you to her cousin Rosa."

"You can stop right there! If they asked you to introduce her to me, it sounds like she must need help, right?"

"Well, I really . . ."

"Come on," cut in Ramón, "don't sugar-coat the truth, and don't be telling me that she is 'very smart', has a 'great personality', or is a 'terrific cook'. What does the cousin look like? That's what interests me. As you may know, I happen to have very refined tastes in that area, so let me have it straight. Or better still . . . you may still recall the kind of girls we used to take out when we were on the town together, long, long ago, like maybe two months back, or don't you?"

"Yes, I do."

"Well, now, make a comparison of those girls with this cousin and tell me, is it worth my while to invest my precious time in going out with the young lady? Don't be thinking of making Cristina happy; consider your buddy, and give me your answer."

"I think that . . ."

"Listen, Eric," Ramón cut in again, "I'll do you the favor this time. You don't have to lie to me, your best buddy, just to please your sweetheart, I'll go out with you two and the cousin just to prove to you that we are still pals, even though you cast me aside for Cristina."

Eric smiled and replied, "I was about to say that I think Rosa will surprise you."

"Yes, I can imagine the shock I am going to get. I ask only one thing, that you tell her I can't stay very long because I happen to be very busy. Are you on? And another thing, I don't want any fancy place where I'll have to shell out big bucks. When did you say we're going out?"

"Whenever you say, my friend."

"Fine, at least you haven't set the date. And grant me the consideration of my deciding something for myself."

"How about Saturday night? Cristina gets very tired weekday nights, and doesn't . . ."

"Oh, boy, here we go with Cristina again. Okay, never mind, Saturday it is."

"What do you say I pick up Cristina and Rosa and we meet at my house for a drink before going out? My grandmother has been asking for you and that way we can kill two birds with one stone."

"Sounds great. I've been wanting to see the old folks, myself. Tell Granny that I haven't had an invitation to dinner in a long time. Must be like two months. . . ."

Eric laughed. "You know very well, pal, that you don't need an invitation. You are always welcome. And I'm sure that when you meet Cristina, you'll flip for her, too."

"Yes. I heard she was the hit of the dance."

"Too bad you couldn't go. It was a great evening."

"Just as well I didn't, partner. If I had, Cristina wouldn't have given you a tumble."

"Very likely, but since she doesn't know you, she loves me. Rosa's not bad at all, you'll see."

"You're on. I'm not backing out because I gave you my word, brother. But, first you tell me she's very good, and now you come out with she isn't so bad. Uh, oh! I can imagine. . . ."

The two friends finished breakfast and went on to start the investigation.

"Good morning, Mr. Adams, this is my partner Ramón Taylor, and I'm Eric Gómez. We're police investigators."

"Come in, gentlemen, what can I do for you?"

"We understand that you specialize in adoptions."

"That is correct."

"Where do these children come from?"

"From here and many other parts of the world. You can't believe how many parents want to . . . well, rather, have to . . . give out their babies for adoption. Why do you ask?"

"We're asking the questions here," Eric said dryly. "How many would you estimate do that?"

"Lots, Mr . . . Goomes . . . did you say?"

"Gómez. And who are the people who adopt the children?"

"Oh, all kinds of people, but mainly couples between thirty and forty years of age who can't have children of their own."

"And will pay any price. Isn't that how it is?" Ramón asked curtly.

"Well, the price varies considerably."

"Give me a figure. What does it cost to adopt a baby through your office?"

"I already told you, it varies but in general, it isn't very much because we don't do it to make a lot of money but to help people," the lawyer said, smiling calmly.

"Do you work alone or with other lawyers?"

"Alone. I contact adoption agencies all over the world and represent the couples here."

"Could you show us some sample adoption papers?"

"As you can appreciate, all information is strictly confidential and private. What is it you are looking for?"

"We'll let you know what we are looking for when we find it, Mr. Adams. Let's get going, Ramón, we have a big day ahead of us. And remember this, Mr. Adams, what you are doing is against the law and against human decency. We are going investigate you with a fine-tooth comb and, believe me, neither Mr. Taylor nor I, Gómez, believe in halfway measures. Ever. You get my drift, right?"

"Sure, I understand, Goomes. And like I told you,

there's nothing illegal in what I do. I make a lot of people happy."

"Yes, Adams, I'm sure you must," Ramón said as he followed Eric out of the lawyer's office.

"What do you think?" Ramón asked in the car.

"I don't know yet, but we're going to find out. Let's get the newspapers and check out the adoption notices. I'll bet you we can pick up an address or some trail that'll get us started."

"You're on. And buy me a pack of cigarettes while you're at it."

"Weren't you going to quit, Ramón?"

"Yes. I quit all the time. I quit smoking a week ago, last Monday morning. But I was back on the hook Monday night. And, can you believe it, the same thing happened to me the week before that."

"That's no good! What you need is motivation."

"What do you mean, motivation?"

"Having a good reason to kick the habit."

"As, for example, I quit smoking to please *Cristina* . . ."

"No, partner. Cristina doesn't care whether you smoke or not. Better look for some other reason."

Adams lost no time in picking up the phone to notify Jorge about the detectives' visit. "Hello, I want to talk to *Don* Jorge. He left me this number to reach him at. Is this Manuel? Oh, all right, he told me that you would be answering. Tell him to get in touch with Adams, that it's urgent."

Back at his office, Eric had a good excuse for calling Cristina.

"Hello? Oh, my sweetheart, how are you?" Eric asked, thrilling to the sound of his beloved's voice.

"I'm just fine, Eric, but the children have colds, so I'll have to stay in and keep them entertained."

"How do you do that?"

"I tell them stories, sing to them, we play together, I give them their meals. You know, the things that little kids enjoy."

"I don't know what amuses little kids, but I do know what the bigger boys like. You sure know how to keep me entertained."

"I'm glad about that, my big boy."

"Listen, sweetheart, I called just to let you know that Ramón will be going out with Rosa and us this Saturday, like you asked me. I'll pick you both up and we'll all meet at my house. We'll have a drink and something to nibble on and then we'll be off for supper and dancing at a very nice place on Seventh Street where they have Brazilian music."

"Oh, yes, I've heard about it. Carmen told that it's a lovely place and that the dance music is terrific."

"Good. We'll have fun."

"How about inviting Carmen and Manuel to come along with us?"

"Sounds good. That way we won't have to see them on Sunday and I'll have you all to myself. Do you think you could get off from the hospital for the day?"

"Again, Eric?"

"Again, darling. I assure you, you won't regret it. I want to take you to Annapolis. Have you been there at the seaside?"

"Yes, the people I work for took me along with the children and I enjoyed it a lot. Won't it be cold by the water?"

"Maybe. Just bundle up. Some friends there have a boat they're lending me so I can take you sailing. That is, if it doesn't get too cold."

"Do you know how to sail?"

"Yes, there isn't much to it."

"Excuse me, Eric, the baby is crying. I'll have to get off the phone. Take good care of yourself, my love."

"Goodbye, Cristina." Eric hung up, feeling disappointed at not being able to be with his sweetheart that day.

If they were married, he thought, work would keep them apart during the day, but they would spend the nights together and enjoy their love and closeness. He decided to talk the matter over seriously with Cristina the following Sunday. Perhaps, she would like the idea of quitting her job and devoting herself to a family of her own. They could bring Loli to live with them and he would let her decide whether she wanted to go on working or not. He had to convince her to be his wife as soon as possible. Every day without her seemed a day lost to him. Sunday! Yes, he would propose to her that very Sunday on the sailboat.

"Come to me, my little dear, and don't cry," Cristina said to the baby as she lifted her out of the crib. "Your nose is all stuffed up and you can't breathe, poor little thing. Let me see, I'll try to clear out your nose and that'll make you feel better." Cristina carefully washed the child's face, then sat in a rocking chair, cradling her in her arms. The swaying of the chair, the warmth of Cristina's body, and her unstuffed nose made the little one feel much happier and, closing her eyes, she soon fell asleep.

Cristina looked lovingly at her. *I have this baby in my arms,* she thought, *giving it love, something I can't do with my own daughter. Would somebody else be loving my Loli like this?* She knew that her family worked very hard to survive and that they had little time for playing with Loli or singing to her, even though they loved her very much.

What if I married Eric and we had Loli with us and Eric's grandparents? She imagined María embracing Loli and a tear coursed down her cheek, falling on the pink coverlet over the infant in her arms. *What would it be like?* And she shut her eyes, imagining life as Eric's wife, completely out of danger. *No,* she said to herself, opening her eyes, *I can't think of that. It's only a dream. The story of Cristina and Eric won't have a happy ending like other fairy tales.*

The following day, Cristina went to the park with the children, where she ran into Rosa swinging the little girl she was taking care of who lived near Cristina.

"Hi, cousin! Thanks for the supper on Saturday. It was fun. Say, what a lovely couple you and Eric make! It's like you were born for each other."

"Think so?" Cristina said, in an indifferent tone of voice.

"Cristina, what's with you? Is it that you don't love him and don't want to marry him? Listen, the guy is crazy about you," Rosa said.

"Of course I love him, Rosa. I love him with all my heart but I can't marry him."

"And why not, woman? Or are you just with him to have a good time?"

"No, Rosa. I told you I love him more than I thought it was possible for me to love anybody. But there are things that . . . things he doesn't know . . . and I don't want him to know. . . ."

"Like what things? Listen, if you think it means anything to him that you come from the hills and not the city of Washington, I can assure you . . ."

"No, Rosa, how can you suggest I would think anything like that of Eric?"

"Then what are you talking about, woman? It sounds like you're touched in the head about something. Could it be maybe that love itself has affected your brain?"

"Speaking of love, Rosa, you'll be going out with Eric's friend Ramón, on Saturday," Cristina said enthusiastically.

"The womanizer Eric mentioned?"

"That one."

"And what makes you think I would want a womanizer with a bad reputation to take me out?"

"Because Eric already invited him."

"Listen here, cousin, I'll go only because I don't want to let you people down, but that will be the first and last time I see the guy. I can just imagine that character. And where will we be going? What do I wear?"

"First we meet at Eric's house and then all go out for dinner and dancing. Carmen and Manuel are coming, too."

"Say, I saw Carmen yesterday in the supermarket. She looked awful."

"What do you mean? What happened to her?"

"She fell down, I don't know where."

"Oh, that Carmen . . . she should watch her step or one of these days she'll be breaking a bone."

"Absolutely. We ought to tell Manuel on Saturday that he must insist that Carmen be more careful. You still didn't tell me what I should wear to meet this Ramón?"

"Didn't I hear you say you weren't interested, *prima*?"

"Of course, I'm not interested. But I also said that I didn't want to let you people down. That's the only reason I want to look my best."

"Oh, okay. I get it," laughed Cristina, putting her arm around Rosa's shoulders the way she used to when they were kids playing outside the house in San Cristóbal.

"How about that black dress of yours, the one I like so much?"

"Do you think it's not too much, or too little?"

"I think it's perfect and that you'll look very pretty."

"All right, then, I'll wear the black dress. And what should I do with my hair?"

"Leave it natural the way it is, with your curls. Don't touch it. He'll like you like that."

"I told you I couldn't care less whether he likes me or not. But, tell me something. Is this Ramón really such a big womanizer?"

"I have the idea that Ramón and Eric went out with lots of girls, but never seriously with any."

"Until now, cousin," corrected Rosa. "Now Eric only has eyes for you. It's obvious that he's crazy about you."

"Yes, I know, Rosa. And I love him back just as much. Excuse me, but I have to get back to feed the children. We'll pick you up on Saturday at nine. Be ready."

Cristina walked back home, torn by conflicting thoughts. She was sure of her love for Eric, but the rest of her life was a hurricane. She realized that sooner or later she would be forced to make a decision.

At that moment, she had no idea what that would be, but for the first time in a long while she was able to let herself imagine that she might have a chance to get married, be happy, and no longer live in fear. After all, time had gone by and nobody had come looking for her. Nobody knew where to find her. Maybe she could be happy with Eric, after all . . . maybe . . . why not?

"Come in Carmen, the door's open. I'm on the phone but I'm almost done," Manuel said in a loud voice as Carmen let herself in.

"Yes, *Don* Jorge. He just left word that it was urgent. His name is Adams and he said that you should call him as soon as possible, and that was all. Perfect. Then, I'll see you later. I'll take you to the airport early in the morning, boss. Goodbye." He hung up the phone. "Hi, my beauty. What's this, no little kiss for me? What's that you have over your head?" Manuel asked, looking at her closely.

"A kerchief to cover my face with. Look at what you did to me. My face hurts all over. I'm all swollen up."

"You're not swollen, doll baby. You're just chubby, is all. Come over here and I'll take away the pain . . . like this, see. Another little kiss right here and another one over there and you'll feel all better, right?"

"Yes," Carmen answered, smiling even though it hurt. "Manuelito, I have good news for you. I made an appointment with Cristina and her boyfriend Eric. Rosa and a friend will also join us."

"And what the hell do we need so many people for, Carmen?" Manuel asked angrily.

"Don't get mad, darling, it was the only chance Cristina had to go out this week. If not," she hastened to add, "we would have had to wait for another week and I figured you wouldn't want to put off the plans for the party that long."

"All right, then. Where are we going?"

"Dinner and dancing."

"And where will we meet?"

"Any place you say, my love. Wherever you want," she said, trying to keep the peace between Manuel and herself.

"Tell Cristina that we can meet at her house. Do you have her address?" he asked, realizing that the opportunity was turning out better than planned.

"Yes, I have it. I'll tell her that we'll be there."

"Meanwhile, Carmen, be a good girl and cut my hair. I don't like it this long. And take care not to leave it ragged. I hate that."

"Yes, Manuel."

"When we finish, fix something nice for supper. This is the last night *Don* Jorge is going to spend in my house and I want him to leave here satisfied."

"Yes, Manuel."

"I'll be dropping him off at the airport early tomorrow

morning and after that, my plump dark beauty, the house will be all ours again, just the two of us . . . and you know what that means, right, my little Carmen?"

"Yes, Manuel," she replied, unable to utter another word.

"Adams, this is Jorge speaking. I'm calling from the street. What's going on? What were the police doing in your office? Do they know anything? Questions? What kind of questions? Do you know who these investigators are? What did you say their names are? Taylor and Gómez? Just a minute. Let me get out the newspaper photograph I cut out. Yes, is the Gómez who came to your office named Eric? Yes? Ha, ha, ha!" *Don* Jorge laughed out loud, his great belly bouncing up and down. What a small world! What a coincidence! Cristina's boyfriend is sticking his nose in our business, asking questions. What do you think of that! We'll have to take care of him the way we did with her first boyfriend. You just keep your mouth shut and leave him to me. What about Cristina? It doesn't matter about Cristina. It's a long story. Like I told you, you worry about your end and leave the rest to me. The business is just about ready to take off. Goodbye."

Sixteen

Cristina spent all day Saturday helping patients at the hospital. She returned home quickly to get ready for the evening. Going out with Eric was always a special occasion. She looked forward to tonight, to seeing her beloved, dancing very close with him, visiting with the grandparents even though it was only for a few minutes, and also, having the opportunity to enjoy the company of her girlfriends.

She put on a skirt and an off-white, cream-colored blouse, both tight-fitting, that hugged her figure, revealing its perfection. She decided to gather her hair on one side, put a lovely silk flower in it, close to her neck. The final touch was a pair of small earrings with tiny imitation pearls. Before leaving her room, she threw a kiss and a big smile to Loli's photograph, then skipped out gaily to let Eric in.

"I just can't get enough of the sight of you," Eric told her, "you seem to get more beautiful every time I look at you. I don't want any other man out there to see you."

"Don't be so jealous, Eric," Cristina said, smiling at him. "I have eyes only for you. And it's when I am with you that I'm more beautiful. That's my secret, you know."

A few minutes later, Manuel and Carmen arrived. They had parked the big, black, newly washed and serviced sedan a block away.

"This isn't the house, Manuelito. Don't you want to park closer?" Carmen had asked.

"No, I like to be considerate. This way, we won't be bothering your friend's neighbors when we return late."

Carmen was pleased to think that she was going with a man who was considerate of others.

They walked to Cristina's house holding hands. Inside, Carmen made the introductions and they immediately went out to pick up Rosa.

At the Gómez home, Eric's grandparents and Ramón were in the living room, chatting. Mariá had set out cheese and crackers and a variety of nuts on the coffee table.

Eric let the visitors in. Not knowing which of the three young women was Rosa, Ramón thought that he would be satisfied with any one of them. However, the strongest vibes were from the one in the black dress: *What a smile, what a figure, what hair . . . !* he thought.

"Good evening, ladies and gentlemen, one and all," Eric said. "Ramón, I'd like to introduce you to Rosa."

Rosa, stepping forward to shake hands, caught the gleam in his eyes. Taking her hand, Ramón raised it playfully to his lips as he said, "It's a pleasure to meet you, Rosa."

Eric and Cristina, taking note of this successful opening, exchanged smiles.

"A very good evening, children. Cristina, my child, I missed you very much this week," Mariá said, summoning her to her side.

"Abuela," Cristina said, giving her a hug and a kiss, "I missed you, too. The children I take care of were under the weather, and I wasn't able to leave them. And I spent all day today at the hospital because I won't be going to work tomorrow. Forgive me. How about the two of you coming with us tomorrow to Annapolis?"

"Tomorrow?"

Since Eric had already let his grandparents know that he intended to formally propose to Cristina tomorrow in the course of their excursion, they both answered at once, "Oh, we can't tomorrow."

"Eric, darling," she begged, "can't you convince them to come with us tomorrow?"

"I doubt it, dearest. They have a lot of things to do tomorrow and, besides, they don't care much for going out on the water. They get seasick."

"Grandma and Grandpa," Eric went on, "I'd like you to meet Cristina's cousin Rosa, and some new friends, Carmen and Manuel. Please, come in and make yourselves at home. "What can I offer you? Grandma fixed some snacks, but don't fill up on them because we'll be going out for dinner very soon."

"And what do you do, Manuel?" Mariá asked.

"Whatever I'm asked to. For whoever pays the best. You know how it is, Grandma, like most of us around here do."

"Mariá, don't be so nosy," Pepe said, "you just met the man and you're already questioning him. Next thing we know, you'll be asking him how much he earns."

"Don't worry, old fellow, I make more than you would dream," Manuel said, as he looked around patronizingly at his surroundings.

"Cristina told us a lot about you, Mariá, and all the lovely things you make," Carmen said in an effort to make up for Manuel's behavior. "Did you make these beautifully embroidered placemats?"

"Your attention please, your attention please!" Eric said, banging against the side of a glass with a spoon. "I'd like to offer a toast. Please raise your glasses with me: to new friends and old friends. I drink to love and to the future."

"Salud!" the group called out in unison.

Rosa and Ramón reached out, and looking into each

other's eyes as they clinked their glasses, discovered that the night might hold a great deal more promise than they could have expected.

The three couples said goodnight to Mariá and Pepe, and left for the restaurant. Eric and Cristina, Carmen and Manuel went in one car and Ramón and Rosa in the other.

"I understand you've been here for quite a few years, Rosa. How do you like it?" Ramón asked, feeling for the first time in his life that he didn't know just what to say to a woman.

"That's right, Ramón. I like it a lot. Where are you from?"

"Puerto Rico. But I've been here in Washington for years."

"Do you get back there often?"

"I try to get back at least once a year to see my family. Usually, at Christmas time. A person likes to spend the holidays with the family. . . . You know how it is."

"Do you have a big family?"

"Two brothers in New York. My three sisters live on the Island near our parents. They have kids, so when I go there I have to take along a lot of presents. How about going along with me to shop for them this year, Rosita? I never know what the devil to buy."

"I'd like that very much, Ramón."

"What about you? Do you see your family a lot?"

"No. It's hard being so far away, and I only just got my residency papers a little while ago. I'd love to be able to get there pretty soon to see my dad and my brothers."

"Well, we've arrived, Rosita. Let me help you get out. This car of mine is very high and you might fall with those heels, that is, I mean such pretty slippers. I mean, be careful not to hurt yourself," he said lamely.

"I'd like you to help me, Ramón," said Rosa, flashing one of her most charming smiles.

Inside the restaurant, Ramón drew Eric aside and whispered. "Why didn't you tell me that Rosa is a beauty sent down from heaven?"

Eric laughed. "I wanted to, but you would never let me, buddy."

"I'll forgive you this time, partner. You've done me a favor. Now, I owe you one, brother."

The group moved to their table near the dance floor and sat down, commenting on the elegance of the restaurant. After the waiter took their orders they all rose to dance.

Watching Rosa and Ramón swaying together, Cristina commented, "They look like they're very happy."

"Not any more so than us, sweetheart," Eric said. "You're gorgeous. I'm wondering whether that lovely flower in you hair isn't envious at being so close to one even more spectacular."

Cristina and Eric held each other close as they danced to the romantic melody the band was playing, her arms around his neck, inhaling the fresh fragrance of the lotion on his cheek. Feeling the excitement aroused in Eric's strong body by its contact with hers, Cristina shut her eyes, thinking that she was surely close to utter happiness. Would it be possible for her to forget what happened in her hometown, to leave her secret behind, and live this dream that seemed to be hers for the asking?

She opened her eyes and whispered, "You are my dream come true, Eric. I have never been so happy. Thank you." And she gave him a tiny kiss on the ear.

Instead of responding with words, Eric kissed Cristina on the lips as though they were all alone in the room. Cristina felt a strong pressure between her legs but said nothing and returned his kiss with equal intensity.

Nearby on the dance floor, Rosa commented to Ramón, "Eric and Cristina seem very much in love, don't they?"

"That's the truth. I think I should tell you, Rosita, that when I knew we were going out together, I wasn't really too happy about the idea. I never imagined you would turn out to so beautiful. I'm very grateful to my partner and Cristina for having introduced us. This may sound a little strange, but with you, I . . . well . . . I feel different somehow."

"I don't know how you felt before, or how you feel now, but I do know I'm glad we met," she replied, her voice vibrant with sincerity.

"Can I call you real soon, Rosa?"

"I would like you to, Ramón."

Ramón carefully encircled Rosa with his arm drawing her towards him to dance, reveling in the fragrance of her perfume. Their cheeks touching, they felt as though they were beginning a dance like none that they had ever danced before . . .

When he got home quite late that night, Eric went into the kitchen to turn out the light and was surprised to find his grandmother sitting there waiting for him.

"Eric, my boy, I don't like that Manuel," she said firmly.

"What do you mean?" he asked.

"I don't exactly know. All I can tell you is that there is something about that man I don't like. I don't trust him."

"It must be because of something in the way he answered you, *Abuela.*" He had wondered what sort of impression Manuel had made on her.

"No, it's more than just that. From the very moment he set foot in the door, there was something about him I didn't like, and it worries me. I don't want you or Cristina to be spending much time with him . . . just in case . . ." she warned.

"All right, dear, just as you say," Eric said just to please her, thinking that premonitions in little old ladies weren't to be taken seriously. "Go back to sleep now. Tomorrow is my big day. If Cristina gives me the green light, I'll bring her home so you can congratulate us. How about that?"

"That sounds just lovely. And we can begin planning the wedding right away. How many guests would you like to invite? We must make reservations at the church as soon as possible. And you'll have to see about getting Loli up here. She will have to be here with her mama and new papa. Do you hear?"

"Yes, *Abuela*. Seems like you've already thought of everything," Eric laughed, giving her a big hug. "Can I fix you an herb tea to help you sleep?"

"No, my boy, now that I've told you about keeping clear of Manuel, I'll be able to sleep nicely. Good night and God bless you!" Turning to go off to her room, she stopped after a few steps and asked, "Son, you really love Cristina, don't you?"

"Yes, I do. Very much."

"That's good, because I think that you will still have to put that love to the test."

"What are you saying, *Abuela?* What sort of a test? Are you feeling okay, dear?"

"I feel fine, and I'm not talking in my sleep, either. Good night and good luck tomorrow, my boy."

"Thank you, *Abuela.*"

Eric lay down on his bed still fully dressed, and with the image of his beautiful beloved in his mind's eye, once more rehearsed the way he was going to put the all-important question to her.

Cristina, in her room, felt as though all she could wish for was to be back on the dance floor basking in the warmth of Eric's closeness, of his laugh. She loved everything about him, every movement, every word. She was certain that if he had asked her that night to be his wife, she would have accepted without a moment's hesitation.

Without a sound, while she lay on her bed, a photograph of Loli in her hand, Cristina whispered, "My darling, your mama is the happiest woman in the whole world. All she needs now for her life to be perfect is to have you here. Good night, Loli. Good night, Eric." And she fell asleep clasping the photograph to her breast.

Seventeen

Eric was awake most of the night thinking about his marriage proposal, his grandmother's plans, the pending office investigation, and his wish to bring Loli to Washington.

He was already showered and dressed at seven o'clock in the morning. He had had several cups of coffee, and was anxiously passing the time before going to pick Cristina up. He had already checked out the music he was taking, the cassette player, the spare batteries, the food Mariá had prepared, sweaters for the two of them, and everything else he considered necessary to take along on the boat if it turned either hot or cold. Since there was still more than an hour to go before Cristina would be ready, he decided to drop by the office and check out the reports prepared by the other detectives assigned to his investigation.

He poured himself another cup of coffee and sat down to read. "We have evidence that Adams is working with others in this city. Those persons contact the couples and Adams is the key figure in the distribution of the children. We believe that there must be one other person in the network who acts as the contact between him and the operators in Central America. That link must be discovered."

He put the report aside. *Another link,* he thought. *Naturally, there has to be one here, unless the operators themselves make the contacts directly.* After skimming through the rest of the report, he could see that they contained no information of any importance. When the last fifteen minutes of his wait had passed, he threw the coffee container into the trash basket, and trotted out to his car in joyful anticipation of the day's outing with his love.

He felt his hand tremble as he rang Cristina's bell and when she opened the door, the sight of her in all her beauty made him catch his breath.

"Good morning, darling," she said gaily, "Are you all right? You look pale."

"I'm fine. I didn't get much sleep, but I'm okay. Ready for our adventure?"

"I'm looking forward to it. I've never gone sailing before and I do love trying new things."

"Yes," said Eric, "this could be an interesting day for you."

Taking out one of the thermos jugs of coffee he asked, "Wouldn't you like some hot coffee, darling?"

"Eric, are you sure you're all right? You look a little strange. Has anything happened to you?"

"No, not yet. I'll tell you later," he answered. The words with which he would ask—no, beg—her to be his wife, raced through his brain.

When they reached Annapolis, Eric took her for a walk around the Naval Academy and showed her the old city hall. He then parked the car alongside the dock where his friend's boat was tied up. After unloading the supplies he had brought and helping Cristina aboard, they skipped about the deck like a couple of kids examining the rigging, peeking below, and playing with the radio as though they were calling to be rescued.

"Great," Eric said, "if you don't mind unpacking our

lunch things, I'll check out the sails, so we can get out on the water."

"Aye, aye, Captain!" she said, saluting smartly.

Never had he felt so nervous, not even during the many times in his work when his life was in danger. *"Calm down, Eric!"* he said to himself. *"First, you haul up the sails, you take Cristina out on the water for a couple of hours, then about halfway through the afternoon, you drop anchor, you unpack the food, put on a cassette, and while the music is playing, you kneel down and you tell her you want to love her and take care of her for the rest of your lives . . . that she must agree to be your wife, your friend, your companion, as soon as possible. Next month. Yes, that sounds okay. And then you kiss her, weigh anchor, and return to the shore.*

Eric immediately went to Cristina.

"Cristina," Eric said, kneeling down before her, as he blurted out, "Marry me or I'll throw myself into the sea."

"What?" Cristina said, bursting into laughter. "What did you say?"

Realizing that his elaborate and perfect plan had fizzled, he turned red and, taking her hand in his, said, "My darling, I can't live without you. I want to make you happy every day. I want to share what I have with you. I want to be Loli's father and for us to have other children. I want to be the one you trust completely, and the person who gives you happiness for no other reason than that we are alive. I love you as I have never loved anybody else and never will. Cristina, will you be my wife?"

Cristina knelt down next to him and kissed him on the lips with utmost tenderness. "Yes, Eric, I will be your wife. Give me a little time and I will be your wife. I promise."

"Do you need much time?"

"No, not much."

The sweet vows in combination with the taste of honeyed kisses transformed the sailboat excursion into a plan for the future. Embraced upon a blanket they found in a drawer aboard, Eric kissed Cristina in all the spots that he had learned to awaken at the slightest touch of his hand. Eric's body, likewise, re-experienced the explosion of happiness attainable only through this love.

And so the two lovers, their naked bodies experiencing joy in the ebb and flow of the waves, spent a day on the boat still moored to the dock, in a day of lovemaking and dreams of a perfect future as husband and wife.

"Granny Mariá, Grandpa Pepe," shouted Eric as he arrived home that evening.

"What's all the racket about? We're right here in the living room." His grandmother answered, acting as though she knew nothing of Eric's plans.

Leading his sweetheart in by the hand, Eric exclaimed proudly, "We want you to be the first to know that Señorita Ortiz, whom you also know as Cristina, and Señor Eric Gómez, have the honor of announcing their upcoming nuptials."

"Now, what do you think of that! Congratulations! When is the wedding?" they cried out gleefully, getting up to embrace the happy couple.

"Whenever Cristina says the word," Eric said in a serious tone, "but we are on our way. She hasn't said no, that she is going to think it over, and that it will be soon. But I think we should begin making the arrangements with the church, the hall, and all the rest."

"Congratulations, children," said the grandmother.

And the grandfather put his arms around Cristina. "You will always be one of the family."

"Would you like to look over some illustrations of some lovely bridal gowns we could make ourselves?" María asked.

Caught up in the emotion of the moment and feeling

so deeply in love, she answered, "Of course, I would love to. Let's do that."

The older woman then added, "And we'll have to find something nice for Loli to wear, too."

"Can I help?" Eric asked, playfully.

"You can serve the champagne we have had waiting in the fridge ever since we first got to know Cristina, and then you can leave us alone to make our plans, my boy," Mariá said, putting her arm around Cristina and drawing her towards the sewing room.

"*Abuela,* I want you to know how proud I am to be looking forward to being part of your family," Cristina said, taking hold of Mariá's hand.

"Dear child, ever since I saw you walk into Eric's room in the hospital, I knew you were going to be his wife. And so, from that moment on I have welcomed you and been proud of you. Can you have any doubt of that?"

"I can feel it. I know that I love Eric with all my heart. But, I'm afraid."

"Every bride is afraid because she never is sure of what may be waiting for her in the future. It means such a big change and responsibilities. You must have faith in your feelings. You and Eric are good, fine people. You love each other and are going to be a happy couple."

"It's just that there are so many things that have to be taken into account."

"Just relax, and everything will turn out fine. Have faith, and you will find the solutions. I am going to take your measurements for the dress and I want you to tell me what flowers you would like on your wedding day."

"I always dreamed that I would be wearing a simple, but very elegant dress, with a pretty neckline and short sleeves off the shoulders. And flowers in my hair. Do you think I will look pretty, *Abuela*?"

"My dear, you are going to look lovely. You are going

to be the prettiest bride and the happiest of wives," said the grandmother earnestly.

"What I would really like more than anything is to have Loli and the rest of my family here to share this wonderful happiness with me."

"Be patient, my child, and everything will happen in due time," the older woman said in a whisper.

Eric entered, bearing a tray with four glasses of bubbling champagne. "Well?" he asked the two women, "were you able to find the most beautiful and elegant gowns in the world?" As he passed the tray, each took a glass and, turning to his grandfather, Eric said, "Now, Grandpa, it's up to you to offer the toast."

The old man raised his glass, cleared his throat, and declared, "Eric, Cristina, I wish the two of you to be as happy together as Mariá and I have been. I cannot imagine happiness greater than ours."

"To good health and happiness," they all intoned.

"Cristina, I was wondering. . . . How would you like a honeymoon at some place where there's a beach and we can go sailing?" Eric asked, winking at her.

"Sounds wonderful!"

Granny and Cristina spent the next two hours looking at magazines and comparing their tastes in bridal gowns, veils, flowers, and fabrics until Cristina was able to select the gown she liked best, and Mariá finished taking measurements.

"First thing tomorrow," Eric said, "I'm going to find out how to get Loli up here and what to do about adopting her so that she can be my daughter, too."

Reacting to his words as if a balloon had suddenly popped, Cristina came back to earth, her dreams having disappeared into thin air. She rose nervously from her chair, saying, "My goodness, look at the time! Tita, the cook, is going on vacation tomorrow and I will have to fix breakfast. Can we go, please, Eric?"

"Cristina is right," Mariá said, "you both have to get your rest so you can begin making your plans in earnest. Good night, my daughter, and sweet dreams."

"Good night, *Abuelos,* and thanks for taking me into your family. I love you very much."

On reaching her house, Cristina tried to quickly get out of the car, to avoid betraying her doubts and fears. However, before she was able to, Eric had taken hold of her hand. With extreme tenderness, he caressed Cristina's face the same way he had in the hospital when his eyes were bandaged.

"Cristina," he said," his voice brimming with love, "you will never regret having accepted me. I am going to make you very happy, always."

"I know that Eric. I, too, want to make you very, very happy, but . . ."

Eric pressed his lips to hers before she could voice her fears. Then, with repeated kisses he sealed his love for her and his promise to love her always.

Tita, the cook, woke Cristina at dawn. "Cristina, Cristina," she said, "I'm off to the airport. Look, here's this letter for you I found under the door yesterday. Goodbye, see you in two weeks."

"Thanks, Tita. Have a nice trip and give my regards to your family, please," Cristina mumbled sleepily, shutting her eyes again as Tita left the room.

When she awoke later, she remembered the letter, wondering who could have sent it. It couldn't have been anybody but her beloved Eric, she decided, and crept back into bed with the envelope to enjoy reading the dear message. Warm and comfortable, the light turned on, she read: "Cristina: We have Loli in the clinic. If you want to see her alive, you will have to come for her. Come alone. If, not, we will add Eric and his grandparents to our list. Loli needs you urgently. Her life depends on her mother being here within 48 hours. Have a nice trip."

Cristina read the letter over and over again. They had located her, knew where she was and about her relation to Eric and the Gómez family. *Oh, my God!* Her body began to tremble uncontrollably. In desperation, she threw on her clothes, got out her suitcase, her residence permit, photographs, clothing, and her savings that she kept in the little jewel box the lady of the house had given her. Eric's medal lay shining on top when she opened the lid.

Wiping away her tears, she finished packing, then took a pencil and paper from the bedside table and wrote three notes.

In the first, addressed to Eric, she wrote: "Eric, I'm so sorry. I cannot marry you. I am returning your medal so you can give it to someone who is able to make you happy. It was wonderful being with you but marriage is impossible for me. Please do not look for me. Just forget me."

In the second, addressed to his grandparents, she wrote: "Grandma and Grandpa: Thanks for giving me your love. I am so sorry to be a disappointment to you."

The last one was to her employers, the Leceas: "I hate to be leaving like this without any notice. I will never forget all you have done for me. Please kiss the children for me and tell them that the story didn't end the way I wanted it to. Goodbye and forgive me."

And she signed them simply "Cristina" and left them on the box with the medal in it.

She finished packing and got dressed. She put on her overcoat, turned out the light, and left the house, shutting the door silently.

Eighteen

"Hello, Police? Good morning. This is Mrs. Lecea. I would like to speak to one of your officers, Mr. Gómez, Eric Gómez."

"Yes, Gómez speaking."

"Eric! Good morning, this is Mrs. Lecea, where Cristina works."

"How are you, Mrs. Lecea? What can I do for you? How are your children? And how's Cristina?"

"That's why I'm calling, Eric. Cristina didn't come down for breakfast. First, I thought she was still asleep. I waited and I didn't hear anything, so I went upstairs to see if she was all right. I went into her room and since she wasn't there, I figured she had stayed over at your house last night. That's why I called, to check with you, because I have to go to work and Tita, the cook is on vacation . . ."

"No, Mrs. Lecea. I dropped Cristina off last night at your house. Couldn't she have gone out to the store for something?"

"I don't think so, Eric."

"Did you call her cousin Rosa?"

"No, you are the first person I called."

"Mrs. Lecea, I'll be at your house in a few minutes, if you don't mind. I'm leaving right now."

He snatched up his coat, knocking over the cup of coffee on his way, not stopping to clean it up.

Ramón, noting his nervousness, shouted after him, "What's up, partner? Anything new on Adams? Want me to go along with you?"

Eric was gone before he could answer. He jumped into his car, turned on the siren, and raced to Cristina's house, expecting to find her there, greeting him with her loving smile.

Mrs. Lecea, the baby in her arms, was waiting at the door, the little boy behind her sniffling, calling for Cristina to give him his breakfast.

"Cristina's not back," he said, grimly.

"No."

"Is it all right if I go up to her room?"

"Of course. This way, please."

They ran up the stairs where, on opening the door to her room, he was met by the familiar, sweet fragrance of his beloved. He took a deep breath, and glanced about the room. Everything seemed in order, the beds made, the room neat, empty hangers in the closet. The little box with papers at the bedside then caught his eye. He picked up the one addressed to him and read it, scarcely able to control his anxiety, catching his breath as he read the concluding words: "Just forget me." He then handed Mrs. Lecea the note addressed to her and put the other two in his overcoat pocket together with his medal.

"Please, think very carefully, Mrs. Lecea. Do you have any idea at all where Cristina may have gone off to? Did she ever mention anything at all to you?"

"No, Eric. I am just as surprised as you are. This is nothing that I would expect from Cristina. She is always so responsible and adores the children. She wouldn't go off just like that, without saying anything. I can't understand it."

"I'm going to see her cousin Rosa. Maybe she'll know something. I'll call you later, if I may."

"I would appreciate it, Eric," she said, as she showed him out.

"Thanks for calling me," he said, grimly, his face changed, the look in his eyes like a light that has dimmed.

He ran to his car, his thoughts in turmoil as he raced to Rosa's house.

"Hello, Eric, what a surprise. Where's Cristina?" she said, puzzled, looking to see if she was behind him.

"That's just why I'm here. Cristina isn't at home. She's gone."

"Gone! Where to?"

"I don't know what to think. I thought you might have some idea."

"I don't know anything. Surely, she must have gone to buy something or other, or is just taking a walk, or . . ."

"No, Rosa, she took off. She left me a note saying she couldn't marry me and for me not to look for her. Where could she have gone to?"

"I don't know what to tell you, Eric. It scares me. Cristina didn't say a thing. She looked so happy on Saturday . . . happier even than ever. Did something happen between you yesterday?"

"Yes, I asked her to marry me. Actually, I insisted," he said sadly, turned, and went off to his car.

Eric did not return to his office but went directly home, slamming the door when he went in, startling his grandfather, who put aside the newspaper to ask, "What's up, my boy?"

"Cristina's gone."

"Gone where?"

"I don't know, don't know," Eric shouted, his head down, his body lax.

The noise brought Mariá out of the kitchen. "Good morning, son, what's all the fuss?"

Grandpa mumbled, "Cristina's gone!" as he stared at his dejected grandson.

"Gone where?" Grandma asked, as she put aside the towel she was carrying and sat down next to her grandson.

"Don't know, Grandma. She left this note for you and Grandpa," he answered, taking it out of his coat pocket. As he did so, the medal tumbled to the floor. Eric just stared at it. Mariá picked it up and set it on the table, then put on her glasses, read the note, and passed it to her husband.

"Eric, my son, try to think as what you are, as a detective. What could have happened to make Cristina leave here?" Mariá said, trying to stay calm.

"I put too much pressure on her, Grandma. I frightened her. She told me she wasn't ready to marry but I insisted, thinking only of my wants, my needs. Not thinking of her. Probably she didn't love me enough and I scared her, proposing that way, like a lunatic."

"Don't talk nonsense. That little woman doesn't scare so easily, she's a fighter. Haven't you seen how hard she works here, she alone, to help out her family, and still gives up her weekends to volunteer at the hospital? Do you think a person like that is going to run away without telling you to your face that she doesn't love you?"

"I would have thought no, but that's what she said to me in the note."

"That's just it, Eric. She's saying something to you in the note that can't be true. That isn't really Cristina. She's telling you to forget her, that you should give the medal to some other woman. How can you believe she could really think something like that when she loves you with all her heart? That's just what she told me herself right here in this house, only yesterday!"

"Then, what could be the reason?" he asked, raising his head.

"I don't know. All I do know is that this is a little girl who is bearing up under a big load of trouble. I don't know what it could be, but when I asked she didn't want to tell me."

Eric looked up in surprise. "You asked her? How come you realized that she was in some kind of trouble?"

"Because you are so madly in love that you see nothing, hear nothing since you've known her. I love her, too, but in a different way, and that little girl, although she smiles and enjoys your fun, is suffering inside, but I have no idea why. The one thing I do know is that she loves you deeply."

"Excuse me," Eric said, making for the door.

"Where are you off to, Eric?" his grandfather asked.

"Let him go, José, he's going to look for Cristina," Mariá said, taking Eric's medal off to this room.

"Come here, partner, I need help," Eric said to Ramón, entering the room as suddenly as he had left it.

"What gives, pal? Some new dope on the adoption scam?"

"No. Cristina is gone. I don't know where. She left me a cold note telling me to forget her. And that's not like my Cristina. My Cristina is sweet and loving. Something has happened to her."

Ramón was shocked. "When was the last time you saw her?"

"I took her home last night after I proposed to her. We were both very happy. We said good night just like any other night. I waited until she went in and she turned off her light. And this morning the lady she works for called me and I found this note. Here it is. And she left two others."

Ramón was even more taken aback by Cristina's note. "This doesn't sound like the Cristina I saw on the dance floor last Saturday," he observed. "Either she's crazy about you, brother, or she's one hell of an actress."

"No, I know she loves me. I feel it, see it in her eyes, by the touch of her hands every time we've been together. Something had to have happened after I left her. But, what was it?"

"Who was the last person to have seen or spoken to her? Was it you?" asked his friend, his tone slipping into that of a professional investigator.

"I believe I was. Unless someone could have entered her house or was waiting in her room."

"Did you ask her boss?"

"Yes. Mrs. Lecea knew nothing until this morning when Cristina didn't come downstairs for breakfast."

"Who else lives in the house?"

"Mr. Lecea, the children, and the cook."

"Have you talked to them?"

"No. I assume that the husband was at work this morning and I recall Cristina mentioning that she had to get home because the cook was leaving to go on vacation."

"Did she say where she was going?"

"No, I think we have to go back and talk to Mrs. Lecea."

"Have you already talked to Rosita?"

"Yes. She doesn't know anything, either."

"Let me call Mrs. Lecea to let her know we're on our way."

Once in the car, Eric could not take his mind off Cristina, remembering the moments of happiness with her at his side on their way to the mountains, with her caressing his face, the road to the stables, the trip to Annapolis when his nerves were so tense he couldn't think straight before proposing to her. . . .

Mrs. Lecea opened the door for them.

"Thanks for letting us come again, Mrs. Lecea. This is my partner, Detective Taylor."

"Pleased to meet you. Come right in."

Rosa was seated on the sofa in the living room; she

had gone right over to the Leceas' after Eric had delivered the news. She smiled as Ramón walked in. He had not taken into account that he would have new opportunities to be with her. The case took on a new dimension for him.

"Mrs. Lecea, who do you think might have seen or spoken to Cristina after I left her at the house last night?"

"It couldn't have been my husband. We were both asleep when you brought Cristina home, and he left for work very early this morning. Tita, the cook, left last night on vacation to visit her family in Venezuela. I don't know if they talked at all."

"Was anybody else in your house last night?"

"Nobody."

"Who else knows Cristina, Rosita?" asked Ramón.

"She has very few friends. There's Carmen, people at the church, but she doesn't really talk to anybody other than the priest, and the people at the hospital."

"What church?" asked Ramón.

"Never mind, partner," Eric said. "I know the church because I went there to make reservations for our wedding. And I know the hospital because that's where we met."

While Eric and Ramón were desperately searching for any clue that might explain Cristina's disappearance, Manuel was telephoning San Cristóbal to announce his good news.

"Hello, *Don* Jorge, Manuel speaking. Okay, now you can put me on your regular payroll. I did my job and the woman in the photo is on the way to her destination. Mission accomplished, boss. Goodbye."

Nineteen

"No, my sons," the priest said, "I haven't seen her in the last couple of weeks. But the last time she spoke to me, she said very nice things about you."

"Father, please, I beg you to think and tell me if there might not have been any little thing she said to you that could help us. Did she mention anything worrying her?"

"I know that she was concerned about something, and I did ask her about it once, but all she would tell me was that the fewer people who knew, the less danger there would be. I assumed she was referring to something in her town. She said that to me when she had been here only a short while."

Eric was disturbed to realize that others had noted that his beloved was suffering over something, while he wasn't sensitive enough to notice anything unusual. He was so blinded by love that he lacked compassion and understanding. In anger at himself, he wondered what was wrong with him.

"In her town? Yes, now I remember that whenever I questioned her past or asked her to tell me about her daughter, she would always find a way to change the subject. . . . Is there anything else you could tell us, Father?"

"Unfortunately, my sons, that's all I know."

"The detectives thanked the priest and set out for the hospital. There they met Cristina's supervisor, who had nothing to tell them except what an excellent worker she was.

"And think of this," she added, "one of her patients, who we thought had been permanently blinded, recovered his sight for reasons the doctors were unable to explain."

The two friends left the hospital disappointed. "Now what, partner?" Ramón asked.

"Do me a favor. Call Rosa and ask her how we can reach Carmen. Also, ask Rosa if we can see her again, to ask her some questions about San Cristóbal, Loli, and Cristina's friend who died. We need to find out more about Cristina's life before she came to the United States."

"Done, Eric." Ramón went off to call her and returned without any good news. "Rosita says that Carmen lives part of the time in a building on Sixteenth Street, but most of the time with her friend Manuel."

"No matter. We'll have to look them up. Did you ask Rosa if we could pay her a visit?"

"Yes, she said of course we could. Should we both go to see her, or do you want me to go by myself?"

The hint Ramón was dropping, that he wanted to be alone with Rosa, was not lost on Eric. But under the circumstances, helping to further their romance was not Eric's first priority.

"No, brother, let's go together," he said, "I've got a lot of questioning to do. Get the secretary to find out Manuel's address and phone number for us."

While Eric and Ramón were hunting down Carmen and Manuel, Granny Mariá had lit a candle and was on her knees in her room, praying. "Please, Saint Anthony, you who brought Cristina to us, please help my Eric to find her again. Help him bring her back. Don't abandon us. I know that they are going to be together again but don't let a long time pass and don't make them suffer. Please protect them and don't let anything happen to anybody. I beg of you. Amen."

At that very same moment, Cristina was fondling the tiny stone the color of Eric's eyes in the ring her beloved had given her on their way to the mountain, as she prayed: "Please, dear Virgin. Let me get there in time to save my little girl. If you protect them, you can have my life. I have already lost my heart by leaving Eric. You can take my life, too." She shut her eyes and listened to the roar of the plane, the first plane she had ever been on in her life.

Speeding through the traffic, Eric and Ramón arrived at Rosa's house.

"Rosa, please tell us everything you can think of about Cristina's life in San Cristóbal, down to the smallest detail. Don't leave anything out."

"San Cristóbal is a small town where life depends on the coffee plantations. It's like any other small town in my country, where there are a few very rich families and all the rest are very poor. Almost all the peasants work on the plantations. Years ago the harvests were very good, lots of coffee was sold, and the wages were better. But then the prices dropped, there was a drought, and things got worse for the peasants."

"And for the owners, too, I imagine," interrupted Ramón.

"No. You know how it is. They live their lives of luxury just as usual. Big parties with heavy drinking, trips to other countries, driving expensive cars. Just as like nothing had changed."

"Where do they get the money for all that?" asked Eric.

"Who knows, their savings or income from other sources besides coffee, I guess."

"Tell us about Loli's father. What did he die of, Rosa?"

"I don't know. Cristina wouldn't tell me even though I asked her a number of times. But my sister told me that when she visited San Cristóbal, Cristina's brother told her that one day something happened at the clinic, and Juan Gabriel died that same night. On the next day, Cristina left town without a word to anybody, except for her mother and Francisco, her priest, who gave her some money."

"Now, I remember," said Eric, "that Cristina told me that in the beginning that she liked working in the clinic very much, but not later on. She didn't say why. Tell me, Rosa, what did Cristina do at the clinic?"

"A little bit of everything. She enjoyed whatever had to do with nursing. She was very happy helping people."

"Cristina said that the clinic was a donation by *Don* Luis and his family. Did they hire her to work in the clinic?"

"I have no idea, but I imagine so. I don't know if that could have had anything to do with Cristina having left, Eric."

"Me neither, but I promise you we'll find out. Now, we have to find Carmen. Do you think she might know something?"

"I doubt it. Lately, Cristina and I haven't seen much of her because we don't like her boyfriend," Rosa said, breaking off to ask, "Can I offer you a cup of coffee or a lemonade?"

"No, thanks," Eric said, "I'm going to find an address for Carmen or Manuel." After, a pause he turned to Ramón and said, indulgently, "You stay here for a while, partner. I'll get in touch."

"Okay, brother. Give me a buzz the minute you find out where they are and come pick me up so I can go along with you. I'd love a cup of coffee with hot milk, Rosita, if it isn't too much trouble," Ramón said in a melting tone unfamiliar to Eric.

Back in his office, Eric was surprised to learn that nobody had been able to locate Manuel and Carmen. "What do you mean you can't find them?" he yelled. "Look at what time it is. How long does it take for you to find a lousy address, anyway?"

That night Ramón and Eric met at a bar near their office.

"Another round of the same, bartender," Eric said. "Ramón, tell me, why did Cristina go and leave me?"

"Listen to me, pal. I keep telling you. . . . She didn't leave you, she must have a good reason, and we are going to find her," Ramón answered patiently, feeling his friend's anguish.

"I told you, didn't I, that I proposed to her and we were already making wedding plans? Can you imagine my sweetheart in a wedding gown? She would be the most beautiful bride in the world. With those eyes and that wonderful hair. And that absolutely perfect figure. Did you ever see a woman more beautiful than Cristina? No, don't answer me because it will make me jealous knowing that you think she is as beautiful as I do. I wonder if she is in love with another man. Who could it be?"

"No, Eric. I can assure you that there is no other man in her life. Nobody but you."

"But why didn't she tell me the reason she was leaving? Why didn't she ask me for help? She knows I would give my life for her. . . ."

"Yes, partner. And I'm sure she would give hers for you."

"Ramón, would you like me to sing the songs for you

that I sang to Cristina?" Eric said, who was beginning to feel ill.

"No, partner, you better go to bed. I'll take you home. Tomorrow we'll keep up the search and I can assure you we'll find her. Okay? Come on, I'll drive."

That same afternoon, Rosa went to the supermarket where she often ran into Carmen and waited at the entrance for several hours in case she might turn up. *How foolish never to have taken down her friend's telephone number or address,* she thought regretfully. *By now, Eric and Ramón would have already spoken to them. But, then again, why would they know anything? Hopeless. Why should they know?*

Then, just as she was about to give up, there was Carmen, ambling along, her hips swaying seductively, as usual. Rosa ran to meet her, calling out, "Carmen, Carmen. Have you seen Cristina?"

"Not since Saturday when we went dancing. Why do you ask?"

"Because Cristina has disappeared!"

"What are you talking about, woman? What do you mean, disappeared? When?"

"Since this morning. Eric is running around like a crazy man looking for her and Ramón is helping him. But nobody knows anything."

"Where did she disappear from?"

"From her house where she works. It seems . . ."

"I tell you Rosa, this place is full of wild men, I'm telling you. I'm glad I have Manuel."

"Speaking of Manuel, I need to get his address from you because Eric and Ramón want to talk to you both in case you can give them a clue."

"I don't see how we can be of much help but tell them sure, come see us." She wrote Manuel's address down for her and went into the supermarket. On her way back with the ingredients for Manuel's supper, she wondered what could have happened to poor Cristina. *Maybe I'd be better off back home at least there aren't as many wild men there, she said to herself, forgetting her daily life with Manuel.*

Back at the house, she commented, "Just imagine, Manuelito, I ran into Rosa at the store and she tells me that my friend Cristina disappeared from her house. How awful, isn't it?"

"Yes. How come she disappeared?"

"They don't know anything. They are checking around but have no idea."

"Is that so? Disappeared without a trace?"

"Yes. Poor things. And so mad about each other, those lovebirds. Imagine! Just to look at them you knew how crazy in love they are. So lovey-dovey last Saturday, I bet they were already planning their wedding."

"Sure."

"Even though they met only a couple of months ago, not like us. But you know how it is when you're crazy in love you want to get married and have your own house and your family."

"You're talking your head off today, Carmen. When is supper going to be ready? I'm starving and whatever you're cooking smells great. What is it?"

"Fish chowder and it's ready." Carmen served Manuel his supper.

"This is a great chowder, Carmen. Your cooking gets more delicious every day." The phone rang. "Could you answer the phone, so my soup don't get cold?" Manuel asked, his mouth bulging with bread.

"Sure thing, Manuelito," she answered, running to the telephone, delighted that she had won Manuel's approval.

"It's for you. Sounds like *Don* Jorge."

Manuel jumped out of his seat, dropping his spoon into his bowl, as he bolted to his room. He said, "I'll take it in my room. You hang up here when I pick up."

* * *

A long distance call from Don *Jorge means something important,* thought Carmen, deciding that this offered a rare opportunity for her to know what Manuel did for a living, and to try to find out when he might be ready to finally get married.

Pressing the receiver tightly to her ear, she held her breath.

". . . and listen carefully, Manuel. We've got Cristina and her daughter here in the clinic. Now we need you to send a note to that cop Gómez telling him that he must come alone to rescue them. Let him know that if anybody else finds out what's in the note, we will kill them both. Got it? He must come here alone."

"Got it, boss. Can I ask what you're going to do with the cop when he gets to San Cristóbal? The reason I ask is because he always goes around here with his partner, a cop by the name of Taylor, Ramón Taylor," added Manuel, showing off his efficiency.

"That's your problem, Manuel. Gómez must come here alone because we want to tear this problem out at the roots. And we want no kickbacks later, understand? You must do whatever is necessary up there but Gómez must arrive here alone. We have to be sure that Gómez doesn't turn into a headache for us in Washington. We will take care of Cristina and Gómez down here. You do everything that has to be done on your side of the border."

"What's the timing, *Don* Jorge?"

"It would be the best Christmas present you could give me, Manuel. I like to have mine early, before I decorate my tree."

"Consider it done. And before I forget, *Don* Jorge, when do you want me to start on my next job?"

"Look, Manuel, you can start by calling Adams, the lawyer. Call him and tell him that finally the ten 'packages' are all together with the papers and to tell the ten couples to come down here to pick them up. Did you understand or do you want me to repeat?"

"Got it. The ten packages are there with the papers and to send the couples to pick them up. Will he understand me?"

"Yes, Manuel. He will know what I'm talking about. This is the start of your new job and you better do it right."

"Don't worry. I'll call right away."

Manuel hung up the telephone and returned to the kitchen, lost in thought.

"Carmen, reheat that soup for me. I have a lot of work to do and a lot to think about. How do you expect a person to think if all he has to eat is cold soup?" he yelled.

"Yes, Manuel, I'll heat it up for you right away," answered Carmen, wiping away a tear. She realized at that moment that there were going to be no wedding bells for her and Manuel, and that this Christmas promised to be one of her saddest.

Minutes later, the phone rang again. Thinking that it would be *Don* Jorge calling again, Manuel got up from the table and answered.

"Manuel," the voice said, "this is Eric Gómez. I'm sorry to be bothering you at this hour."

"Not at all, it's a pleasure to talk to you, Eric. As a matter of fact, just a few minutes ago I was thinking of you and Cristina."

"Is that so? How come?"

"I was just thinking about what a great time we had on Saturday. I was saying to Carmen that you looked like a couple of lovebirds just a step away from the altar."

"The thing is, Manuel, I'm calling because I need your help. Would you mind if Ramón and I dropped in for a moment?"

"How could I mind? Of course not. As they say in my country, my house is your house. And my Carmencita, who happens to be with me right now, says the same thing. Come on over and we'll have a couple of drinks, I've got the best cognac."

"Thanks all the same, but we don't drink on the job."

After hanging up, Manuel remained thoughtful for a moment, then went to his room, locking the door behind him. He came out after a few minutes and said, "Carmen, I'm out of cigarettes. When your two little friends' boyfriends get here, tell them to wait. I won't be long."

Carmen said nothing but noticed that before leaving the house, Manuel slipped on a pair of gloves, sealed a letter, and put it in his overcoat pocket.

Eric and Ramón arrived twenty minutes later. "Please come in, Manuel will be right back," Carmen told them. "Can I offer you a drink or a bite to eat?" Noticing how very pale Eric looked, she added, "Rosa told me about Cristina. I'm terribly sorry, and . . ."

Just then, Manuel entered. "Good evening, friends. Pardon me for not being here to receive you, but I had to go out for cigarettes. Did Carmen offer you something or is that woman of mine neglecting you?"

"Excuse us for being late, Manuel. We've been very busy."

"Yes, I can imagine, with Christmas just around the corner and all the pickpockets and car thieves working overtime around the city, you've got your work cut out for you. . . ."

"We're here to ask you and Carmen if either of you spoke to or saw Cristina late Sunday night."

"What reason could we have had to see Cristina late on Sunday, Eric? Why don't you keep a closer eye on her? Then, you wouldn't have to worry about other men seeing her late at night," said Manuel lighting a cigarette.

"Look here, Manuel," answered Ramón, "we're in no

mood for bad jokes and nasty insinuations. We came to find out if you people know where Cristina might be. She disappeared from her house."

"I was here at home all the time. What about you, Carmen? What do you do when you say you're going to work or to the store? You better ask her because maybe instead of cleaning offices she kidnaps girlfriends . . . Ha, ha, ha!" laughed Manuel. "Seriously, my friends," he went on, "we saw her on Saturday when we went out with you all, and that was the first and last time that I ever saw her. I met her that night. I'm laughing because, there's nothing a woman won't stop at to dump a boyfriend. That's why I keep close tabs on this woman of mine."

Eric did not reply. The suggestion that Cristina might have left him for another man cut him to the quick.

"Carmen," Eric said, "do you remember any detail that Cristina might have told you, anything she may have said about San Cristóbal, that might help us locate her?"

"No, Eric," she replied in a low voice.

"Sorry I bothered you," he said, his voice heavy with grief and disappointment. "Good night."

"Good night. Maybe we can be of more help next time," said Manuel, opening the door.

Eric dropped Ramón off at the office to get his car and went upstairs himself to check his messages in case any valuable information might have come in. He left feeling as though the bottom had dropped out of his world.

Arriving home, he parked his car in the garage. Then, when he opened the front door, he found a letter on the floor inside. His name on the envelope was written in an unfamiliar hand. He tore it open nervously and read: "Gómez—If you want to see Cristina and her daughter alive go to the San Cristóbal clinic immediately. We are watching you. They will die there before you arrive if you come with anybody else. Your grandparents will die here while you are on your way unless you go alone. Don't show this note to anyone."

He put the letter in his pocket and went up to his room to pack a suitcase. He checked his pistol and put it in his handbag together with extra clips, his passport, police ID, and money. Cristina's photo went into his shirt pocket. He then undressed and got ready for bed. Early the next morning he would be on the way to his beloved's arms.

He took Cristina's photograph out of his shirt pocket and wept. He lay awake all that night, most of it spent reliving the happy hours of the love they shared and the promises he had made to her. He would make good on them all, one by one. He would bring Loli here for her, take her sailing, walk with her to see the flowers near the stable, make her the happiest woman in the world. He would be her husband, her best friend, her lover.

He still had no idea what had happened, or why, but he couldn't help feeling that somehow Manuel may have had something to do with Cristina's disappearance.

When he went downstairs at dawn for a cup of coffee before leaving for the airport, his grandparents were already in the kitchen.

"I have to go out of town for a few days, *Abuelos*. I don't know when I'll be back."

"Where are you going, Eric?" asked his grandfather, in surprise.

"I can't talk about this case, Grandpa. It's part of my job. Grandma, I think you were right about Manuel. I should have listened when you warned me. I should have paid closer attention."

"There's still time, my son. Look here, I want to give you something before you go." She rushed off to her room and returned with a photograph of Loli and the graduation medal. "This will bring you luck. Now, come and give me a kiss."

Eric hugged and kissed his grandparents and left to rescue Cristina and Loli. He turned on his car radio and the first song he heard was the same one he had sung into Cristina's ear that night in front of the fireplace. He wiped away his tears and stared, unblinking, at the highway ahead.

Twenty

When Manuel went into the bathroom to take a shower, Carmen picked up his wallet and searched through it. She found several phone numbers which she quickly copied on a slip of paper and hid in her shoe. Carefully, replacing the wallet, she made sure nothing was out of place.

To strengthen her determination that she would not let her fear of Manuel make her change her mind, she went to the door of the bathroom and called to him, "I'll be running along now, Manuelito, I have lots of work to do. I left your breakfast on the table. I'll be back in time to give you your supper. Bye, bye, darling."

"So long, Carmen, I hope my breakfast doesn't get cold. You know how I hate that."

"Don't worry. I covered it up tight and it will be delicious. So long."

Carmen rushed to Rosa's house and rang the bell in desperation. In the apartment, she leaned against the door panting in such excitement that she could hardly get the words out. "Rosa," she gasped, "we must get to Eric and Ramón right away . . . immediately."

"At this hour? What for?"

"Don't even ask. Let's get going. I'll explain when we get there."

"But Carmen, I have to take care of the baby," Rosa said, unable to understand her urgency.

"It's about Cristina. She is in terrible danger. Please, Rosa, let's go. Hurry."

Rosa called the baby's mother to tell her she was going out for a walk with the child, and not to worry. They dashed out, flagged a passing taxi, and went to the police station.

"To what do I owe this pleasure?" asked Ramón in surprise at the sight of Rosa and Carmen in his office, and with a little girl in tow.

"Ramón, where's Eric?" asked Carmen.

"I don't know. He hasn't come to work today. He must be out on some lead for finding Cristina. Why, what's up?"

"Oh, my god! I'm sure they've told him where Cristina is by now and he's going there to get himself killed."

"What are you talking about, Carmen?" Ramón threw his pencil on the desk and sat up straight in his chair.

With tears in her eyes, Carmen told him everything she knew. "Yesterday, before you came, Manuel got a call from his new boss *Don* Jorge. He's from San Cristóbal and a very strange man. A horrible man! Manuel rushed out of the kitchen into his room to take the call. I told him I would hang up but I didn't because I wanted to know about his work . . ." She wiped her nose with the handkerchief Rosa passed to her and went on. " . . . and I heard *Don* Jorge telling him that he should do something to make Eric go to the clinic in San Cristóbal where they had Cristina and her little girl. . . . It sounded like they want to kill them all."

"Did he give a reason why?" Ramón asked.

"He said something about winding up the problem, not leaving any loose ends . . ."

"Anything else?"

"He said that he should call a lawyer here. Somebody by the name of Adams. Look, Ramón, I took down these phone numbers that were in Manuel's wallet. Maybe one of them is Adams's. If he ever finds out what I did, he'll kill me."

"Don't worry, Carmen, we'll protect you. Adams? Why him? Yes. That's the number of the same Adams Eric and I went to see."

"I don't know. To give him a message, I think. He said to tell him that they finally have the ten packages ready with the papers and that they would be sending them there to the ten couples or something like that."

"Ten couples' packages? Good god! They're talking about ten babies for adoption and ten couples to adopt them. Manuel is the go-between! But what has Cristina got to do with this?"

"I have no idea, Ramón."

"Was there anything else, Carmen?"

"Well . . . I also heard *Don* Jorge telling Manuel that he should take care of you, Ramón . . . that . . . he should take care of you. . . . That must be Manuel's work. That's all they said."

"Thanks, Carmen. It's very good of you. You are very brave. Just let me call Eric."

He dialed Eric's car phone number and when he got no answer, he called his house.

"Hello, my dear Mariá, this is Ramón. Let me talk to Eric, please. Tell him this is not Sunday and I'm waiting for him at the office."

"Eric went off on a trip, Ramón. Please don't look for him and don't ask any more questions, my boy."

"Thanks, Mariá. I'm going to give you Rosita's number. That's just in case you need anything, because I'm going to take a trip. Do you understand me?"

"Yes, my boy, and thanks." Eric's grandmother jotted down Rosita's telephone number and hung up.

"Eric has gone off already to find Cristina. I'm sure he didn't tell me so as not to put his grandparents in danger. Who could have notified Eric?"

"After *Don* Jorge called and before you came to ask about Cristina, Manuel left the house carrying a letter. He told me he was going out for cigarettes," said Carmen.

"He must have gone to leave the letter at Eric's house. And he probably did the same thing with Cristina the night she disappeared. Cristina left without telling Eric so as not to endanger Loli or him. . . ."

"What are you going to do, Ramón?" Rosa asked, wringing her hands.

"I'm going to find Eric and do whatever I can to help him, without him or anybody else knowing. You, Rosa, go home with the little girl and don't breathe a word of this to a soul. You, Carmen go to work as usual as though nothing happened. I'm going to notify the office that Eric is not well and that I'm going to Puerto Rico to visit my family for Christmas." After a moment's thought, he asked, "Rosita, who can give me any information on what Cristina did at the San Cristóbal clinic? I need somebody who knows Cristina, somebody who would have confided in her."

"The only one who would have known anything about her was Juan Gabriel, Loli's father, but he's dead . . . some say he was killed. Besides him, I don't think there was anybody. . . . But, hold on a minute, Ramón, Father Francisco, her priest there, helped her leave San Cristóbal and also gave her the money to get here."

"That's great, Rosita! I'm sure that will help. How did Juan Gabriel die?"

"All I know is that they killed him the night before Cristina left San Cristóbal, but why, I have no idea. Some people think there was some connection between Juan Gabriel's death and Cristina's leaving because she took off from San Cristóbal in the middle of the night without letting anybody know."

"Thanks for the information. I'm very grateful, Rosita. . . . Well, I think I'd better be on my way. I have to catch the next plane. There are only two flights out a day."

"Just a minute, Ramón," Rosita said, hurriedly, taking out the rosary that had belonged to Cristina's mother, "Mrs. Lecea found this rosary on the floor where Cristina dropped it on her way out. Be very, very careful and get back safe." She then put the rosary into his hands, and without taking her hand away, kissed him on the lips with a tenderness and surrender the likes of which Ramón had never before felt.

"Thanks, Rosita. I'll call you as soon as I get back . . . and . . . well . . . I'll tell you what I just felt . . . what I've been thinking . . . you know . . ."

"I'll be waiting for your call, Ramón."

They left the police station. Rosa returned to her house, and Carmen to the office she was to clean that day. On her way, Carmen stopped at a church, knelt, and prayed: "My Lord. I hope that what I did was right. I beg you to protect and help Manuel. I love him. Forgive him for his actions."

That night, Carmen went to Manuel's house to fix his supper as though nothing had happened, forcing herself to act as if it was a day like any other. She let herself in, using the key Manuel had given her. She noted a number of empty bottles in the kitchen, then, looking into the living room, saw the television on and Manuel stretched out on the couch.

"Hi, Manuelito. I'm back and am about to fix you the greatest supper of your life. What do you think of that, sweetheart?"

"I think you better let me give you what you like best, my Carmencita. But first tell me something," said Manuel, getting up from the couch. "How did Ramón and Eric happen to know my address and phone number, that nobody knows except you and *Don* Jorge? I have spent lots of money to keep anybody, even the police, from finding out where I live. So, how come they telephoned me and didn't have to ask me for my address?"

And before she could answer, Manuel punched her in the mouth, knocking out two teeth. He then kicked her in the stomach, both sides, and the back. Satisfied, he stopped, and said, "That, my love, will teach you not to give out my address or my telephone number again. Besides that, you are absolutely forbidden to say anything to anybody about anything that goes on in this house. Do you understand me? So, now, go clean yourself up and fix me the extra-special supper you were talking about."

"Yes, Manuel," Carmen rasped.

In his room, Manuel called the police station. "I'd like to talk to Detective Eric Gómez.

"Eric Gómez is not here."

"Where can I find him?"

"I don't know. He didn't come in today. Would you like to leave a message?"

"No. Can I talk to Ramón Taylor, then?"

"He left on Christmas vacation a few hours ago. He'll be back on January second. Would you like to leave a message?"

"Did he go on vacation or is he with Gómez?"

"I don't know, sir. Taylor went on vacation and will back in the office after Christmas. I couldn't tell you when Gómez is due back."

Manuel hung up and smiled in satisfaction. He thought to himself: Gómez won't be coming back. My little plan played out slick as a whistle. . . . The big boss is going to be very pleased with me. Now all I need is for Adams to return my call and then I can consider my first job done. If they are all as easy as this one, I'll be a rich man in no time!

He immediately rang *Don* Jorge. "Boss, this is Manuel. Mission accomplished. Your present will be arriving today.

There won't be any problems on my side of the border. At least, not until next month. Ramón is such a good boy that he is visiting his family, I don't know where. In Puerto Rico, I guess, to celebrate Christmas. Have a good time with your little present. Goodbye."

He then yelled from his room at the top of his lungs, "Caaaarmen! Is my supper ready yet? What are you going to surprise me with for dessert? I'm in a great mood and ready for fun with my *gordita.*"

Twenty-one

Cristina had no trouble passing through customs when she reached her country because she had her passport and new residence permit. She was very grateful to the Leceas for having taken the trouble to keep her papers in order, making it possible for her to come and go quickly and easily. Those papers made all the difference.

On leaving the airport she looked around her and realized that she had no plan, no idea how to go about rescuing her Loli. To go to her mother's house would put the rest of the family in danger. She got into a taxi even though she knew it would make a large dent in her small savings, but the trip to her town by bus would take much too long. Loli's safety had no price, and every minute was crucial. As the taxi pulled away from the curb, a black sedan followed behind, unnoticed.

Cristina looked at the countryside on both sides of the highway. Her memory of her country's fields when she had left was quite different. There were blurry images in her memory: boxes surrounding her little hiding place in the truck, and absolute silence. The one familiar thing at this moment was the great fear. She recalled her terror on leaving San Cristóbal. Now, on her return, she was suffering the same terrible tension, her forehead damp with perspiration, her body trembling. She rested her head against the worn plastic back of the seat and shut her eyes. Eric's image helped calm her nerves a little.

The music on the taxi radio brought her back to the night of the dance. She remembered every detail: her blue silk dress, Eric's dark suit, the beautiful ballroom and the elegance of the tables. She smiled at the thought of how they had run away from the party to the cabin. The cabin! That small paradise where they discovered their love for the first time, where every hour brought new emotions that she had no idea existed. She touched the ring lovingly that Eric had given her and felt it as an amulet of solace in her heart.

How she missed him! The distance that separated them and the knowledge that she was never to see him again or feel his presence was a pain that throbbed throughout her body. How she yearned for his caresses and his kisses, to feel his breath close to hers, to see the gleam in his green eyes, and hear his stories, his jokes. Cristina's tears merged with the droplets of perspiration. She wanted to wipe her face but knew that if she made any movement at all, her sobbing would never end.

She was thinking: What could Eric be doing at that moment? Would he ever forgive her for having abandoned him this way? Would his grandparents ever forgive her? She recalled how happy she had felt the morning she and Mariá had made the dresses for Loli, and a few days later when they chose the wedding gown together.

The wedding gown! What could have possessed her when she was thinking that she could ever have a normal, happy life with her beloved? How could she have expected that they would never find her? And what could she do, now? She felt so alone, more so than before. Now, for a second time, she had lost a family she loved.

Suddenly she came back to reality and called out, "Driver, driver, please let me out at the church in the square when we get to San Cristóbal."

"Sure thing, Señorita, it's not far, now. Do you have family in San Cristóbal? I don't think you'd be coming to a small town like this if you were a tourist. There's nothing much to see there."

"Yes, I do have family here."

"Where were you coming from when I picked you up?"

"The United States."

"Do you like it there? They say everybody lives like a king there. I have nephews there who send money to my sister, their mother, and they say that they live well and that what they are sending every month is spare money."

"They have some conveniences there that don't exist here. But they don't all live like kings. You have to work hard and very few people have extra money to spend. Maybe your nephews do very well, I guess."

"Don't you want me to take you to see your family before you go to church, Señorita?"

"No, thank you all the same."

"Well, here we are. Welcome to San Cristóbal. Let me help you with your suitcase."

"No, thank you."

Cristina paid, got out, and hurried into the church. Cautiously, she hid herself in the shadow of the confessional to wait for Father Francisco without the parishoners seeing her. A few minutes later, she saw him arranging some votive candles nearby in the little chapel in the rear. He looked a little older than before.

"Father Francisco," she said quietly, "don't look surprised when you turn around. It's Cristina."

The priest turned around in a very natural manner and smiled. "What are you doing back here, my daughter? Your mother told me she received your note a few days ago saying that somebody would be taking Loli to bring her to you in Washington and that you were very happy at the opportunity. Did you take care of the problem you had?"

"No, Father. I thought that it would be settled if I left here and kept quiet. But it didn't work out that way. My

Loli is in danger. I did not write that note. They took Loli away. Look, Father, I can't give you the details. I have to hurry but I want to ask a favor of you. My papers and my savings are in this handbag. If I don't come back to you in a few days, let's say a week, please give it to my mother and tell her that the money is for her and that the man in the photo with my cousin Rosa and me is the one who was going to be my husband and become Loli's father. If I don't come back, tell her, please, that I love her very much and that she should not grieve for me."

Father Francisco blessed her and took the handbag without another word. It remained under lock and key in the simple church office.

Without knowing what to do to save her daughter, Cristina headed for the clinic, which was a few blocks from the church. As she walked, she thought that this must be the way people feel when they are on their way to be punished by death. *Please, dear Virgin,* she prayed, *you have always listened to me. Don't abandon me, now. Keep Loli safe. Give them my life but save hers. And, please, let Eric know in some way that I have never, ever, stop loving him.*

As the sun was sinking, Cristina knocked on the clinic door. It was open, but she could not see anybody inside. A single lightbulb was burning in the room at the entrance. The place seemed deserted. Then she heard the sound of crying farther inside. It was not the sound of one voice but of a number of children's voices. That did not surprise her. She slowly went in, her heart beating wildly, the sun dipping below the horizon at that moment.

Twenty-two

"Ladies and gentlemen, the captain has just announced that we are about to land. Please fasten your seat belts and turn off any electronic apparatus that you may be using. We hope you have enjoyed your flight and that you will be with us again on your next trip."

"Sir . . . sir . . . are you all right?" the flight attendant was tapping Eric's arm. We are about to land. Please fasten your seat belt."

"Thank you. I'm okay. I was just daydreaming."

Eric realized that the time had gone by with him thinking of Cristina and recalling every moment since they first met at the hospital. He had not even considered what he had to do in order to save her. He had never done his work without careful previous preparation and never without the backup of his partner Ramón. And, above all, he had never gone into any operation without some knowledge beforehand of the kind of situation he would be facing. Was a large group involved? Would they be armed? And most important: Why were they holding Cristina and Loli? The note had said that he was being watched, and he knew that Manuel was the lookout in Washington. Somebody would be waiting at the airport to shadow him and prevent his going to Cristina's aid. He had to think fast and come up with a plan in just the next few minutes.

When the plane had landed, he picked up his suitcase

and overcoat and took his place among the passengers making their way out of the aircraft. When he had boarded the plane, he had seen the pilot and noticed that he was about the same height and build as Eric. And, now, as he was about to pass the cabin, an idea flashed through his mind. He quickly entered the cabin and closed the door behind him.

The passengers left the plane and went through immigration and customs. The customs official checked Eric out, saying, "Welcome, Mr. Gómez," then signaled surreptitiously to a man waiting near the exit of the airport. The lookout hurried to his car and waited for the man who had been indicated. When he emerged and got into a taxi, the lookout followed, unaware that the passenger in the taxi was not actually Gómez but the pilot of the plane, posing as Eric.

As this was unfolding, the green-eyed man dressed as a pilot was questioning the customs official about where he could rent a small plane. The man, unaware that Eric was not actually the pilot, gave him the information. Eric, still incredulous at his good fortune in finding a person so understanding and willing to switch clothes and passports with a stranger. He would have to find a way later to repay the pilot's incredible generosity.

At the same time, Ramón was boarding a plane in Washington, hoping he would arrive in time to find his partner, and best friend, still alive and with his beloved Cristina. A few days before, it would have been difficult for him to believe that Eric, who was the ace of the force, a cool and careful officer with a keen mind, could have gone off without a prior plan of action. Now, after having said goodbye to Rosa, he was beginning to understand. He settled back in his seat, opened a magazine, and promptly fell asleep. He dreamed he was entering a big,

quiet garden with a beautiful stretch of lawn. He walked
into it and found Rosa there waiting for him. He embraced, they kissed, and he said to her: "Rosa, we're
home. This is our place. . . ." He opened his eyes to find
the stewardess offering him a drink. He smiled, feeling
Rosa's presence close to him.

Twenty-three

Eric climbed into the little plane and said to the pilot as he settled in, "We're not going far. I just want you to take me to San Cristóbal or as close to it as you can. I need an airfield that doesn't have much traffic, or isn't very well known. I don't want my landing to attract any attention."

"Just let me see a moment," replied the pilot, checking his directory. "Yes, we're in luck. There's a landing field that's rarely used. Only for private jets or special deliveries. We could come down on it without any problem."

"Good. Get me there as soon as possible. I don't have a minute to spare."

"Do you mind if I ask what this is all about? I'm not about to get involved in drugs or smuggling and have my license lifted. You understand, I'm sure. My livelihood is at stake and I don't want to wind up in jail."

As they gained altitude, Eric explained. "Don't give it another thought, my friend. I'll double your rate if you keep this to yourself. I'm here because my girlfriend and I want to get out of the country without her parents knowing. And we want to take our little daughter with us. They don't want her to marry me because, like you, I'm a pilot. Besides, I don't live here and her parents think that being a pilot I must be involved with other women, and they make our lives impossible. The problem is that I have to get them out like this because my sweetheart's father is a rich man and if I tried to make it by car, he would have me followed and killed. So, please keep this quiet because you could get killed yourself for having flown me in."

"Don't lose any sleep over that. I won't tell a soul. I'll drop you off and forget this ever happened. Do you really enjoy flying those giants?"

"Sure do," Eric replied, "but to tell you the truth what I like even more is sailing a boat . . . but flying is the way I make a living."

"Take a look, boss. We're getting close."

"Careful, man, don't crash, because if you do you'll be leaving my little girl without a daddy."

"I know this area cold. First I'll circle the field to make sure nobody's around. After I land, I'll stick around for only a couple of minutes. As soon as I open the door you take off like a bat out of hell just in case your father-in-law is hanging around, waiting to take a shot at you. Got it?"

"I'm thinking that since I'm not familiar with this landing field, I won't know how to get to my sweetheart's house. Do you happen to have a map I could look at that shows this area?"

"All I have is sets of maps that show landing fields and landing strips, but no streets. Take a look at the page where your town is and maybe it'll be enough to get you oriented," the pilot said and handed over the proper map.

Eric glanced at it and was quickly able to make out where the town square was marked. Cristina had mentioned that the clinic was near the church in the main square. He was sure he would have no trouble finding it.

"I appreciate this. Here's your money plus something extra for keeping quiet about it."

"Now, we're heading in for our landing; get ready to hit the ground running. All set?"

"Thanks, my friend."

Eric jumped out and ran to a spot behind the first tree

he came to, and from there watched the little plane take off. He remained studying the landing field and wondered what it was being used for. Drugs, no doubt, he concluded, and thought no more about it. He then took off his pilot's jacket and cap, and set off at a run for the town. He had no doubt that a man without a vehicle, in a pilot's uniform, running in the middle of the road, would certainly arouse anyone's curiosity.

It was not yet dark when he reached the main square. Covered with dust and exhausted, he decided to rest for a few minutes in a little restaurant. There was nobody inside but the proprietress, so he went in and said to her, "Excuse me, ma'am, but I'm not feeling well. Where is the clinic? I had an accident at the edge of town. My car is being fixed, but I need to see a doctor."

"It's very close. Just across the square and to your right and you'll see it, a green building. But you better hurry because they close early. Do you need somebody to go along with you, son?"

"No, thank you."

"Look, here. If they have already closed when you get there, and you have nowhere to sleep tonight, you can come back and we'll fix a place for you right here."

"Thanks so much!" Eric was astonished at the generosity of this stranger. He was not accustomed to people being so helpful to anyone they had never seen before. "What I would be very grateful is if you could sell me a shirt."

"A shirt? We only sell food, sir. I'm sorry, only food."

"Maybe your husband or a son about my size could spare one. I don't care if it's used. I'm very uncomfortable in this shirt. He can have it and I'll throw in the jacket."

"All right, let me see what I can do. I'll get one of my husband's for you. It may be a little tight on you but I'll pick out the loosest one. I'll be right back. It's right here in the rear of the shop."

Eric left wearing a shirt just like the local villagers wore. With his dark hair, at first glance, no one would suspect he wasn't a local.

He saw the green house as soon as he neared the corner, observing the building as he walked around it. On the street at the back of the clinic he found a way of seeing into one of the windows without being seen himself. It was getting dark. *What a blessing!* he thought as he adjusted the pistol at his waist under his trousers. Nobody would see him in the hiding place he was able to find between the clinic and the house next door. He noted that it seemed deserted, and tried a window. Finding to his great satisfaction that it was unlocked, he opened it, and stepped in.

He heard the sound of several babies crying in the distance. It must be feeding time for those children, he thought.

Meanwhile, the airport taxi carrying the pilot posing as Eric Gómez was arriving at San Cristóbal. When it stopped at the side of the road, the station wagon that had followed it from the airport also stopped at a discreet distance. *Don* Jorge's lackey watched as the taxi driver got out, went into a little shop, and came out carrying two soft drinks. He got back into the taxi, and came out a short while later to return the bottles. The taxi then started, and turned around as though heading back to the city. Gomez was still inside. The driver of the station wagon thought this was very strange.

Not sure what to do, but very conscious of the fact that if he lost sight of the man in the taxi he might also lose his life, he started the station wagon and kept following, scratching his head in confusion. How was he going to explain to *Don* Jorge that the passenger arrived at the airport, hired the taxi, went to San Cristóbal, drank a bottle of soda, and returned to the airport again? They wouldn't believe him. But that's what happened. What could he do? Maybe the guy forgot something or changed his mind after he arrived. That was the truth, and what could he do? Sometimes, he got very strange orders from *Don* Jorge, and he just followed them with no questions asked. This looked like just another one of those jobs.

Eric looked around the clinic. He saw nothing out of the ordinary inside. Two beds and a pair of little tables with a lamp on them in the room. Strains of typical Latin music on a radio and occasional laughter filtered through. Then, he heard again the sound of a baby crying nearby. He had to find out where it was coming from. He went from room to room without finding anything, but he was sure that it came from the same building, possibly from a lower floor. However, he had seen that the green house was a one-story structure. Was there a hidden basement? Getting down on his hands and knees, he began to examine the wooden flooring. In one corner, he noticed a board with a joint between it and the wall that seemed looser than the others. He was able to pry it loose, and discovered that it was part of a trap door. Using his fingers he lifted it open, uncovering a large opening leading to a cellar. The sound of crying grew louder. He lit up the space with the pocket flashlight he carried, and seeing no steps, supported himself on his elbows and let himself drop to the floor below, banging his ankle in the process. He quickly righted himself and limped to where the crying seemed to be coming from. To his surprise, he found that there were ten infants there, probably only a few months old, in cardboard boxes covered with newspapers. A little farther away towards the end of the cellar, there was a crib in which an older child slept peacefully.

Making sure that nobody was coming, he turned the flashlight on the older child's face. He could not believe his eyes. He had found Loli! He picked her up in his arms and felt his heart skip a beat as he inhaled exactly the same scent that emanated from Cristina's body.

"Loli, my darling Loli, I've come for you," wept Eric as he embraced the child. Loli opened her great wide eyes with long lashes, blinking in surprise at the light. She smiled at Eric as though she recognized him, and reached out to tug at his nose.

"Loli," he whispered in her ear, "where is your mama?"

But Loli did not answer.

"Let's go, Loli, let's go to look for your mama and then come back for your little friends as soon as possible."

Hugging Loli close to him, Eric climbed into the abandoned house using an old ladder he found lying in the cellar. He covered her with his shirt and said to her, "Loli, you are going to be here with me. But you must be very, very quiet while I look for your mama. Do you understand?" But Loli had already fallen back asleep, at ease in Eric's arms. Eric placed her in a corner where she would be safe and went out to scout the rest of the clinic.

Coming out of the airport, Ramón went over to the first taxi he saw and asked, "How much to get to San Cristóbal?"

The driver said, "I'll give you a good price, boss. Get in. You'll get a special price."

"Okay, then. But, I'm in a big hurry, so you'll have to step on it. Right?"

"Sure, no problem. But listen, boss, if you don't mind

my asking what the hell is going in San Cristóbal that
suddenly everybody is going there?"

"How's that? Who's been going there?"

"Yesterday, for instance, I drove a very pretty young
woman who told me she was coming to see her family
but, you know, she made me wonder because, I think,
anybody on their way to see the family would be cheerful
and happy, yet this lady was crying. And when we got
there, she didn't want to me to leave her at her family's
house but to drop her at the church. Doesn't that sound
a little peculiar to you?"

"No. Sometimes a person wants to pray and thank the
Lord for having ended a long voyage safe and sound.
Don't you think so? Well, that is, if the person is a be-
liever. I, for example, am very devout and, as a matter of
fact that's what I'm going to do as soon as I get to San
Cristóbal. So, please leave me at the same church that
the woman went to."

"Of course, I will. I hope a lot of believers will keep
coming to give thanks at the San Cristóbal church and
that I'll be the who gets to drive them there. In that case,
I would certainly go and give thanks, myself."

When Ramón entered the church it was empty, but he
had no trouble locating Father Francisco, who was at his
house next door.

"Father Francisco," he said to him, "my name is
Ramón. This is a very long story, but I'll make it as short
as I possibly can. My friend is here in this town, I'm not
sure exactly where, trying to find Cristina, who is trying
to find her daughter Loli. I must get to the clinic as soon
as possible. I know that you are the only person Cristina
trusts, and so I am going to ask that you allow me to
confide in you and that you say nothing about my visit

to anybody. Please consider this as though we are in the confessional."

"And how can I know that you are telling me the truth and are not looking for Cristina to do her harm?"

"I don't know what I could tell you that would convince you, Father."

"Look here. I am going to show a photograph and you will have to tell me who they are."

The priest took the photograph from the handbag Cristina had left with him the day before.

"They are Cristina, my friend Eric, and Cristina's cousin Rosa, who I am going to marry one of these days."

It was clear to the priest from what Ramón said and the way he said it that he was, indeed, telling the truth. "Look, son," he said, "Cristina didn't tell me where she was going or what she was planning to do. I have not seen Eric. But I think that Cristina went to the clinic. That's all I can tell you."

"Just let me know how to get to the clinic, Father."

"At this hour? Wouldn't you prefer to rest here and go tomorrow in the daylight?"

"Don't worry about that, Father. You just show me where it is and maybe I'll take advantage of your hospitality later tonight. How does that strike you?"

"Tell me, then, how I can help you."

"I'm going to need you to get in touch with the person in the police department of the capital with the highest possible authority and tell him that you have two detectives from the United States here who are going to need his help. Please call him right now and ask him to get here as soon as he possibly can, and to come armed and with backup."

"I will do as you ask."

"If I don't get back here before they arrive, send them directly to the clinic. They will either help us there or they will collect our bodies. In either case, we will be very grateful to them."

"Please be very careful."

The priest explained to Ramón where the clinic was and, as he said goodbye with a firm handshake, again begged him to be careful.

Ramón lit a cigarette and immediately put it out. I must stop smoking, he said to himself. He walked around the street of the clinic, and finally decided to approach it from one side, between the clinic and the house next door. He moved cautiously and silently. When he was about to peek into the window, he felt a pistol barrel pressed against the side of his head as a voice whispered, "Don't move or you're dead. Turn around with your hands up."

Ramón obeyed the orders and when Eric saw who it was, he didn't know whether to slug him or hug him. Eric hugged Ramón and then clapped him affectionately on the back.

"What are you doing here, partner? You threw one hell of a scare into me."

"You're going to get a lot bigger scare when you find out what Cristina is into and what kind of gorillas there are in this place."

"What are you talking about? What is she into? Somebody kidnapped her little girl and is holding them prisoner here."

"No, pal. You are here because she is hooked up in some way with a gang that is illegally putting children up for adoption. One of them, by the way, is that lawyer Adams we went to see the other day."

"Are you nuts? You'd better not be saying things like that about my sweetheart if you don't want me to really kill you."

They then fell silent, each thinking his own thoughts:

one wishing his words were not true, the other certain
that his friend was completely off the mark.

Eric showed him Loli, asleep towards the back of the
alley where he had left her for safety, and then where the
infants were in their cardboard boxes in the cellar. They
decided to leave them there for the time being and con-
centrate on finding Cristina. They searched the cellar
again but to no avail, then went up to where Loli lay,
checked her again to make sure she was all right, and
returned to keep watch on the clinic from a strategic spot
in the alley outside, where they could see and hear without their presence being detected.

Suddenly, a door opened in a little room in the clinic
and two large men entered, one of them with a lame leg,
who was saying: "I'm telling you, Luis, everything is okay.
Gómez went back to the airport. I don't know why but
he's not in San Cristóbal. It doesn't matter why. Manuel
will take care of getting to him to return. Cristina and
the daughter are still asleep from the sedatives I gave
them, so they won't bother us. The ten infants are ready
to be sent as soon as the couples begin to arrive. What
more do you want?"

"I want you to wake Cristina and get her here," the
other man replied. "I want her to tell me exactly what
she told Gómez, his family, or anybody. I want to know
every word."

"Okay. I'll bring her from downstairs."

The first man squatted with difficulty and Eric and
Ramón outside were able to see that he was moving a
rug that covered an opening in the floor. As in the neighboring house, it was impossible to tell from the outside
of the building that there was still another floor below.

They could hear someone slowly going downstairs, and
a few moments later even slower steps coming up, as the
man dragged one leg with great difficulty.

Eric and Ramón waited nervously. Suddenly they saw

Cristina, who he had brought up from a sub-cellar. Eric thought that was what Cristina was referring to when she said that things were not what they seemed . . . that sometimes seeing a thing from the outside doesn't necessarily tell you what it's like inside. Dirty as she was and with her hair disheveled, Cristina still looked very beautiful.

"Wake her up, Jorge!"

The man emptied a pail of water over Cristina's head. She opened her eyes and, upon recognizing where she was, became enraged. "Let me out of here! I want my Loli! Where is she? What have you done with her?"

"First, you'll have to tell us what your friends in the United States know."

"They know nothing. What was I going to tell them? That your business was to tell mothers that their babies were born dead on account of the polluted water after they were delivered at the clinic and that you then sell them for adoption? Or that the people of this town who know about it keep quiet and don't accuse you because they are so afraid of what will happen to their families? Who would believe me?"

"But you did tell Juan Gabriel, didn't you? I always wanted to know how they found out."

Cristina said nothing. Eric saw one of the men take out a pistol and level it at her face. He jumped from his hiding place outside, but when Ramón saw that Cristina was about to say something, he was able to hold him back in time. Ramón motioned to Eric to keep still and they dropped back to their hiding place outside the window so that they could hear more.

Cristina went on to say, "Juan Gabriel and I together found out about the sub-cellar one day while we were preparing this room for new patients. That was when we heard you both talking about a plan to tell the women that the babies had died at birth, because of the dirty water. We heard when you told the reporters the story about the water and saw you paying them off. We also heard that you planned to help the women by paying for the wake and the plot in the cemetery, where the already sealed boxes would be brought. Why did you kill Juan Gabriel if he didn't do anything?"

"Why?" shouted the man who had come up from the sub-cellar. "Because your friend had the bad idea of telephoning the police where the poor fool got on the wire with a contact of ours. Did he believe that after we invested so much time and effort in this little venture we were going to let you mess it up for us? Have you any idea, woman, how much money can be made in adoptions?"

"Shut up, Jorge!" said the other man. "You've said enough. And tell me, Cristina, who helped you get out of San Cristóbal?"

"Nobody. I did it myself. *Don* Luis, please, I beg you to let my Loli go back to her grandmother. She doesn't know anything. None of my family knows anything. I swear it. To protect them, I never told anybody."

"Maybe that's so, beautiful," he said, patting her face, "but now that you have that cop Gómez for a boyfriend, you are putting us in even more danger."

"He doesn't know anything either, *Don* Luis. Please let my Loli go. She isn't to blame for any of this. I assure you that nobody else knows what you're doing. Please, let us go."

"Listen, Cristina, so that you can see that my brother and I are kind-hearted, I am going to make you a proposition. We know that your boyfriend was here but went back for some reason. You call him and tell him to come here, and when he arrives, you will go free, and he will take your place. Grab this opportunity it will be the last chance you'll have to save your neck."

"I'm sorry, I can't accept that. You'll have to kill me."

Tears came to Eric's eyes when he heard Cristina tell those men that she would rather die than betray him. He was on the point of bursting inside to get to Cristina but Ramón had to restrain him again.

"Luis, are you crazy? How can we let her go free?"

"Shut up, Jorge. Let her think it over. Cristina, this is the last chance that I am going to give you to save your life. I'm giving it to you in exchange for your boyfriend. Get him here and I will pardon you."

"You'll have to kill me, then."

"All right. Daylight is coming up. Jorge, lock all the windows, close the curtains and come with me. We are going to give our friend here a little surprise. I hope the heat won't make you too uncomfortable. What a shame, you're so pretty. . . ."

Eric and Ramón heard no more.

The windows were shut tight and locked. Eric ran to the front of the house, trying in vain to find an unlocked door. He tried to scramble onto the roof to find another way in, and he noisily kicked over a can just as the men were leaving the clinic.

On hearing the racket at this early hour, *Don* Jorge realized somebody was there and shouted, "Hurry up, Luis, finish with the gasoline and put a match to it. Lock the door before you go out. And hurry. There's somebody here. Let's get going!" They closed the door in a rush and ran to their car. Before they could get away, Father Francisco came up to them and stood in front of the car.

"Luis, Jorge, just wait please," he said, "these gentlemen want to talk to you." With that, a group of policemen surrounded the brothers' car.

Meanwhile, Eric was desperately trying to open the front door. Cristina could hear Loli crying in the alley, and Eric's voice calling to her from in front of the building. Cristina's desperate cries were smothered in the fire and smoke and she was unable to open either of the two doors. Her nightmare had become a reality.

Eric ran to the back window and smashed it with a board he had found on the ground. Jumping through the broken pane, he ran for Cristina and got her out of the house just in time. Moments later, smoke and flames engulfed the building.

Ramón left Loli in Cristina's arms and rushed to follow Eric and to get the infants out of the abandoned house next door.

Villagers who had heard all the commotion ran quickly to help Cristina. A few minutes later Eric and Ramón, reeking of smoke, faces covered with soot, came out of the neighboring house carrying the infants, which they thrust into the arms of the onlookers.

The two men immediately hugged Cristina and Loli, forming a little circle of love. Still sleepy and not knowing the people who were embracing her, Loli had no idea what was going on. Eric and Cristina wept and kissed in the realization of how close they had come to losing everything forever. Ramón's eyes were filled with tears of joy at having succeeded in saving them and with shame at having doubted Cristina's honorability. The neighbors wrapped them in blankets and brought them water. A few hours later, the police left with the detailed statement given by Cristina in a long period of questioning. Cristina did not let go of Eric's hand during all the time that she finally unburdened herself of the secret that had cost the life of Loli's father and almost robbed her of her daughter and her beloved.

After the police were gone, they went back to the church, and Eric took her to a small room where they could talk alone. He embraced her gently and kissed her with deep passion, feeling that in having her close to him, he had begun to live again. Cristina returned his kisses with the same passion, and wept as she pressed her body to his asking him, without words that they never be separated again. Eric caressed her hair and her face, wiped away his beloved's tears, and dried his own.

"Cristina," he said, "I want you to know that there is nothing in this world that you should keep secret. With me you will always be safe. I will care for you and Loli and make you both very happy. Never leave me again. I cannot live without you. Without you . . ."

Cristina kissed Eric on the lips . . . there was no reason to think about what life would be like if they should be separated.

"Come, Eric, let's get ready to go home. I would like to go back to our cabin as soon as possible. I want you to sing to me many times more."

"Can I offer you something more to eat, my children?" Father Francisco entered the room.

"No, thank you, we've had plenty, Father Francisco. I haven't thanked you yet though for having called the police," said Ramón.

"I should have called the police here a long time ago. I knew that the business was being done with Washington and so I called the police there. I went no further because I was afraid reprisals would be taken against Cristina's family if they thought she was the one who had given the information. But now the police will take care of Luis, Jorge, and the others who were involved."

"What's going to be done with the babies who've already been adopted?" Cristina asked.

"They will be returned to their original families. We will be holding a great fiesta in the town to celebrate the birth of these babies, I can assure you, daughter. In the systematic way he organized his adoption business, *Don* Luis kept a record of each baby, so it won't be hard to know which family they belong to. Thank the Lord this terrible problem is over."

"Thank you for protecting us, Father Francisco," said

Cristina's mother, who had met them at the church, "and thank you, Eric for saving my daughter and my granddaughter."

"No need to thank me, Señora Ortiz. I would like to take this opportunity to ask for Cristina's hand."

"Only her hand, partner?" laughed Ramón and all laughed with him.

"Papa?" questioned Loli, pointing a tiny finger at Eric.

"Not yet, little one, but very soon he will be, very soon," said Cristina, putting her arms around Eric's neck to give him a loving kiss.

Twenty-four

Eric and Ramón spent that night as guests of Father Francisco. Cristina went to her mother's house. It seemed she had left there an eternity ago. It was as a woman that she now returned, a woman in love.

This time, instead of talking to a photograph of her daughter, she laid down with Loli and whispered to her about how she had met Eric and why she loved him so much. It didn't matter that Loli fell sound asleep at the beginning of the story.

She told her about Eric's grandparents, the children she was taking care of, about Rosa and Carmen, the cabin in the mountains, and the river, and the sailboat they didn't go out on. Cristina noticed how brightly the votive candle was burning under the image of the Virgin. It finally stopped raining around midnight the purling sound of the water gave way to that of the chirping crickets, and only occasional barking disturbed the drowsy peace of the town of San Cristóbal.

Near dawn, Cristina finally fell into a deep sleep. This time she dreamed that she was hearing music and bells and in the distance, on a path with flowers on both sides, Eric waited with open arms. She felt beautiful and loved, and walked towards him. When she reached his arms, a great beam of light shone upon the path ahead. And she knew that it was lighting up the future of their love.

It was afternoon when she woke up. She wondered why

nobody had awakened her for breakfast or to prepare for the trip back. She noticed that there were absolutely no sounds in the house. Loli was no longer at her side, and her mother and brothers were not around, either.

She washed and dressed hurriedly and ran to the priest's house to look for Eric. Fearful that something had happened to her family, her heart beat furiously. When she knocked on the door, she expected Eric to answer, but it was one of the priest's assistants who invited her in and showed her to a little sitting room. Deeply disappointed, Cristina followed him in. She kept asking the man questions but he only assured her that there was nothing wrong.

She waited for a long time, the assistant trying to ease her anxiety by repeatedly offering her coffee and sweet rolls until, finally, her mother came in, wearing a fine dress.

"Mama, where have you been?" she asked, "and where are Eric and Loli? And why are you all dressed up like this?"

"Stop asking so many questions, Cristina, and come get ready for the wedding."

Cristina followed her mother, not understanding what was happening. Then, when she walked into Father Francisco's room, she saw the beautiful bridal gown that she and *Abuela* Mariá had chosen lying on the bed. She slowly ran her hand over it. When she turned around, there in the doorway stood Mariá and José. She ran to them, asking how and when they had had arrived. She laughed with them, wept with them, hugging her mother and Eric's grandparents with joy.

"We'll answer all your questions later, my dear. Now go and fix yourself up while we take care of the rest. Oh, and here are the flowers for your hair. You will be the most beautiful of brides."

Cristina was bathed and dressed quickly. Her hair was

lustrous, and her mother helped her into the bridal gown that Mariá had begun to make from the day Cristina picked it out.

Cristina was a queen. Her beauty would have been worthy of the talent of any great artist anywhere in the world. She was like an angel floating on the wings of love.

Accompanied by her mother from Father Francisco's house to the church door, she heard the bells begin to ring. The doors opened and Eric was there waiting at the entrance to escort her to the altar. Beautiful flowers adorned the pews. She walked very slowly on the arm of her beloved: tall, handsome, gracious, limping on one of his legs. She saw her mother with Loli, the little girl in a white dress almost as charming as hers. It was the very same model that she and Mariá had chosen together. She saw Eric's grandparents, who were crying and smiling at the same time. She saw Ramón and to her amazement her cousin Rosa there in the church, too. When they reached the altar, Ramón and Rosa placed Cristina's mother's rosary into the hands of Cristina and Eric, the same rosary that Cristina had lost when she left Washington. Eric then placed his medal in his bride's hands, as well. Cristina smiled at her friends and looked into Eric's eyes. She had no need to say a word. The look in her eyes said it all.

The bride and groom knelt at the altar, a light shining in front of them, the light of their future of love and promises fulfilled.

Twenty-five

"Grandma, Grandma!" shouted Loli, running with tiny footsteps on the way back from the park to embrace her new-found grandmother, as she tried to take off her overcoat.

"Come here to me, my little bear. Do you like the white snow? Are you feeling cold, Lolita?" asked Mariá. "Come here, my little girl, and I'll fix you a delicious noodle soup. Let's wash our hands and I'll tell you a story while we eat."

"Thank you for your help, *Abuela,*" Cristina said, as she, too, embraced the older woman. Since her return to Eric's grandparents' house with Loli in her arms and Eric at her side, she had entirely regained her inner peace. She could not remember ever having been so happy in her life.

The brothers Jorge and Luis, together with their assistants, were in the hands of the national police. Adams and Manuel had been arrested by the police in Washington. Carmen had succeeded in leaving Manuel and gone back to live in the Dominican Republic. Cristina and Rosa missed their friend's humor and sense of fun. Ramón and Rosa had vowed their love and were starting to make plans for their own wedding.

Cristina took off her coat and went into the kitchen to help Mariá prepare supper.

"No, my dear. Go to your room. Eric left a note on your bed."

How strange that Eric should be leaving me a note, Cristina said to herself, *what could have happened?* She ran to the room. There on the bed lay a red rose and an envelope. She hastily tore it open and read the note:

> *My darling, Say goodbye to the family. You won't be seeing them tonight. You don't have to bring anything. Dress warmly. I'll be waiting for you outside at five o'clock. You are my everything.*
>
> > *Love,*
> > *Your husband,*
> > *Eric.*

Cristina smiled as she pressed the letter to her heart. She looked at her watch, which said ten minutes to five. She ran to comb her hair and dabbed on a few drops of perfume. Then, she went downstairs for her overcoat and up again to the bedroom to reread the note.

She laughed mischievously. Following Eric's instructions to dress warmly, she put on her long overcoat, snow boots, and skipped down the stairs to say goodbye to Loli and the grandparents. Loli was busy playing. Cristina went out and hurried to the car where Eric was already waiting. Eric took her in his arms and kissed her with passion.

"Where are we going, my darling?" Cristina asked, excited and amused.

"Today is exactly one year since you came into my room in the hospital and filled my life with happiness. We are going to celebrate."

They rode along, pressed close together, listening to the romantic music on the radio, their fingers intertwined.

An hour later, night had already fallen and the moon was shining, as though in honor of the lovers.

Cristina had wished many times to go back to the cabin, but they had both been so busy that she never mentioned it to him. Yet, he had guessed just as he guessed all her desires. They were returning to celebrate in the same place where their love was born.

They hurried into the cabin, took off their boots, and left them at the entrance.

"Get comfortable, princess, while I start a fire."

Cristina fixed drinks, went over to Eric and said, "Won't you help me with my overcoat, Eric?"

"Of course, darling."

Cristina turned her back to him as she opened the buttons. He helped her with the coat and there she stood, radiant in the lovely blue frock she had worn to the police dance. Thinking of what waited there for him to see beneath that dress, excitement surged in him. Without hurrying, he turned on the cassette player and went to his love. Moving her hair to one side, Eric eased off the straps that held the dress on her shoulders. It fell to the floor and his wife's body was revealed to him in all its loveliness. Cristina's beauty was more and more alluring every day.

She tenderly undid her lover's shirt and then his trousers, their lips joining just as they had the year before, with the same ardor and thirst for love and passion, their arms wrapped around each other, their bodies pressing close to begin the dance of life.

About the Author

Rebeca Aguilar es originaria de la ciudad de México, donde realizó sus estudios en la Universidad Autónoma de México. Vivió unos años en Israel, trabajando como reportera política. Finalamente se estableció en la ciudad de Washington, donde ha trabajado los últimos doce años en la campos de Educación y Salud. Su trabajo la lleva a viajar extensamente a América Latina, donde convive con personajes como los que describe en sus novelas. Ella está casada con un oceanógrafo y tienen dos hijos.

Rebeca Aguilar was raised in Mexico City, where she graduated from the University of Mexico. She spent several years in Israel, working as a reporter covering political issues. She then settled in Washington, D.C., where she has worked for the past twelve years in the fields of health and education. She often travels to Latin America for her work, where she spends time with people much like the characters in her novels. She is married to an oceanographer, and they have two children.

LOOK FOR THESE NEW BILINGUAL
ENCANTO ROMANCES!

FAITH IN YOU / TENGO FE EN TI
by Caridad Scordato   0-7860-1057-6 $5.99US/7.99CAN
When self-assured FBI agent Paul Stone meets spitfire Carmen Gonzalez, a passionate whirlwind courtship turns quickly into wedding plans. But they are both blissfully unaware that fate—and their own secret fears—will test their fragile commitment long before they make it to the altar . . .

BORDER HEAT / PASIÓN EN LA FRONTERA
by Hebby Roman   0-7860-1058-4 $5.99US/$7.99CAN
Though reluctant to trust any man after her failed marriage, Leticia Rodriguez can't ignore the passion in Ramon Villarreal's dark eyes. But he must come to terms with his troubled past before he can build a future with his new love.

WINNING ISABEL / ISABEL, MI AMOR
by Gloria Alvarez   0-7860-1059-2 $5.99US/$7.99CAN
Feminist physician Isabel Sanchez meets her total opposite in political activist Javier Perez. Although she is a threat to everything he stands for, Javier can't ignore the potent desire that sparks between them . . . and neither can she.

ISLAND DREAMS / SUEÑOS ISLEÑOS
by Erica Fuentes   0-7860-1070-3 $5.99US/$7.99CAN
On a business trip to Havana, widowed mom Mickey Campos de Vasco meets Mauricio, a dashing Cuban doctor. Now Mickey is torn between the future she's planned so carefully—and a future that could be filled with love.

USE COUPON ON NEXT PAGE TO ORDER THESE BOOKS

Own New Romances
from Encanto!

__**FAITH IN YOU / TENGO FE EN TI**
   by Caridad Scordato   **$5.99US/$7.99CAN**
   0-7860-1057-6

__**BORDER HEAT / PASIÓN EN LA FRONTERA**
   by Hebby Roman   **$5.99US/$7.99CAN**
   0-7860-1058-4

__**WINNING ISABEL / ISABEL, MI AMOR**
   by Gloria Alvarez   **$5.99US/$7.99CAN**
   0-7860-10598-2

__**ISLAND DREAMS / SUEÑOS ISLEÑOS**
   by Erica Fuentes   **$5.99US/$7.99CAN**
   0-7860-1070-3

Call toll free **1-888-345-BOOK** to order by phone or use this coupon to order by mail.

Name _____

Address _____

City_____ State _____ Zip _____

Please send me the books I have checked above.

I am enclosing $_____

Plus postage and handling* $_____

Sales tax (in NY & TN) $_____

Total amount enclosed $_____

*Add $2.50 for the first book and $.50 for each additional book.

Send check or money order (no cash or CODs) to: **Encanto, Dept. C.O., 850 Third Avenue, 16th Floor, New York, NY 10022**

Prices and numbers subject to change without notice.

All orders subject to availability.

Visit our web site at **www.kensingtonbooks.com**

¡Esté pendiente de estas nuevas novelas románticas de Encanto!

__Tengo fe en ti / Faith in You
  by Caridad Scordato
  0-7860-1057-6 $5.99US/$7.99CAN

__Pasión en la frontera / Border Heat
  by Hebby Roman
  0-7860-1058-4 $5.99US/$7.99CAN

__Isabel, mi amor / Winning Isabel
  by Gloria Alvarez
  0-7860-1059-2 $5.99US/$7.99CAN

__Sueños isleños / Island Dreams
  by Erica Fuentes
  0-7860-1070-3 $5.99US/$7.99CAN

Llame sin cargo al **1-888-345-BOOK** para hacer pedidos por teléfono o use este cupón para comprar por correo.
Nombre _____
Dirección_____
Ciudad _____ Estado _____ Área postal _____
Por favor, envíeme los libros que indiqué arriba.
Estoy enviando $_____
Más gastos de correo y manejo* $_____
Impuesto a las ventas
(en los estados de NY y TN solamente) $_____
Cantidad total $_____
*Agregue $2.50 por el primer libro y $.50 por cada libro adicional.
Envíe un cheque no *money order* (no envíe dinero en efectivo o **CODs**) a:
Encanto, Kensington Publishing Corp.,
850 Third Avenue, New York, NY 10022
Las precios y las cantidades pueden cambiar sin previo aviso.
El envío de los pedidos está sujeto a la existencia de los libros.

ENCANTO QUESTIONNAIRE

We'd like to get to know you!
Please fill out this form and mail it to us.

1. How did you learn about *Encanto?*
   - ☐ Magazine/Newspaper Ad   ☐ TV ☐ Radio
   - ☐ Direct Mail   ☐ Friend/Browsing
2. Where did you buy your *Encanto* romance?
   - ☐ Spanish-language bookstore
   - ☐ English-language bookstore   ☐ Newstand/Bodega
   - ☐ Mail   ☐ Phone order   ☐ Website
   - ☐ Other_____
3. What language do you prefer reading?
   - ☐ English   ☐ Spanish   ☐ Both
4. How many years of school have you completed?
   - ☐ High School/GED or less   ☐ Some College
   - ☐ Graduated College   ☐ PostGraduate
5. Please check your household income range:
   - ☐ Under $15,000   ☐ $15,000-$24,999   ☐ $25,000-$34,999
   - ☐ $35,000-$49,999 ☐ $50,000-$74,999   ☐ $75,000+
6. Background:
   - ☐ Mexican   ☐ Caribbean_____
   - ☐ Central American_____ ☐ South American_____
   - ☐ Other_____
7. Name:_____ Age:_____
   Address:_____
   _____
   Comments: _____
   _____
   _____

Mail to:

Encanto, Kensington Publishing Corp., 850 Third Ave., NY, NY 10022

CUESTIONARIO DE ENCANTO

¡Nos gustaría saber de usted!
Llene este cuestionario y envíenoslo por correo.

1. ¿Cómo supo usted de los libros de Encanto?
   ☐ En un aviso en una revista o en un periódico
   ☐ En la televisión
   ☐ En la radio
   ☐ Recibió información por correo
   ☐ Por medio de un amigo/Curioseando en una tienda
2. ¿Dónde compró este libro de Encanto?
   ☐ En una librería de venta de libros en español
   ☐ En una librería de venta de libros en inglés
   ☐ En un puesto de revistas/En una tienda de víveres
   ☐ Lo compró por correo
   ☐ Lo compró en un sitio en la Web
   ☐ Otro_____
3. ¿En qué idioma prefiere leer? ☐ Inglés   ☐ Español   ☐ Ambos
4. ¿Cuál es su nivel de educación?
   ☐ Escuela secundaria/Presentó el Examen de Equivalencia de la
     Escuela Secundaria (GED) o menos
   ☐ Cursó algunos años de universidad
   ☐ Terminó la universidad
   ☐ Tiene estudios posgraduados
5. Sus ingresos familiares son (señale uno):
   ☐ Menos de $15,000 ☐ $15,000-$24,999   ☐ $25,000-$34,999
   ☐ $35,000-$49,999 ☐ $50,000-$74,999   ☐ $75,000 o más
6. Su procedencia es: ☐ Mexicana   ☐ Caribeña_____
   ☐ Centroamericana_____   ☐ Sudamericana_____
   ☐ Otra_____
7. Nombre: _____ Edad:_____
   Dirección: _____
   _____
   Comentarios: _____
   _____
   _____
   _____

Envíelo a: Encanto, Kensington Publishing Corp., 850 Third Ave.,
NY, NY 10022

THINK *YOU* CAN WRITE?

We are looking for new authors to add to our list.
If you want to try your hand at writing Latino romance novels,
WE'D LIKE TO HEAR FROM YOU!

Encanto Romances are contemporary romances with Hispanic
protagonists and authentically reflecting U.S. Hispanic culture.

WHAT TO SUBMIT

- A cover letter that summarizes previously published work or
  writing experience, if applicable.
- A 3-4 page synopsis covering the plot points, AND
  three consecutive sample chapters.
- A self-addressed stamped envelope with sufficient return
  postage, or indicate if you would like your materials recycled
  if it is not right for us.

Send materials to: Encanto, Kensington Publishing Corp.,
850 Third Avenue, New York, New York, 10022.
Tel: (212) 407-1500

Visit our website at
http://www.kensingtonbooks.com

¿CREE QUE PUEDE ESCRIBIR?

**Estamos buscando nuevos escritores. Si quiere
escribir novelas románticas para lectores hispanos,
¡NOS GUSTARÍA SABER DE USTED!**

Las novelas románticas de Encanto giran en torno a protagonistas
hispanos y reflejan con autenticidad la cultura de Estados Unidos.

QUÉ DEBE ENVIAR

- Una carta en la que describa lo que usted ha publicado
  anteriormente o su experiencia como escritor o escritora, si
  la tiene.
- Una sinopsis de tres o cuatro páginas en la que describa
  la trama y tres capítulos consecutivos.
- Un sobre con su dirección con suficiente franqueo.
  Indíquenos si podemos reciclar el manuscrito si no lo
  consideramos apropiado.

Envíe los materiales a: Encanto, Kensington Publishing Corp.,
850 Third Avenue, New York, New York 10022.
Teléfono: (212) 407-1500.

Visite nuestro sitio en la Web:
http://www.kensingtonbooks.com